겨울을 향하는 풀벌레의 울음처럼

일러두기

1. 이 책은 심익운이 자편(自編)한 『백일시집(百一詩集)』 318수를 번역한 것으로, 충북대학교 소장본 『백일시집(百一詩集)』을 저본으로 삼아 규장각 소장본 『백일집(百一集)』과 대조 · 교감하였다.

2. 번역문을 상단에 원문을 하단에 두어 함께 볼 수 있도록 하였고 주석은 이해에 필요한 만큼의 설명을 달았으며 필요한 경우 한자를 병기하여 이해를 도왔다.

3. 작품의 간주(間註)는 활자 크기를 달리하여 본문에 첨부했으며 원문에 수록된 타인의 작품 3수는 ▶를 표시하여 구분했다.

4. 대화나 직접 인용은 " "로, 강조나 재인용은 ' '로, 작품은 < >로, 편명은 「 」로, 서명은 『 』로 표기했으며 표제와 인명을 중심으로 색인을 첨부했다.

겨울을 향하는
풀벌레의 울음처럼

지산(芝山) 심익운(沈翊雲)의 백일시집(百一詩集)

심익운 지음
김동준 역주

태학사

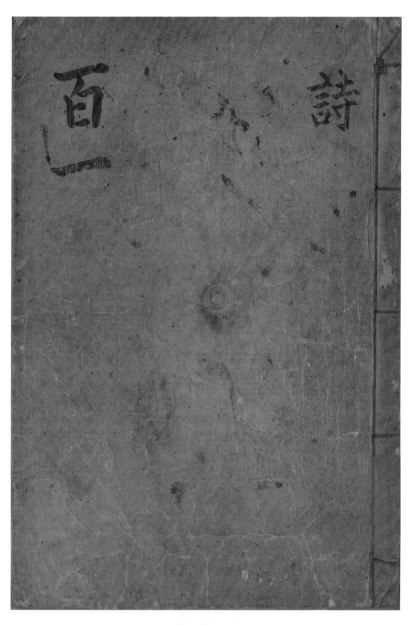

충북대본 표지

규장각본 표지

物而有典則之謂規矩規圓象知矩方象　行君子也
矩尤有取焉故聖人語治國家則曰絜矩詩進學則曰
不踰矩天下之事合　何以吾年十四五時學為
篇詩醞釀無可觀弱冠成進士朞年東遊海山始
有意古作者之詩強為詩百十篇歸以贄之二三長
老而後知其非逸盡焚棄之於是一取古人為師法
古體法漢魏近體盛唐毎口誦心思手舞所指得
一句半勾似者窃窃然自喜出以示諸人輒驚歎以

滿後五六年遭羅蔓憂患邦國憂遠安自故肆以
發其抑塞又好為大言以驚世上下十數年而著錄
篇章始數千考之於古驗之於已竊歎之學焉則可
謂有志而不立者也故未能不惑而自以為知命
者有焉未能耳順而自以為從心者有焉前後矛盾
左右參差其出入而不合矩者多矣故或懦弱如婦
女或汗漫如覊旅哀怨則幾乎哭泣憤激則近乎詈
呵又意有可取而言或不馴夠有可賞而篇或不克
於是不得不一櫃之以矩去其不合而存其合者為

蓋始為去者半存者半中焉去者多而存者以終焉
僅有存者詩雖小技抑亦難矣起甲戌盡丁亥凡
十四年五七言古律絶句歌曲合三百十八首

충북대본 서문

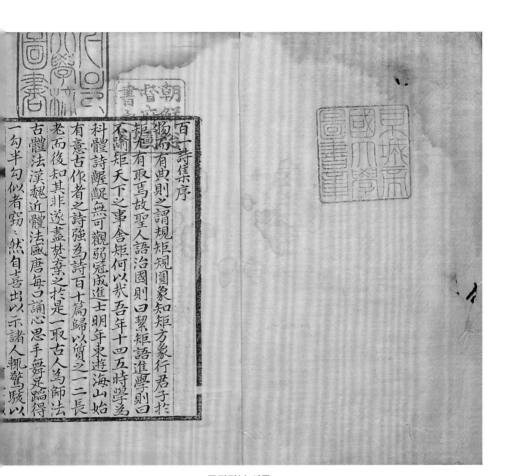

百一詩集序

物必有典則之謂規矩規圓象知矩方象行君子於
矩焉有取焉故聖人語治國則曰絜矩語進學則曰
不踰矩天下之事舍矩何以哉吾年十四五時學為
科體詩齷齪無可觀弱冠成進士明年東遊海山始
有意古作者之詩強為詩百十篇歸以質之一二長
老而後知其非遂盡焚棄之於是一取古人為師法
古體法漢魏近體法盛唐每口誦心思手舞足蹈得
一句半勾似者輒欣然自喜出以示諸人輒驚駭以

규장각본 서문

百一詩集

五言律詩

月夜同諸公作

名園屬清夜幽賞愜諸公愛此池上月悠然松下風
魚驚頻出水鶴唳遠侵空來日長安陌飛花處處同

上元日奉送伯氏赴庭南郡

兹辰會良友佳卽送夫君去路生青草連山滿白雲
夏愁成獨滯消息到眞聞時物應多感江春鴈復群

西樓早春開眺

眠眠眠咄爾眠烏拖眠白拖眠爾不眠我心煎我兒
眠一眠眠咄爾眠五更盡又三更爾不信聞更聲
我兒眠二眠眠咄爾眠窓外來有何物我詐爾日
西出我兒眠三眠眠咄爾眠一文錢半缺耳棗栗
梨朝買市我兒眠四眠眠咄爾眠無毋我無妻
莫呼我夜裡啼我兒眠五

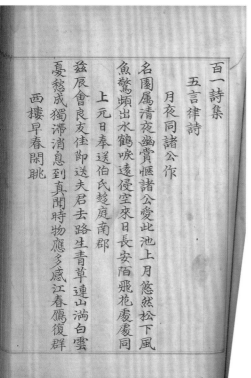

演俗眠眠曲

眠眠眠咄尔眠爲猹眠白猹眠尔不眠我心煎我兒
眠一眠眠咄尔眠五更畫又三夏尔不信聞更聲
我兒眠二眠眠咄尔眠窗外来有何物我詐尔日
西出我兒眠三眠眠咄尔眠一文錢半缺耳妻棄
梨朝買市我兒眠四眠眠咄尔眠尔無母我無妻
莫呼我夜裡啼我兒眠五

百一詩集

五言律詩

月夜同諸公作

名園屬清夜幽賞愜諸公慶此池上月悠然松下風
魚驚頻出水鶴唳遠侵空来日長安陌聯花履同

上元日奉送伯氏趍庭南郡

兹辰會良友佳節送夫君去路生青艸連山滿白雲
憂愁成獨滯消息到真聞時物應多感江春鴈漫羣

西樓早春閒眺

규장각본 본문

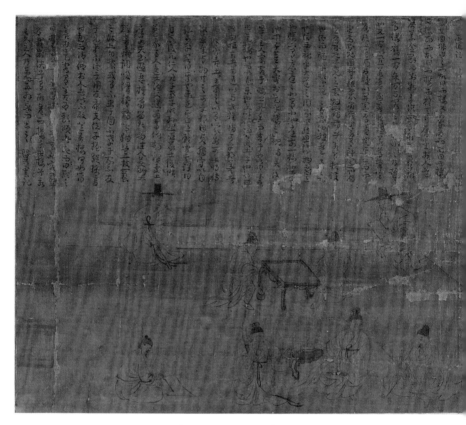

서루도(西樓圖, 누상위기도(樓上圍棋圖))

해동지도(海東地圖) 중 수도와 파주

머리말

겨울을 향하는 풀벌레의 울음은 슬프다. 가을 수업에서 나는 이따금 임을 보내며(送人) 쓴 정지상(鄭知常)의 한시를 학생들에게 들려준다. 뜨락에 잎 하나 툭~ 떨어지자 / 침상 아래 온갖 풀벌레가 서글퍼하더라[庭前一葉落 床下百虫悲]는 첫 구절은 서서히 번져가는 맥놀이의 울림 같다. 떨어지는 잎 하나의 아주 작은 숨결 소리를 눈치채지 못했다 한들 무슨 탈이 나겠는가마는, 가만가만 들어보면 이 작은 울림이야말로 다가올 소멸에 대한 추상같은 선고인 것이다.

혹한의 겨울 앞으로 끌려가는 풀벌레를 시인 심익운은 저절로 외면하고 싶었을 것이다. 원치 않았던 비운의 운명을 벗어나기 위해 세상에 침 뱉고 남몰래 숨어 울고 나중에는 자신의 손가락을 잘라 억울하다고 항변한 그였다. 하지만 자신이 그토록 빠져들고 싶지 않았던 수렁에서 끝내 그 끝을 알리지도 못한 채 사라진 비극적 시인이 되고 말았다. 이 번역 시집은 시적 재능이 특출했으나 시고 쓰린 삶의 아이러니를 살다간 시인에게 올리는 감명의 결실이지만, 어쩔 수 없이 그가 정말 가슴 아파할 단어들을 뽑아 제목으로 삼는다. 정말 미안하다. 하지만 이 지점에서 그의 시가 가장 영롱하다.

삶의 어딘가에는 어둠과 차가움이 존재한다는 것을 그의 삶이 증명했다. 한 잎 지는 소리에 찌르르 울어야 하는 풀벌레들이 가엽지만 그 울음은 출렁이는 느낌과 울림 곧 감명(感鳴)을 갖춘 소리이다. 백에 하나 고르듯 시인이 손수 고르고 골랐던 백일(百一)의 시집은 희로애락을 골고루 곁들이며 가을 풀벌레의 아픔을 감추기 위해 애쓰고 있다. 사방에 은근한 자부심과 화해가 시집 갈피갈피에 아롱져 있지만 내가 이 시인에게 빨려든 것은 떨어지는 잎 하나가 내는 늦가을 소리 때문이었다.

시인의 자편 시집과 인연을 맺은 것은 약 7년 전의 일이다. 2010년 무렵부터 두 해쯤 이화여자대학교의 제자들과 매주 함께 몇 수씩을 읽고 번역했다. 많은 사람의 손길이 쌓여 번역 뭉치를 이루었으나 다시 어언 몇 년 세월이 그냥 흘렀다. 2016년, 작년에는 이상할 만큼 심신이 모두 아파 거의 글을 쓰지 못했다. 이화의 교정도 나라의 광화문도 너무 아팠던 해밑의 그때, 심익운의 슬픔에 응하고 싶은 마음이 슬그머니 일었다.

엉성한 번역 시집을 세상에 내놓자니 같이 공부한 제자들이 떠오른다. 고맙다. 풀벌레의 슬픔을 위로해 주고 싶었던 것인지 태학사는 파란색 국화꽃을 표지에 선물했다. 따뜻한 마음에 감사드린다. 시인 심익운은 누구에게 고맙다 할까? 그를 대신해서, 백일(百一)의 시집이 세상에서 희미하게나마 울릴 수 있도록 지켜준 사람들, 그리고 충북대와 규장각의 고서실에 인사를 올린다. 희대의 재사(才士)였던 그의 음성이 그나마 사라지지 않은 데는 누군가 오랜 세월 가만히 지켜주었기 때문이라 믿는다.

2017년 가을 은행 물든 창가에서
김동준 씀

목차

머리말 ·· 13
서설: 심익운의 비극적 삶과 영롱한 슬픔의 시학 ······················· 24
『백일시집(百一詩集)』의 서문 ·· 36

오언고시(五言古詩)

나는 단구(丹丘)와 더불어 청담(淸潭)에 노닌지 십년이
    되어간다 … 달이 질 무렵에 돌아왔다 (2수) ····················· 43
가슴속을 적어내다 ·· 47
벼 타작하는 것을 보고 ··· 50
우연히 짓다 (2수) ··· 51
저물녘에 ··· 53
벼 타작 ·· 55
꼬마 종 ·· 57
철 따라 나는 기러기 ·· 59
무리지어 나는 기러기 ·· 61
저녁에 나는 기러기 ··· 62
새벽 기러기 ··· 63
빗속의 기러기 ·· 64
쌍 기러기 ··· 65
외로운 기러기 ·· 66
병든 기러기 ··· 67
나그네 기러기 ·· 69
돌아가는 기러기 ··· 71
눈 개인 뒤에, 취성당(聚星堂)에서의 명령에 응해 ···················· 73
문방의 여러분에게 써서 보이다 ·· 74
북풍 ··· 76
산속의 밤 ··· 77
그믐 ··· 79

세 분의 군자를 애도하며 ……………………………………………… 81

 칠산(七山) 조종림(趙宗林) ……………………………………… 82

 청서(靑墅) 김광태(金光泰) ……………………………………… 85

 단구(丹丘) 이윤영(李胤永) ……………………………………… 89

집사람이 양식이 떨어졌다고 알려주는데, … 이 시를 지어

 보여주었다 …………………………………………………………… 93

조수를 읊은 시 …………………………………………………………… 96

영가자(永嘉子)를 그리워하며 ………………………………………… 100

오리를 놓아주며 ………………………………………………………… 102

빈양(濱陽)의 배 위에서 (5수) ……………………………………… 105

무릉교(武陵橋) ………………………………………………………… 111

칠성대(七星臺) ………………………………………………………… 113

홍류동(紅流洞) ………………………………………………………… 115

낙화담(落花潭) ………………………………………………………… 117

학사대(學士臺) ………………………………………………………… 118

희랑대(希朗臺) ………………………………………………………… 119

쌍계사(雙溪寺) ………………………………………………………… 120

직지사(直指寺) ………………………………………………………… 122

추풍령(秋風嶺) ………………………………………………………… 124

농사짓는 일 ……………………………………………………………… 126

피 빠는 벌레 ……………………………………………………………… 128

〈서전첩(西田帖)〉에 쓴 시 (5수) ………………………………… 130

 다음은 도연명에 관한 시이다 …………………………………… 133

 다음은 도연명의 시에 화답한 소동파에 관한 시이다 ………… 134

 다음은 겸재(謙齋)의 그림에 관한 시이다 …………………… 135

 다음은 도연명의 시에 화답한 담한(澹寒) 어르신에

 관한 시이다 ………………………………………………………… 136

 다음은 내 처지를 읊은 시이다 ………………………………… 137

두 아낙 …………………………………………………………………… 138

 ▶봉여(鳳汝) 심상운(沈翔雲)의 원래 시 …………………… 140

집으로 돌아오다 ………………………………………………………… 142

16

칠언고시(七言古詩)

단구자(丹丘子)가 보내주신 그림에 감사하며 ·················· 147
보름달 노래, 어버이를 뵈러 평안도로 가는
　　예조 참판 김공(金公)을 보내며 ·················· 149
세 마을을 그린 그림을 보고 쓰다 ·················· 151
함께 부르는 노래 ·················· 152
농가의 노래 ·················· 154
가을비에 탄식하며 ·················· 156
매와 참새에 대한 탄식 ·················· 157
성산(城山)에서 강물이 불은 것을 보고 짓다 ·················· 159
낙우(樂愚)가 태어나, 배와(坯窩) 선생께서 축하해주신
　　말에 답하며 ·················· 161
또 큰 형님께 답하며 ·················· 162
암 까치에 대한 노래, 번중(蕃仲)에게 보이다 ·················· 163
죽죽비(竹竹碑) ·················· 164
후검기행(後劍器行) ·················· 166
장경각(藏經閣) ·················· 169
잡언(雜言)의 짧은 노래, 임천 군수인 담한 김상열 어른께
　　부치다 ·················· 172
자연합(自然閤)의 쌍매화 ·················· 174
운암(雲巖)에서 지은 긴 시에 차운하여 ·················· 175

가곡(歌曲)

어부의 원망 (4수) ·················· 181
그네 노래 (3수) ·················· 184
행호(杏湖)의 노래 (7수) ·················· 186
과지(果支) 땅의 즐거운 노래 (5수) ·················· 190
여관의 노래 (7수) ·················· 194
마음을 진정시키는 노래, 세 곡 (3수) ·················· 198
게송체(偈頌體)의 노래, 두 곡 (2수) ·················· 200
　다음은 해인사 승려에게 답한 것이다 ·················· 200

다음은 직지사 승려에게 보여준 것이다 ·········· 201
궁궐 담장의 노래, 궁체(宮體) (5수) ·········· 202
생계에 대한 한탄 (3수) ·········· 206
상여노래 호야가(呼邪歌) (3수) ·········· 208
어찌 농사지으러 가지 않는가 (3수) ·········· 211
외양간의 노래 (3수) ·········· 215
절구질 노래 (7수) ·········· 221
시시각각 어찌할까나 (12수) ·········· 228
시속의 자장가를 부연한 노래 (5수) ·········· 238

오언율시(七言古詩)

달밤에 여러 사람과 함께 짓다 ·········· 245
상원일(上元日)에 아버님 뵈러 남쪽 고을로 가는 큰 형님을
　　삼가 전송하며 ·········· 246
이른 봄 서루(西樓)에서 한가롭게 바라보다가 ·········· 247
중관(仲寬) 김재순(金在淳)이 내 이웃에 살 때는 …… 그 마음을
　　풀어본다 ·········· 248
서쪽 이웃에게 화답하다 ·········· 250
더부살이 하던 중, 이른 봄의 소회 ·········· 251
봉록(鳳麓)이 계시는 산속의 집에 쓰다 ·········· 252
봉록(鳳麓)의 산속 집에서 예부(禮部) 김공(金公)과 더불어
　　짓다 ·········· 253
금강산으로 유람 가시는 설대(雪岱) 어른을 전송하며 ·········· 254
봄날을 보내다가 여러 분들이 찾아 준 것에 감사하며 ·········· 255
봉록(鳳麓)의 새 거처에서 여러 벗들과 더불어 짓다 ·········· 256
송란(松欄)에서 밤 모임을 갖다 … 김종수이다 ·········· 257
남루(南樓)에서 국지(國之)를 보내며 ·········· 259
검중(黔中)으로 들어가며 ·········· 260
천자암(天子菴)의 두 그루 전단나무 ·········· 261
광한루(廣寒樓) ·········· 262
한풍루(寒風樓) ·········· 263
구천동(九千洞) 네 굽이 ·········· 264

산을 나가며 ·· 265

금협(錦峽)으로 가는 도중에 ·· 266

추운 밤 ··· 267

장문궁(長門宮)의 원망 ·· 268

교외에서 지내며 ·· 269

삼수강(三秀岡)에서 성안으로 돌아가는 치양(稚養)을

　　전송하며 ··· 270

인일(人日)에 ··· 271

상원일(上元日)에 ·· 272

도중에 비바람이 심해져서 ·· 273

아침 일찍 정천(井泉)에서 출발하며 ································· 274

공주(公州)에서 짓다 ·· 275

저물어 천안(天安)에 묵으며, 군수이신 김씨 아제께

　　드리다 ·· 276

죽은 아우를 추모하며 (7수) ··· 277

이씨 형님 및 송씨 친구와 함께 앞의 한강에서 배를

　　띄우고 ·· 284

낚시터에서 도성으로 들어가는 벗을 전송하였는데

　　··· 생각나는 대로 차운하여 짓다 ································ 285

여성(汝成) 유한준(俞漢雋)이 부쳐준 시에 화답하여 ······ 287

송이정(宋頤鼎)의 묘소에 곡하며 ······································ 289

중춘에 지산(芝山)으로 돌아가며 짓다 ····························· 290

느낀 바를 읊다 ··· 291

정향꽃이 떨어지다 ··· 292

잠자는 것의 맛 ··· 293

친족 심기(沈玘)의 만포당(晩圃堂)에 쓰다 ····················· 294

충주에서 역사를 회고하며 ·· 295

요유합(寮有閤)에서 〈진주잡시(秦州雜詩)〉의 운을 사용하여

　　가을날의 느낌을 읊다 (20수) ····································· 296

가릉(嘉陵)으로 부임하는 아사(亞使) 이계(李洈)와 사군(使君)

　　홍성(洪晟)을 보내며 ··· 전에 썼던 운을 사용하였다 ·············· 318

마이령(馬伊嶺) ··· 320

길을 가다 우연히 읊조리다 (2수) ···································· 321

19

이연서원(伊淵書院)에서 ································· 323

붉고 하얀 국화꽃 ···································· 324

세 들어 살면서 (5수) ······························ 325

치존(稚存) 송양정(宋養鼎)의 댁에서 여성(汝成)

　유한준(兪漢雋)과 모여 짓다 ··················· 330

남쪽지방으로 가며 읊조리다 ······················· 332

마음을 달래며 ······································· 333

송양정, 유한준과 함께 지어 침랑(寢郞)인

　이구영(李耆永)에게 주다 ······················ 334

대옹(岱翁)이 묵성자(默成子)와 함께 연봉(蓮峰)을

　유람하였는데 ··· 여기에 차운하였다 ············ 335

묵성자(默成子)의 삼품설(三品說)을 부연하여 차운하다 ··········· 337

　얼굴 정도만 아는 사귐 ·························· 337

　마음이 통하는 사귐 ····························· 339

　영혼이 통하는 사귐 ····························· 340

칠석날에 쓴 시 두 수 (2수) ······················ 342

　대옹(岱翁)의 시에 차운하여 ···················· 342

　묵성자(默成子)의 시에 차운하여 ················· 343

묵성자의 시에 차운하여 대악 어른께 보이다 ········· 344

봉록(鳳麓)과 대악 어른이 내가 세 들어 사는 집에 모여

　··· 일원도 그 자리에 있었다 ··················· 345

묵성재(默成齋)에서의 밤 모임 ····················· 346

칠언율시(七言律詩)

심공유(沈公猷)가 숙직을 서는 곳에서 원계손(元繼孫)·

　심염조(沈念祖) 등 여러 사람들과 함께 짓다 ······· 349

내가 오래전부터 강호(江湖)에 살고 싶은 마음이 있었으나

　··· 이 시를 짓는다 ···························· 351

빗속에서 생각나는 대로 쓴 시 두 수 ··············· 352

지산(芝山)으로 영영 돌아가고자 예조판서 김공(金公)을

　이별하며 ·· 354

석천(石川)에서 짓다 ································· 355

20

입춘일에 운호(雲湖)로 돌아가며 큰 형님께서 새로 지으신

시에 차운하다 ·· 356

섣달 그믐날 밤 ·· 357

회포를 풀어내며 ·· 358

행호(杏湖) 가에 세 들어 살며 송이정(宋頤鼎)이 보내온 시에

차운하다 ·· 359

운화(雲華)에서 대악 어른께 드리다 ······························ 360

즉흥적으로 짓다 ·· 361

자연상공(自然相公)이 지으신 '궁궐에서 매미를 읊다'의 시에

삼가 화답하여 ·· 362

눈이 어두침침해진데다 다시금 귀까지 먹어 ··············· 364

늦봄에 지산을 그리워하며 ·· 365

문경 새재 ·· 366

성주에서 형님을 만나 함께 합천으로 가다가 귀소원(歸巢院)에

이르러 사흘간 비에 갇히다 ·· 367

함벽루(涵碧樓) ·· 368

아버님께서 지으신, '섣달그믐 날 지산으로 가는 길에 느낀

소감과 죽은 내 누이를 애도한' 시에 차운하다 ··········· 369

입춘일에 어떤 도둑이 창을 뚫고 방에 들어와서 두 물건을

훔쳐서 갔다. 4운으로 장난삼아 짓는다 ····················· 370

치재(耻齋) 김상직(金相直)과 함께 짓다 ·························· 371

세검정(洗劍亭) ·· 372

우연히 읊다 ·· 373

자연상공(自然相公) 김상복 어르신을 모시고 서루(西樓)의

벽에 쓰인 시에 차운하여 ·· 374

매화가 피었기에 재미삼아 짓다 ···································· 375

세한정(歲寒亭)에서 우연히 짓다 ···································· 377

죽은 아내의 상일(祥日)이 이미 지났지만 애도하는 마음으로

짓는다 ·· 378

형님이 중구일(重九日)에 합천군의 산에 올라 쓰시고 부쳐주신

시에 뒤 미쳐 차운하다 ·· 379

형님이 9월 13일에 성주(星州)의 사또와 함께 강가의 누대에서

조망한 시에 뒤미쳐 운하다 ·· 380

묵재(默齋)에서 대옹(岱翁), 육이(六以), 일원(一元)과 모여
　위응물(韋應物) 시의 운을 뽑아 짓는다 ·············· 381

오언절구(五言絶句)

비 온 뒤의 사직단에서 짓다 ················ 385
행호(杏湖)에서, 빗속에 갈 길이 막혀 (7수) ············· 386
물염정(勿染亭)에서, 국지(國之)를 기다렸지만 오지 않았다 ············· 390
서봉사(瑞峯寺) ······················ 391
목동이 소를 타고 ···················· 392
송광사(松廣寺) 다리에서 대악(岱岳) 어른을 전송하고 ············ 393
바람 ························· 394
새벽 ························· 395
치양(稚養) 송이정(宋頤鼎)이 오니 기뻐서 ··········· 396
지산(芝山) 잡영(雜詠) (7수) ················· 397
　위이곡(逶迤谷) ····················· 401
　동산(東山) ······················ 401
　삼수강(三秀岡) ···················· 402
　석계(石溪) ······················ 402
　계피(溪陂) ······················ 403
　율구(栗丘) ······················ 403
　칠림(漆林) ······················ 404
밤의 강가에서 ····················· 405
예조판서 김상복 어른과 함께 자루가 부서진 그림부채를
　읊다 ······················ 406
여성(汝成) 유한준(俞漢雋)이 소장한 화첩을 읊다 ········· 407

칠언절구(七言絶句)

호서(湖西)로 가는 송이정(宋頤鼎)을 보내며 ············ 411
아이를 잃은 후 한강 호수 가에 처음 나오니, 슬픈 마음
　울컥하여 시를 지어 적어둔다 (5수) ·············· 412
감호정(鑑湖亭)에서 빈양(濱陽) 사또와 이별하며 ············· 416

낙우(樂愚)가 태어나서 ·· 417
전겸익(錢謙益)이 지은 '동파(東坡)의 세아시(洗兒詩)에
　반박하여'라는 시의 운으로 장난삼아 짓다 ············· 418
　▶소동파가 쓴 세아시(洗兒詩)를 반박하여 : 목재(牧齋)
　　전겸익(錢謙益)의 시 ·· 419
　▶아이를 씻기며 : 동파(東坡) 소식(蘇軾)의 시 ········· 420
해인사로 가던 중에 요교(蓼橋)를 지나는데 ⋯ 절구 한 편을
　장난삼아 쓴다 ·· 422
아이 전동근(田東根)에 대한 만시 (3수) ··················· 423
6월 12일 새벽 꿈에서 죽은 아내를 보고, 아침에 일어나
　슬피 울며 이를 적는다 ······································ 425
아버님께서 지으신 도곡팔경(道谷八景) 시에 삼가
　차운하여 (8수) ··· 426
　부엉이 바위[鵂巖]에 비치는 낙조 ······················· 426
　화전(花田)에 내리는 봄비 ·································· 427
　오릉(五陵)의 안개 낀 숲 ··································· 428
　긴 둑[長堤]의 백양과 버들 ································· 428
　해포(醢浦) 나루의 기러기 떼 ····························· 429
　마호(馬湖)의 고깃배 ·· 430
　지산(芝山)의 해질녘 구름 ·································· 430
　도곡(道谷)의 소나무 숲 ····································· 431
유모가 아이를 잃다 ·· 432
어쩌다 생긴 일에 스스로를 비웃다 (5수) ·················· 433
성주 사또가 차운하여 보내주신 시에 공손히 답하며 ······· 436

색인 ··· 437

서설

심익운의 비극적 삶과 영롱한 슬픔의 시학

삶1 : 아이러니가 운명의 급소를 관통하다

1759년[영조 35] 8월 10일 창덕궁의 영화당(映花堂). 사직(社稷) 옆의 유서 깊은 저택에 사는 26세의 심익운(沈翊雲: 1734~1783?)이 드디어 가문의 숙원을 이루며 대과에 급제했다. 영조는 기꺼이 이 인재를 축하하며 중앙부서에 발령을 명했다. 생각해보면 이 사람은 방계 5대조가 효종의 부마였던 심익현(沈益顯)이요 6대조는 영의정을 지낸 심지원(沈之源)이며 작은할아버지가 유명한 문인화가 심사정(沈師正)이 아닌가! 익운(翊雲)이라는 그 이름처럼 그는 먹구름을 헤치고 막 날개를 펼칠 참이었다.

다음 달 9월 2일. 어전에 들어온 이조 판서 민백상(閔百祥)이 난감하다는 듯 아뢴다. '지난번에 심익운을 중용하라 하셨으나 청환(淸宦)의 자리는 받들기가 어렵나이다.' 영조가 의아한 듯 묻는다. '반대하는 이유가 무엇이냐?' 민백상이 바로 답한다, '심익창의 손자이기 때문이옵니다.' ……

익창(益昌)이라는 이름이 심익운에게 적용되는 그 순간, 차가운 아이러니가 운명의 급소로 박혀 들었다. 영조의 아킬레스를 환기시키는 저주가 등장했기 때문이다. 숙종의 아우로서 죽음의 고비를 넘겼던 영조에게, 세제(世弟) 시절의 자신을 해하려 한 무리 중 하나가 익창이었던 것이다. 형님인 심익현은 임금의 사위였으나 그의 친아우 심익창은 그리하여 역당(逆黨)의 죄인으로서 최후를 맞았다. 아비의 비극을 물려받은 그의 아들 심정주(沈廷胄)와 손자 심사정은 사람들을 피하며 서화(書畵)에 몰두하는 삶을 향해야 했다.

익창의 손자라는 덫에 걸리자 심익운과 그의 부친 심일진(沈一鎭)은 돌이킬 수 없는 극단의 수를 두었다. 비극의 수렁으로 그들은 한 발짝 더 얽혀들었다. 심익창(沈益昌) : 심정주(沈廷胄) : 심사순(沈師淳) : 심일진(沈一鎭) : 심익운(沈翊雲)으로 이어지는 계보를 들여다보면 어쨌든 출구 하나가 보인다. 심사순과 심일진이 양자(養子)로 맺어진 부자 관계라는 것. 양자의 고리를 끊어내면 심익운은 다시 날아오를 수 있게 된다. 하지만 이미 심사순이 사망한 상태였으므로 파양(罷養)은 상식적으로 불가능했으나 부자는 극단적인 결론에 이른다. 심일진이 양부 심사순의 위패 앞에서 일방적 파양을 선언함으로써 이른바 신주파양(神主罷養)이 벌어진 것이다.

천형의 사슬을 피하려 했으나 사태는 더욱 악화되는 방향으로 흘렀다. 다음 해인 1760년 4월 20일에는 예조 판서 정휘량이 사망한 양부 심사순과의 파양을 요청하는 심일진의 혈서를 전하면서 심익운이 손가락까지 잘랐다는 소식을 전한다. 이에 영조는 무덤덤한 반응을 보였지만 이번에는 사림(士林)의 공론이 서릿발처럼 다가왔다. 인륜을 마음대로 정한 패륜아들, 윤리를 해치고 풍교(風敎)를 손상시켜 청의(淸議)에 결코 용서받지 못할 자들! 이것이 그들에게 붙여진 정의였다. 부자는 이제 오갈 데 없이 손가락질 받는 처지로 급전직하했다.

삶2 : 물려받은 것과 누린 것들

대과 급제자에서 일순 파렴치한으로 전락했지만 심익운이 청송(靑松) 심씨 명문의 후손으로서 누릴 있는 조건은 매우 풍요로웠다. 사직단 곁에는 아름드리 소나무가 자라는 오랜 저택이 있었고, 집안에는 진품의 귀한 서화와 왕실의 서찰 등을 소장하고 있었다. 서대문을 나와 행주산성을 거쳐 파주의 장지산(長芝山) 자락에 이르면 할아버지들을 모신 선산과 장원(莊園)이 펼쳐져 있었으니 누가 보아도 어엿한 명문세족이었다.

사직 저택 주변에 포진한 명사들도 심익운의 든든한 인적 자산이었다. 정치적으로 서인-노론계에 속했던 그는, 사직 북쪽 마을에 위치한 안동 김씨 인물들 즉 김이곤(金履坤)·김이복(金履復)·김윤겸(金允謙) 등과 교유하고 있었으며, 서대문 밖 서지(西池)의 담화재(澹華齋)에서 청류처사(淸流處士)로 자처한 단릉(丹陵) 이윤영(李胤永) 그룹과도 연결되어 있었다. 형님 심상운(沈翔雲)과 친구였던 윗마을의 유한준(兪漢雋), 사직 저택에 유숙했던 충청도의 어른들이 그의 성장을 지켜봐 주고 있었다.

무엇보다 가까운 척숙(戚叔)이었던 김상복(金相福)·김상직(金相直)·김상숙(金相肅)은 친조카처럼 심익운을 애중하였다. 김장생(金長生)의 직계 후손으로서 서인계의 핵심 가문에 속했던 이들 삼형제의 모친이 바로 심익운 가에서 시집을 왔던 까닭에, 사직 위쪽에 사는 그들로서는 심익운의 사직 저택을 아주 친근하게 왕래했다. 심익운은 서예의 고수였던 김상숙에게 글씨를 배우고, 자기 집에서 유년을 보냈던 김상직을 삼촌처럼 따랐으며, 홍봉한과 함께 정권을 주도한 김상복을 후원자이자 구원자로 여겼다. 1758년에 사직 저택 앞에 서루(西樓)를 짓고 명사들을 초청하여 연회를 열던 시절을, 그는 행복하고 찬란한 전성기로 평생 기억했을 것이다.

도성에서 태어나 유년기를 보낸 그는, 14∼15세 무렵부터 형님 심상운(沈翔雲: 1732∼1776)에게서 과체시(科體詩)를 배웠다 한다. 소년기에 이미 문신 관료가 되려는 꿈을 품었던 셈이다. 20세에 진사시에 붙은 후, 21세에는 금강산과 동해를 보고 돌아왔으며, 25세[1758년] 무렵에는 호남의 옥과와 화순 그리고 무주 구천동 일대를 유람했다. 1758년 시점에서 부친 심일진은 옥과 현감, 형님 심상운은 임피 현감을 지내고 있었다. 부자가 호남의 지방관 자리라도 차지할 수 있었던 데는 무엇인가 후광이 작용했을 듯한데, 그렇더라도 그들 가계에서는 아직 문과 급제자가 나오지 않은 상황이었다.

아버지와 형님 대신 도성의 저택을 지켜가며 그는 주변의 명가와 일정한 네트워크를 마련하고 있었다. 20대에는 김상숙을 따라 서법과 시문을 배웠고, 서루를 낙성한 1758년에 전후에는 김이곤에게서 시를, 홍낙순(洪樂純)에게서 산문을 배웠노라 기록했다. 1763년, 그러니까 패륜아로 지목되어 방황하던 몇 해가 끝나가던 그때, 〈치재 김상직의 연구(聯句) 시에 부친 글[耻齋聯句詩序]〉에서 그는 이렇게 회고했다.

6∼7년 전에는 직하(稷下: 사직)의 노님이 성대하였다. 현달한 어른으로는 자연상공(自然相公: 金相福)이, 산문으로는 백효(伯孝: 洪樂純), 시로는 봉록(鳳麓: 金履坤), 서화(書畵)로는 배와(坯窩: 金相肅)와 진재(眞宰: 金允謙), 빈객으로는 설대(雪岱: 閔昌厚?) 선생이 계셔서, 경치 좋은 가절이면 옆 마을에서 모여들었다. 모이면 반드시 시를 지었고 시를 지으면 반드시 수창했는데 나와 준재(蠢齋: 金履復) 공이 번갈아 가면서 주인 노릇을 했다. 다만 치재(耻齋: 金相直) 공께서는 서남쪽

지방에 벼슬을 나가서서 한번도 참여하지 못하였다. 얼마 되지 않아 내가 신폐유리(身廢流離)되는 곤경에 처해 지금까지 끝나지 않은지라 여러 어르신들도 다시 직하에서 모이지 않게 되었고 또한 시도 짓지 않은 것이 오래되었다.

신폐유리(身廢流離)는 신세가 망쳐져서 부랑아처럼 떠돈다는 뜻이다. 폐족이 된 것처럼 살아야 했으니, 사직과 나란한 대저택의 후계자요 명망가들이 즐겨 찾던 서루의 주인이 되어 '직하유(稷下遊)'를 주관하던 그 우아한 시절, 그 나날을 그가 어찌 잊을 수 있었겠는가!

삶3 : 내 탓이 아닌데도 운명은 벗어날 수 없는가!

암울한 터널은 1763년까지 계속되었다. 이해 8월 1일에 심일진을 서용하라는 명, 1764년 4월 25일에 심상운을 복권하라는 명에 이어, 1765년 8월 30일, 그는 마침내 지평(持平)의 보직에 선임되었다. 그 몇 년 동안 가족들은 도성에서 살기가 난처하여 파주의 지산 일대로 뿔뿔이 흩어져 머물곤 하였다. 그는 자신을 기인(畸人)과 육인(僇人)으로 부르며, 죽지 못해 사는 죄인이요 사람 꼴을 제대 갖추지 못한 종자라 자처했다. 시고 쓰린 시절이 참 고단했던 것이다.

처연함 감도는 그 시기 심익운의 내면 풍경을 들여다보면 그의 자아는 사직의 저택과 파주의 지산 사이만을 오간 듯 읽힌다. 어디 다른 데를 갈 수조차 없던 처지였는지, 지산에 머물면 사직 저택이 그립고 사직 저택에 처하면 지산만이 따뜻해지던 동안에, 그는 여덟 살 아우 영운(羚雲) 여섯 살 딸 작덕(芍德)이 등을 지산에서 잃고 그곳에 묻었다.

늦가을 스산하고 한겨울 차디찬 해가 몇 번 계속되는 사이, 한강 하류의 기러기를 응시하는 그의 시선에는 이미 슬픔이 바탕색이 되어 있었다. 사직 저택, 행주산성 부근의 한강, 고양의 임시 숙소, 파주 지산에 오락가락했던 그 시절 그의 걸음에는 애잔함 소리가 난다.

그런데 구사일생처럼 옥죄던 사슬이 끊어지고 봄이 왔다. 상운(翔雲)과 익운(翊雲) 형제는 나란히 관직에 나아갔고 사직 명가의 저력을 되찾았다. 1772년에는 형님도 대과에 급제했으며, 그들의 등 뒤에 정승을 지속하는 김상복과 정국의 주도권을 쥔 홍봉한(洪鳳漢)이 든든하게 자리 잡고 있었다.

심익창과의 연좌에서 심익운 가문을 구제해준 것도 실상은 김상복의 지지가 결정적이었다. 1761년 6월 21일자 조선왕조실록 기사를 보면, 영의정 홍봉한이 주저하는 영조에게 '심익운을 청평위(靑平尉) 심익현의 봉사손(奉祀孫)으로 삼아 자손이 끊긴 숙명(淑明) 공주의 제사까지 받들게 하자'고 아뢴다. 심익현의 아들 심정보 이후에 끊어진 심익현-숙명공주 부부의 제사를 받들게 하자는 묘안을 꺼내어 마침내 영조의 호의적 결정을 이끌어내게 된 것이다. 파란은 계속되었으나 1767년, 심익운이『백일시집』의 서문을 쓰고 있는 시점에 이르면, 지난날의 고난이 씻기고 비극적 아이러니도 끝장이 난 듯 보였다. 심익운은 조심하며 살겠다고, 공자의 가르침을 받들어 반듯한 군자의 길을 따르겠다고 다짐하고 또 다짐했다.『백일시집』을 자편하면서 쓰린 과거와 단절하고 싶었던 것이다.

하지만 시집의 서문을 쓰고 다시 10년이 흘렀을 즈음이다. 1775년 영조 51년 12월, 왕위에 오른 지 51년이나 된 노년의 영조는 처참하게 끝난 아들 사도세자와의 인연을 뒤로 한 채, 손자에게 대리청정을 명한다. 이 순간 다시 심익운 가에는 비극의 불씨가 되살아났다. 영조의 등극을 저지하다가 역적이 된 심익창 때문에 후손들의 삶에 태생적인 운명이 부여되지 않았던가! 그런데 이번에도 심익운 가문은 왕위계승의 소용돌이 속으로 휘말려들고 말았다. 형님 심상운이 홍인한(洪麟漢)과 정후겸(鄭厚謙)의 사주를 받아 올린 상소 한 장이 적어도 이 형제에게는 판도라 상자에 비유될 만한 파장을 낳았다.

훗날의 정조(正祖)를 온실수(溫室樹)에 비유한 상소문은 어린애가 정사에 대해 뭘 알겠느냐는 투의 공격성을 띠었다. 팔순의 영조는 진노했다. 잠을 수가 없었다. 그리하여 1775년 12월 겨울에 심상운을 흑산도로 유배 보냈다가 이내 처형했고, 심익운은 이듬해인 1776년 1월 겨울에 북변으로 유배를 보냈다. 요사하고 간악한 것이 그 형에 그 아우라는 것이었다. 심익운의 입장에서 보자면 참으로 어찌할 바 없는 운명의 장난이었을지 모르겠다.

정조 또한 심익운을 엄벌했다. 1777년 1월에는 역적들이 모인 함경도 북변에 놓아둘 수 없다 하여 제주목으로 이배시켰으며, 1782년 1월 4일에는 서울과의 교통을 아주 끊어야 마땅하다면서 다시 대정현으로 이배시켰다. 이것이 기록상 전하는 심익운의 마지막 흔적이다. 영조 등극의 반대편에 섰던 심익창에서 비극적 아이러니가 발단하였는데, 이번에는 정조 등극의 반대편에 섰던 심상운에 의해 마침내 가문이 완전히 절멸되었다. 형님과 관련한 심익운의 죄상이 무엇인지는 사실상 행간 뒤로 숨었다. 그러나 그 또한 가련한 최후, 비극적 아이러니의 서사적 결말을 비껴가지 못했다.

재능과 운명의 강렬한 대비 탓일까? 형 심상운과 동갑이었던 성대중(成大中)은 그의 삶을 이렇게 증언해 두었다.

심익운은 세상에 보기 드문 재사(才士)이다. 그의 아비 심일진은 범상한 사람으로 아들 셋을 두었는데, 첫째는 상운(翔雲), 둘째는 익운(翼雲), 막내는 영운(領雲)이다. 서로 스승이자 벗이 되어 모두 시문을 잘 했는데 익운이 가장 뛰어났다. 상운과 익운은 둘 다 대·소과(大小科)에 급제하였는데 가문의 허물로 인해 뜻을 펼칠 수 없게 되자, 심익운은 이를 분통해하여 마침내 한 손가락을 잘라서 세상과 인연을 끊을 것을 맹세하였다. 그 뒤로 그의 시는 더욱 격정이 넘치고 까다로워져 원망하고 불평하는 내용이 많아졌다. 그의 재주를 아끼는 사람들은 그를 동정하였다. 그런데 끝내는 심상운의 사건에 연루되어 제주로 귀양 가서 죽었고 심상운은 처형되었다.

시문1 : 남겨진 자료와 시문집

현전하는 심익운의 문집 『백일집(百一集)』은 크게 『백일시집(百一詩集)』, 『백일문집(百一文集)』, 『백일년집(百一年集)』으로 나누어 볼 수 있다. 『백일년집』은 충북대 소장본 유일본으로서 경집(庚集: 庚寅年 1770년)과 신집(辛集: 辛卯 1771년) 2년 분량이 전하고 있다. 어느 해부터인가 심익운은 한 해에 한 권씩 편차하여 제목을 정하고 있으나 그때도 상위 제목은 물론 『백일집』이다. 다음으로 『백일문집』은 대략 1756년부터 1768년까지의 산문을 선발하여 모은 것으로 서(序), 기(記), 발(跋), 묘지(墓誌), 제문(祭文), 서(書), 논(論), 설(說), 명(銘) 수십 편이 실려 있다. 이 모두는 심익운 자신이 고심하여 뽑은 것으로 추정된다. 심익운의 생애와 산문 경향을 파악하기에 적절한 자료이자 작품이다. 본 번역 시집의 주석을 달면서 이 산문집을 참조한 바가 많다.

이참에 번역 소개하는 『백일시집』은 1754년[갑신년]에서 1767년[정해년]까지 14년 동안 지은 작품 중에서 저자가 정선하고 또 정선하여 자편(自編)한 시집이다. 서문에 의하면 그는 고르고 또 고르고 버리고 또 버리고 하다 보니 마지막에는 318수가 남게 되었다고 하였다. 시집의 제목인 백일(百一)도 짐작하자면 백에 하나를 뽑았다는 뜻으로 풀이될 수 있다. 그만큼 이 시집에 수록된 작품은 시인 스스로가 아꼈던 것이라 판단되거니와, 번역자가 보기에도 심익운 한시의 매력과 감명이 가장 진하게 간직된 보고라 할 수 있다. 현재 이 시집은 『백일문집』과 짝을 이루어 충북대학교 도서관과 서울대 규장각 소장되어 있다. 두 이본을 대비해보니 작품은 모두가 일치하나 다만 규장각본이 충북대본 계열을 전사하면서 더러 오자(誤字)가 나타나고 있다. 이 번역 시집에서는 충북대본을 저본으로 삼되 규장각본과 대교하여 달라진 곳은 모두 각주로 표시하였다.

『백일시집』 수록 작품을 구별해보면 오언고시(五言古詩) 42제 54수, 칠언고시(七言古詩) 17제 17수, 가곡(歌曲) 15제 72수, 오언율시(五言律詩) 58제 91수, 칠언율시(七言律詩) 29제 30수, 오언절구(五言絶句) 13제 25수, 칠언절구(七言絶句) 12제 29수, 도합 186제 318수가 차례로 실려 있다.[심상운, 소식, 전겸익의 시 각 1수를 더하면 321수임.] 여타 문집에 비해 오언고시의 비중이 높다는 것이 특징적 현상이며, 악부(樂府) 계열의 작품을 따로 묶어 가곡(歌曲)이라는 이름을 붙이고 있음도 인상적이다. 번역자가 보기에 심익운의 『백일시집』은 높은 수준의 작품성을 보유하고 있는데, 특히 고시와 가곡 부분은 문학사적 가치를 겸비하였다고 본다.

시문2 : 작품 세계와 슬픔의 시학

『백일시집』에 정선된 시 318수가 모두 슬픔의 시학으로 수렴되는 것은 아니다. 심익운 자신의 시관(詩觀)을 존중하자면 오히려 그는 군자다운 유가(儒家)의 시학을 지향한다고 공언했다. 1764년의 〈여성유한준에게 답하는 서신[答兪汝成書]〉을 보면, 그는 시상과 시어를 억지로 조성하는 것보다 넉넉하고 화창하게[優遊和暢] 서정이 전달되는 시를 추구하였다. 더불어 강조하기를,

시(詩)란 정(情)에서 나옵니다. 정이 느끼는 것으로는 슬픔과 즐거움의 차이가 있는 법인데 다만 지금 사람들은 급박하고 탄식하는 말[急迫愁歎之辭]을 만들기를 좋아하여 스스로 공교롭게 지었다고 여기는 자가 많습니다. 이는 진실로 쇠미하고 상서롭지 않은 일로서 옛사람들이 말한 시가 아닙니다. 이 때문에 저는 시를 지을 때나 다른 이에게 알릴 때마다 일찍이 중정(中正)하고 화평(和平)한 도(道)로서[中正和平之道] 권면하지 않은 적이 없습니다.

라고 하여 바르고 반듯한 서정을 시학의 기준으로 삼고 있다. 그가 이런 시학을 지향했다는 것이 하자가 될 수도 없고 미학적으로 결함이 있는 것도 아니다. 하지만 중정화평(中正和平)이나 우유화창(優遊和暢)을 그 자신의 시에 대입해보면 그 낙차가 매우 크다. 대조적일 만큼 그 자신의 시는 위에서 비판한 촉박수탄(急迫愁歎)에 가까운 자취가 강하다. 그래서인지 1764년, 정치적으로 막 복권을 앞둔 시점에서 쓴 위의 편지는 지난날에 대한 반성문처럼 여겨지기도 한다.

1767년에 쓴 시집의 서문도 반성의 맥락에 있기는 마찬가지이다.

이 서문은 처음부터 마지막까지 규구(規矩), 즉 이상적인 표준과 법도를 갖춘 시에 강조점을 두었다. 그런데 그 이면과 행간에 담긴 의미는 지난날 나의 시가 그러지 못했다는 데 대한 반성이 스며있다. 서문의 아래 대목이야말로 경청할 실상이 아닌가 한다.

옛 경지[古]를 꼼꼼히 살펴보고 나에게서 되돌아보아 가만히 학문에 비유해보자니, [중략] 전후가 모순되고 좌우가 들쭉날쭉하여 그 드나듦에 기준[矩]을 따르지 못한 작품들이 많았다. 그런 까닭에 부녀자처럼 나약하고 나그네처럼 산만하여, 슬피 원망함은 거의 울부짖는 데 가까웠고 노여워 북받쳐 오름은 거의 욕하고 고함을 지르는 데 가까웠다.[或懦弱如婦女, 或汗漫如羈旅, 哀怨則幾乎哭泣, 憤激則近乎詈呵.]

신폐유리(身廢流離) 시기에 대한 회고를 통해 자신의 시가 실제로는 어떠했었는지를 고백하는 대목이다. 부녀자처럼 나약해지기도 했고 부랑자처럼 제멋대로이기도 했고, 애원할 때는 통곡하여 흐느끼듯 했고 화가 치밀 때는 욕설처럼 썼다던 시, 그것이 바로 심익운이 비극적 아이러니에 걸려들었을 때 지은 시세계이다.

분노와 욕설, 원망과 통곡, 나약함과 부랑감은 각각의 색깔이 있다. 마음이 맺고 그려놓은 형상 곧 의경(意境)이 각각 달라질 수 있다. 하지만 그의 시를 읽어가면서 번역자는 바닥에서 우러나오는 흐느낌과 슬픔에 더욱 공감했으며 그런 계통의 시가 뭉클한 감명을 가진다고 보았다. 그 스스로는 시집 서문을 쓰면서 더 이상 징징거리지 않겠다고 했지만, 유감스럽게도 운명은 그를 비극의 주인공으로 낙점했다. 그 때문인지 정성스런 백일(百一)의 시집에 봄과 여름, 가을과 겨울이 두루 공존한다고 할지라도 어쩐지 겨울을 향해가는 가을 풀벌레의 울음이 느껴지는 것이다.

당나라의 문호 한유(韓愈)는 곤궁한 친구를 떠나보내는 글[送孟東野序]에서, 사물이란 평정[平]을 얻지 못하면 울게[鳴] 된다고 하였다. '불평즉명(不平則鳴)'에서 유래한 불평지명(不平之鳴)은 그래서 온몸으로 울어내는 소리를 의미한다. 한유의 입장에서 보자면 심익운 또한 심신 전체를 하나의 악기로 만든 시인이다. 달콤하고 화창한 일이 그를 울려 화평한 소리를 내게도 하였으나, 불평(不平)의 심연에서 올라온 절절한 음성이야말로 심익운의 선명(善鳴)이라 할 것이다. 잘 울어낸 울음, 즉 선명은 무엇일까? 자신의 존재가 가진 색깔로 물들어 우는 것을 선명이라 칭한다면, 비상의 욕망을 이름에 담았으되 비운의 울림을 내야만 했던 심익운(沈翊雲)도 잘 울었던 시인이라 평할 수 있을 것이다.

『백일시집(百一詩集)』의 서문
百一詩集序

   만물 가운데서 법도가 있는 것은 '규구(規矩)'¹라고 이른다. 규(規)는
둥근 모습으로써 앎을 형상한 것이고 구(矩)는 네모진 모습으로써 행
함을 형상한 것인데 군자는 '구(矩)'를 더욱 취한다. 그러므로 성인이
나라를 다스리는 것을 말할 때 '혈구(絜矩)'²라고 말씀하셨고, 학문으
로 나아감을 말씀하실 때에는 '구(矩)를 넘지 않았다[不踰矩]'³고 하였
으니 천하의 일에 구(矩)를 버리고서 어찌할 길이 있겠는가?

   나는 14~15살 때에 과체시(科體詩)⁴ 짓는 법을 배웠으나 악착스러
워서 볼만한 게 없었다. 열심히 노력한 끝에 약관(弱冠: 20세)에 진사

---

1 규구(規矩): 규(規)는 오늘날의 컴퍼스처럼 원을 그릴 때 사용하는 도구이며, 구(矩)는 자와
마찬가지로 직선을 그릴 때 사용되는 도구이다. 단어로서의 규구(規矩)는 표준, 법도, 규칙
등으로 번역될 수 있다.

2 혈구(絜矩): 혈(絜)은 둘레를 잴 수 있는 줄을 말하며, 구는 직선이나 네모난 형태를 재는
도구를 의미한다. 혈구라는 어휘는 법도(法度)라는 말로 풀이될 수 있는데, 특히 유가(儒家)
에서는 군자가 지켜야 할 도덕적 규범을 뜻한다. '군자에게는 혈구의 도가 있다[君子有絜矩之
道]'는 등의 용례가 보인다.

3 구(矩)를~않았다[不踰矩]: 공자가 자신의 생애를 돌아보면서 한 말로, "70세 이후로는 무엇
을 하든 규범을 넘지 않았다[七十而從心所欲不踰矩]"고 한 데서 나왔다. 참고로 『논어(論
語)』의 「위정(爲政)」편에 "나는 15살에 학문에 뜻을 두었고, 30살에는 스스로 자립했으며,
40살에는 의혹되는 것이 없었고, 50살에는 하늘의 뜻[운명]을 알게 되었으며, 60살에는 듣는
것마다 귀에 거슬리지 않았고, 70살이 되어서는 무엇이든 규범을 넘지 않았다[吾十有五而志
于學, 三十而立, 四十而不惑, 五十而知天命, 六十而耳順, 七十而從心所欲不踰矩]"는 대목이 있다.

4 과체시(科體詩): 과거 시험에서 사용되는 시의 형식이다. 일반적으로, 수험자의 한시 능력
을 측정하기 위해 근체시보다 길게 작성하면서 까다로운 대구(對句)를 지키도록 하였다.

에 합격하고, 다음 해에 동쪽으로 산과 바다를 유람하며[5] 비로소 옛 작자(作者)의 시에 뜻을 두어 억지로나마 백십 편을 지었다. 돌아와 한두 어르신들께 질정을 구하고 난 뒤에는 그 잘못을 알아 마침내 모두 불살라 없애버렸다. 이에 고인(古人)을 골라 사법(師法)으로 삼되 고체(古體)로는 한·위(漢·魏)를 본받고, 근체(近體)로는 성당(盛唐)을 본받아서[6] 항상 입으로 외고 마음으로 늘 되새기며 뛸 듯이 기뻐했다. 그러다 한 구(句)나 반 구라도 비슷하게 된 것을 얻으면 남몰래 홀로 기뻐하다가 꺼내서 다른 분들에게 보였는데, 이따금 깜짝 놀라들 하시면서 신묘하다고 해주셨다.

그로부터 5~6년 뒤에는 우환(憂患)에 걸려들어 버려지고 곤궁한 처지에 놓이게 되었다.[7] 그래서 갑자기 스스로 제멋대로 굴며 억눌린 심정을 터뜨렸으며 한편으로는 호언으로 세상 놀라게 하기를 좋아하였다. 그렇게 위아래로 십여 년 동안에 써둔 작품들이 거의 수천 편이었다.

옛날[古]을 살피고 나 자신을 돌아보아 가만히 학문의 경지에 비유해보자니, 배움에 뜻을 세웠으나[志于學] 제대로 서는 단계[而立]에도 미치지 못한 꼴[8]이라 하겠다. 그러니 불혹(不惑)의 단계에도 이르지

---

5 다음 해에~유람하며: 금강산과 동해를 유람했다는 뜻이다. 18세기 조선에서는 금강산 기행이 유행처럼 성행하였는데, 보통 한 달 내외의 기간이 걸렸다.

6 이에~본받아서: 고체(古體) 한시의 수준이 높았던 중국 한나라와 위나라의 시를 본받고, 근체(近體) 한시의 수준이 절정에 올랐다는 성당(盛唐) 시기의 한시를 학습의 모범으로 삼았다는 뜻이다. 옛 전범을 높여서 정전(政典)으로 삼는 이른바 의고주의(擬古主義) 방식을 따랐다고 고백하는 대목이다.

7 그로부터~되었다: 영조(英祖)의 등극을 저지했던 심익창(沈益昌)이 저자 심익운의 5대조이다. 1759년 8월 무렵에 대과에 급제한 직후, 심익운은 심익창의 후손이라는 이유 때문에 정치적 견제를 받아 폐척(廢斥)되었다. 1765년 8월에 지평(持平)에 임명되어 사실상의 복권이 이루어질 때까지 이 우환은 계속되었다.

8 배움에~못할 꼴: 공자가 자신의 학문 인생을 돌아보면서 진술한 내용이다. 앞의 각주 3번 참조.

못했으면서 스스로는 지천명(知天命)이라 여기는 경우도 있고, 아직 이순(耳順)의 경지에도 이르지도 못했으면 스스로는 종심(從心)의 경지에 이른 듯 여기는 경우가 있었다.[9] 앞뒤가 모순되고 좌우가 삐쭉빼쭉하여 들고 나는 사이에 그 구(矩)를 따르지 못한 것들이 많았다. 그런 까닭에 부녀자처럼 나약하고 떠도는 나그네처럼 제멋대로여서, 슬피 원망함은 거의 울부짖는 데 가까웠고 노여워 북받침은 거의 욕설하는 데 가까웠다. 또한, 그 의미는 취할만하되 말이 다듬어지지 못하거나, 구(句)는 감상할만하되 전편이 만족스럽지 못한 경우가 있었다.

이에 부득이 구(矩)를 가지고 작품을 판단하여, 적합하지 않은 것은 버리고 알맞은 것은 남겨두었다. 대저, 처음에는 버린 것이 반이요 남은 것이 반이다가, 중간에는 버린 것이 많고 남은 것이 적게 되었으며, 마지막에는 겨우겨우 남은 것이 있었다. 시를 비록 작은 재주라고는 하지만 또한 이루기는 무척 어렵지 않은가!

갑술년[1754]부터 시작하여 정해년[1767]에 이르러 다했으니 모두 14년이요, 오언·칠언의 고시·율시·절구 그리고 가곡을 합하여 318수이다.

物而有典則之謂規矩. 規圓象知, 矩方象行, 君子於矩, 尤有取焉. 故聖人語治國, 則曰絜矩, 語進學, 則曰不踰矩, 天下之事, 舍矩, 何以哉?

吾年十四五時, 學爲科體詩, 齷齪無可觀. 弱冠成進士, 明年東遊海山, 始有意古作者之詩, 强爲詩百十篇. 歸以質之一二長老而後, 知其非. 遂盡焚棄之. 於是一取, 古人爲師法, 古體法漢魏, 近體法盛唐, 每口誦心思, 手舞足蹈, 得一句半句似者, 竊竊然自喜, 出以示諸人, 輒驚駭以爲神.

後五六年, 遭罹憂患, 廢斥困窮, 遽妄自放肆, 以發其抑塞, 又好爲大

---

9 불혹(不惑)의~있었다: 불혹에 대해서는 앞의 각주 3번 참조.

言以驚世. 上下十數年, 所著錄篇章, 殆數千.

考之於古, 驗之於己, 窈譬之學焉, 則可謂有志而不及立者也. 故未能不惑[10]而自以爲知命者, 有焉, 未能耳順而自以爲從心者, 有焉, 前後矛盾, 左右參差, 其出入而不循矩者, 多矣. 故或懦弱如媟女, 或汗漫如覊旅, 哀怨則幾乎哭泣, 憤激則近乎詈呵. 又意有可取而言或不馴, 句有可賞而篇或不充.

於是, 不得不一繩之以矩, 去其不合, 而存其合者焉. 盖始焉, 去者半存者半, 中焉, 去者多而存者少, 終焉, 僅有存者. 詩雖少技, 抑亦難矣哉!

起甲戌盡丁亥, 凡十四年, 五七言古律絶句歌曲, 合三百十八首.

---

10 규장각본에는 感으로 충북대본에는 惑으로 되어 있다.

오언고시 五言古詩

나는 단구(丹丘)¹¹와 더불어 청담(淸潭)¹²에 노닌지

십년이 되어간다. 올여름에 사람들을 따라 청담을 구경하고 돌아오다
가 저물녘에 선호(仙壺)¹³에서 묵었다. 동행한 사람은 대악(岱嶽) 노
인¹⁴과 수부(水部) 김씨 어른¹⁵인데, 대악과 단구 두 분은 새로 알게
된 즐거움이 있었다. '흰 구름은 하늘에 떠 있는데, 산모퉁이가 저절로
생겨나네'¹⁶라는 정경이 눈앞에 펼쳐져 있는지라 마침내 운(韻)을 나누
어 시를 지었다. 나는 천(天) 자와 출(出) 자의 두 운을 얻었다. 이 날
밤, 달이 뜰 때 이르렀다가 달이 질 무렵에 돌아왔다

---

11 단구(丹丘): 이윤영(李胤永: 1714~1759)의 호이자 충북 단양(丹陽)의 옛 이름. 이윤영은
본관이 한산(韓山)으로 목은(牧隱) 이색(李穡)의 후손이다. 자는 윤지(胤之)이다. 담양 부사
등을 역임한 이기중(李箕重)의 아들이었으나, 영조의 탕평책을 비판하며 벼슬에 나아가지
않고 청류(淸流)로 자처했다. 화가 이인상(李麟祥), 동생 이운영(李運永) 등과 어울리며 시속
에 가담하지 않는 채 고고한 삶을 지향하였다. 서울의 서부 반송방(盤松坊) 서지(西池)와 충
청도 단양(丹陽) 등지에 노닐며 시서화(詩書畵)의 높은 수준에 이르렀다. 서인 노론계의 문인
들에게 많은 영향을 주었는데 심익운도 그를 무척 따르고 존중했던 것으로 보인다. 『단릉유
고(丹陵遺稿)』 등의 저서가 전한다.

12 청담(淸潭): 단양팔경 중의 하나인 도담삼봉(道潭三峰)에서 사인암(舍人巖)에 이르는 수려
한 물길. 단양은 남한강을 따라 충주로 이동하는 수로의 요충지이기도 하였다.

13 선호(仙壺): 사전적으로는 신선이 사용하는 술병이나 좋은 술이 담긴 호리병을 지칭하지
만, 여기서는 호리병처럼 깊숙하고 신선이 살 것처럼 수려한 골짜기, 곧 단양의 산골을 뜻하
는 것으로 보인다.

14 대악(岱嶽) 노인: 미상. 다만 백일문집의 〈민노인 장지[閔老葬誌]〉에 적힌 민창후(閔昌厚:
1684~1765)가 아닌가 짐작된다. 민창후는 젊은 시절에 충청지역에 살다가 중년 이후에 강화
도로 이주한 인물로, 손자 하나를 심익운의 저택에 맡겨 공부시켰다고 한다. 수십 년을 교유
했다고 할 만큼 각별한 사이였으며, 심익운에게 점, 풍수, 택일(擇日), 작명 등을 가르쳐주었
다고 한다. 세사에 초탈한 듯 담소를 좋아한 인물로 표상되어 있다. 서울에 오면 주로 심익운
의 사직 저택에 묵었다고 한다.

15 수부(水部) 김씨 어른: 공조(工曹)에 근무하는 인척 어른을 뜻한다. 정황상 김상복(金相福:
1714~1782)이 환기되지만 구체적으로 확인하기 어렵다.

16 백운은~생겨나네: 『목천자전(穆天子傳)』 권3 소재 〈백운요(白雲謠)〉의 첫 구절이다. 서
왕모(西王母)가 목천자(穆天子)와 헤어질 때 불러주었다는 전설상의 노래로, 가사는 "흰 구름
은 하늘에 떠 있는데 산모퉁이는 저절로 생겨나네. 길은 아득히 멀고 산천은 가로막혔으나,
그대여 죽지 말고 다시 돌아오소서[白雲在天, 山陵自出. 道里悠遠, 山川間之. 將子無死, 尙能復
來]"이다.

僕與丹丘, 遊淸潭十年矣. 今歲夏從人, 自潭上歸, 暮宿仙
壺. 與之偕者, 岱嶽老人, 及水部金叔. 岱嶽與丹丘, 新知
之樂焉. '白雲在天, 山陵自出', 眼前景也. 遂分韻賦詩,
余得天出二韻. 是夜, 月出而至, 月落而歸.

내 평소 좋아하는 곳이 없지만
마음은 깨끗이 전원[林泉]에 머물렀네.
우연히 도화원(桃花源)을 찾아갔다가
마침내 호리병 속 별천지[17]로 들어갔네.
별천지 안에 선비가 한 사람[18] 있으니
그 모습과 자태가 신선과 같은데,
푸른 옥의 고운 술잔 손에 쥔 채
고개 돌려 흰 구름을 바라보네.
흰 구름은 메인 곳 없이 자유롭건만
이곳에서 노닌 것이 어언 십년이네.
인생이란 각자가 늙어가는 법,
어찌 서로 가련히 여기지 않으리.
새벽닭이 울 때까지 정담을 나눴건만
끝없는 정이 일어 잠을 이루지 못하네.

---

17 호리병 속 별천지: 외부와 차단된 호리병 안의 세계. 호중천지(壺中天地)라 일컬어지는
선경(仙境)을 뜻한다. 제목의 선호(仙壺)와 상응하는 표현이다. 『신선전(神仙傳)』에, 술사(術
士)인 비장방(費長房)이 신선인 호공(壺公)을 따라 호리병 속으로 들어가서 선경의 즐거움을
누렸다는 이야기가 전한다.
18 한 사람: 단릉처사(丹陵處士) 이윤영을 말한다.

平居無所好　　雅懷在林泉　　偶從花源歸　　遂入壺中天
壺中有一士　　顏貌若神仙　　手持綠玉杯　　回首白雲邊
白雲無定處　　玆遊今十年　　人生各老大　　安得不相憐
晤言及鷄鳴　　情極不能眠

그 두 번째
其二

흰 구름은 흩어졌다 모였다
밝은 달은 본래 모습 그대로.
오가는 흰 구름은 하늘에 가득하고
투명한 달빛은 그대 방을 채워주네.
방안에는 무엇이 있는가?
예스러운 옥과 비단 감싼 책들만.
계수 향 좋은 차를 내게 따라주고
온갖 꽃의 달콤한 꿀도 대접해주시네.
게다가 새로이 벗을 알게 되니
담소 나누며 정이 흘러넘치네.
새벽에 자리 털고 서울 향해 가노라니
달은 져가고 커다란 샛별이 떠오르네.
좋은 모임 끝났다고 슬퍼하지 맙시다
인생살이 백년도 어제와 같으리니.

白雲多變色　　明月本素質　　縱橫滿天際　　皓潔盈君室
室中何所有　　古玉與緗帙　　酌我桂香茶　　餌我百花蜜
亦有新相知　　笑言見情溢　　晨興望城歸　　月沒大星出
勝會莫怊悵　　百年如昨日

가슴속을 적어내다
述志

가을 든 숲은 나날이 쓸쓸해지니

올 한 해도 벌써 저물어가는구나.

이른 새벽에 옷 걸치고 일어나

지팡이 짚고 그저 산보나 하렸더니

풀벌레들은 쓰라리게 울어대고

오솔길에는 서리가 내려앉았어라.

차갑고 정갈한 떡갈나무 숲에

때때로 서늘한 바람이 부는데

배회하다 선산의 솔숲[19]에 들어오니

슬픈 마음에 지난 일들 떠오르네.

이 한 몸에 온갖 허물이 몰려들어

선조를 욕되게 한 것이 부끄럽구나.

울컥해라, 왕성 서쪽 이곳의 생활

서울의 옛집은 빈집 되어 닫혀있으리.

부자[20]가 제각각 달아나 숨었으니

---

19 선산의 솔숲: 원문의 송오(松梧)는 무덤가에 심은 소나무와 오동나무를 뜻하는데 선산(先山)을 상징하는 용어로도 쓰인다. 경기도 파주의 지산(芝山)에 심익운 집안의 선산이 있었는데, 사직(社稷) 곁의 저택에 머물 수 없을 때 그는 이곳에 와서 머물곤 했다. 여기서도 서울에 머물지 못하는 비애가 바탕을 이룬다.

20 부자: 부친 심일진과 심익운 자신을 일컫은 듯하다. 심일진이 돌아가신 양부(養父)의 신주(神主)에 고하여 일방적으로 파양(破養)하자, 당시의 공론이 이들 부자를 패륜아로 지목하였다. 사람들에게 배척되어 도성에서 거주하기 어렵게 되자 이들 부자가 뿔뿔이 흩어진

길은 멀고도 또한 험했네.
이곳은 진실로 척박한 땅이라
먹고 입는 게 모두 누추하건만
서울에 가까워서 그런 게 아니라
선산이 있어서 오게 된 것이네.
그래도 몇 칸짜리 집도 있어
아내와 아이도 데려올 수 있었네.
보리밭 푸르거나 벼가 누렇게 익어가는 때
아름다운 절기는 저절로 순박한 옛날 같고
봄과 가을 계절 따라 세상 만물 바뀌니
깨끗하게 청소하고 좋은 술로 제사지내네.
가문의 업을 이어 시서를 짓고
굽어보고 우러러보며 하늘의 뜻 살피니[21]
허리와 목이 끊어지는 것을 겨우 면했는데[22]
어찌 더 낮은 벌로 덜어 주길 바라리오.
요행히 의지할 데 있어 목숨 마치게 되었으니
그나마 나은 편이라 웃고 부질없이 생각하노라.

_____

사정이 엿보인다.

21 굽어보고~살피니: 원문의 삼오(三五)는 15일로서, 15일은 차오르고 15일은 이지러지는
달의 주기를 의미한다. 『예기(禮記)』의 〈예운(禮運)〉에 출전을 둔 것으로, 여기서는 세상사의
흥망과 변화를 뜻한다고 보았다.

22 허리와~면했는데: 원문의 요령절(要領絶)은 허리와 목이 끊어진다는 뜻으로, 『후한서(後
漢書)』, 「일민열전(逸民列傳)」의 엄광(嚴光) 고사를 가져다 쓴 표현이다. 광무제가 엄광을 기
용하여 부르자 엄광의 친구인 후패(侯覇)가 인편을 시켜 '인을 가슴에 품고 보완하면 천하가
즐거워할 것이고, 아첨하여 황제의 뜻에 순종한다면 허리와 목이 끊어질 것[懷仁輔義天下悅,
阿諛順旨要領絶]'이라 충고했다 한다.

曳杖聊散步
時與凉風遇
媿余忝先祖
道路脩且阻
所來爲丘墓
佳節自中古
俛仰窺三五
空懷笑爾愈

平朝攬衣起
凄清梛樹陰
一身集百尤
父子各奔竄
非爲近京洛
麥清稻黃日
舊業餘詩書
畢命幸有依

玆歲旣云暮
山逕被霜露
怵惕興緬慕
古宅鎖空戶
衣食並貧窶
可以將娛孺
灑掃陳醴酤
詎希剒刜補

秋林日牢落
草虫多苦響
徊徨入松梧
鬱鬱王城西
玆土信薄堉
亦有數間屋
春秋異時物
庶免要領絶

벼 타작하는 것을 보고
觀打稻

볍씨 뿌리는 것은 자식을 삼는 것 같고
벼 타작하는 건 원수를 치는 것 같네.
아끼고 미워함이 서로 달라서가 아니라
사는 것과 죽는 것이 계절 따라 바뀔 뿐.
이 백성들도 또한 가난하기 짝이 없어
밭도랑 사이에서 근력이 시들어가네.
세금 기한 다가오면 항상 두려우니
고달프게 허둥지둥, 쉰다는 말 감히 하랴.
백성들 구하겠다는 평생의 뜻은 어찌하고
으슥한 산길에서 홀로 지팡이에 기대었나.

種稻如種子   打稻如打讐   非有愛憎殊   生死自春秋
斯民亦云艱   筋力在田疇   常恐租期近   勞勞敢言休
平生經濟志   倚杖山逕幽

50

우연히 짓다
偶然作

단풍 숲에 이따금 혼자서 가보면
맑은 경치 정말로 아양을 떠는 듯.
언덕에 풀들은 너울너울 우거졌고
들판의 이삭들은 잘 익어 늘어졌네.
산골짝에 빼어난 것 없을지언정
그래도 산에 살려는 내 맘에 쏙 들어.
꺾어 든 국화꽃이 한 줌도 차지 않으나
지팡이 짚고 애오라지 저 멀리 바라보네.

楓林時獨往　　晴景正孤媚
萋萋原上草　　離離野中穧
雖無丘壑秀　　而愜山樊志
采菊不盈把　　拄杖聊遠視

그 두 번째
其二

산과 숲이 제 절로 마음에 딱 맞거늘
더구나 가을 기운이 이토록 좋구나.
편안히 거닐어 푸른 산꼭대기 올라서는
한참 동안 가만히 초록 이끼에 앉아 있네.
세찬 바람에 시냇가 솔숲이 울리고
맑은 서리에 들판의 국화가 피어나네.
뜬구름은 아득히 남으로 흘러가는데
내 가슴도 어이 그리 아득히 흘러가나!

山林自適性　　況復秋氣佳
閒行陟靑巓　　移時坐綠苔
風勁澗松鳴　　霜淸野菊開
浮雲杳南征　　我思何悠哉

저물녘에
夕

가을철은 본래 음기가 짙어

가을 산에는 저녁이 쉬 찾아오네.

바람이 불 때마다 낙엽은 떨어지고

바위틈에선 구슬픈 냇물 소리.

덧붙여 기러기 소리 들려오는데

서글피 울며 텅 빈 하늘로 떠나가네.

한 해가 저물 때는 쓰라린 소리들 많아지니

만물이란 모두가 그저 나그네일 뿐.

하늘과 땅조차도 영원할 수 없는데

해와 달은 어찌 이리 야박하게 구는고.

그대여, 동쪽 봉우리로 해 떨어진 걸 보았는가?

그런데 벌써 서쪽 산마루에는 달이 떠오르네.

백년의 인생도 끝내는 끝이 있으니

살아 있는 동안에는 유유자적이 귀하네.

보지 않았는가? 공자 같은 성인도

진·채의 땅에서 곤경[23]에 처했던 것을.

그렇다고 배울 일은 아니라네, 왕자교[24]가

송백(松栢)처럼 수명이 길고 길었던 것을.

---

23 곤경: 공자가 제자들과 더불어 천하를 구하려 돌아다니다가 진(陳)나라와 채(蔡) 나라 사이에서 당했던 곤경. 일행의 양식이 떨어져 7일 동안 밥을 먹지 못한 채 굶어죽을 위기에 처했다고 한다. 『장자(莊子)』의 「산목(山木)」편에 관련 고사가 전한다.

24 왕자교: 도술을 터득하여 신선이 되었다는 전설상의 인물. 주(周)나라 영왕(靈王)의 태자였던 왕자교(王子喬)가 숭산(嵩山)에서 도술을 배워 신선이 되었는데 학을 타고 다녔다고 한다.

秋天本多陰　秋山日易夕　落葉隨風下　悲鳴磵中石
復聞鴻雁聲　哀號向空碧　歲暮多苦響　萬物同一客
天地不長存　日月何促迫　君看東峯黑　已有西嶺白
百年亦有限　人生貴自適　不見尼父聖　尚遭陳蔡厄
莫學王子喬　壽命齊松栢

벼 타작
打稻

벼 타작에는 품이 많이 드는데
사람들 많아야 벼 수확도 좋아지네.
볏단 밑동 자를 땐 길게 남기지 말고
볏단 머리 묶을 땐 이삭 꺾이지 않게 하소.
허리춤에 낫 차고 타작마당으로 와서는
다 같이 소리 맞춰 벼를 함께 타작하네.
온 들판을 차례로 바라보니
바람이 황금들녘을 쓸어가네.
벼 타작 괴롭다고 말들 하지만
쌀밥을 지어 먹으면 배가 부르네.
쌀밥 맛이 어떠하오? 이리 물으면
안기생의 대추[25]보다 못하지 않으리.
옥이 좋다고 논밭에 옥을 심지는 마시게
옥 심어 기른다 한들 그 옥이 내 옥이랴.[26]
용이 좋다고 우리 집 소랑 바꾸지는 마시게
자라서 날아갈 때는 다섯 발톱을 드러내니.
사람은 온갖 만물 중에 영장이요

---

25 안기생의 대추: 신선인 안기생(安期生)이 즐겨 먹었다는 오이만큼 큰 대추.
26 옥이~옥이랴: 어떤 사람이 돌 한 말을 넣어 밭에 심었더니 몇 년 뒤에 옥이 자랐다고
하는 이야기. 『수신기(搜神記)』에 전하는 고사이다.

벼 또한 온갖 풀 중에 신령이니
비유하자면, 어린아이가 젖을 먹다
젖 없애면 곧 말라죽음과 같은 이치.
올해는 수재에다 한재까지 겹쳤는데
어쩌다 서리까지 너무 일찍 내렸네.
동쪽 농가에서 가꾼 열 마지기 중에
아홉 마지기는 쭉정이만 거두고 말았네.
일 년의 힘을 다 쏟아 부었건만
그중에 하루조차도 웃을 날이 없구나.
그대는 보았는가, 타작하던 그 사람들이
가다가 길에서 굶주려 쓰러지는[27] 모습을.

打稻集衆功	人多稻方好	刈稻根莫長	束稻頭莫倒
腰鎌場上來	齊聲同打稻	漸看四野中	風吹黃雲掃
打稻雖云苦	食稻腹中飽	問稻味何似	不讓安期棗
有田莫種玉	種玉非我寶	有牛莫易龍	龍飛張五爪
人旣靈萬族	稻亦神百草	有如孩飮乳	去乳孩卽槁
今年水旱乖	況復霜降早	東家十畝田	九畝抱空藁
用盡一年力	不淂一日笑	君看打稻者	去作道中莩

---

27 굶주려 쓰러지는: 여기서 원문의 표(莩)는, 굶주려 죽는다는 아표(餓莩)의 뜻으로 풀이된다.

꼬마 종
小僕

우리 집 꼬마 종은 송아지보다 작아서
힘쓰는 것이 난쟁이보다도 못하건만
산골에서는 애들 일손도 모자라
하루걸러 땔나무 해오라 시키네.
구월이라 늦가을 바람 쌀쌀하고
숲은 황량하고 산길은 멀기만 한데
사람 다니는 곳에 호랑이가 나오고
여우와 이리 같은 들짐승도 출몰하네.
호랑이는 굶주리면 사람을 잡아먹고
여우도 또한 둔갑하기를 잘한다더라.
다 큰 어른도 외려 홀리기가 쉬운데
하물며 너는 겨우 다박머리 아이거늘.
새벽별 헤치며 산기슭에 들어가서는
달빛을 두르고 산자락을 내려오네.
그저 늘 배부르게 먹을 줄만 알아
허리에 낫 차고 돌아다니며 흥얼흥얼.
일 잘한다고 네가 자랑하려들면
어찌 알랴 그것이 우환을 부를 줄.
저물녘 사립문에 지팡이로 짚고 서서
너를 생각하니 가슴이 다 아린하구나.

서리가 짙어 나뭇잎도 미끄러울 테니
기운 세다 헛되이 자랑하질 말거라.

小僕於小犢　　力不勝僬僥　　山家乏僮指　　倂日課薪樵
凄風九月中　　林荒山迢遙　　人虎兩相雜　　況乃狐狸跳
虎飢卽噬人　　狐又善爲妖　　壯夫尙迷惑　　矧汝纔童髫
侵星入林足　　帶月下山腰　　但能常飽飯　　腰鎌行且謠
要誇功力足　　詎知憂患招　　倚杖柴門夕　　念汝心迢迢
霜重木葉滑　　爾氣莫虛驕

철 따라 나는 기러기
候鴈

철 기러기는 절기를 잘 알아서
봄마다 가을마다 찾아가는 곳이 다르네.
얼음이 녹으면 비로소 북쪽으로 찾아오고
나뭇잎이 지면 먼저 알고 남쪽으로 향하네.
어찌 북방의 고류(高柳) 땅[28]을 떠나왔으면서도
남쪽의 형양(衡陽) 고개[29]를 넘지 못하나.
먹이를 찾아 옮겨 다닌다 사람들은 말하지만
해바라기 같은 일편단심이라 나는 생각한다네.
옛날에는 기러기와 같은 신하[30]가 있었건만
지금은 기러기와 같은 날짐승만 남았구나.
날짐승도 오히려 신의를 아나니
우리네 인간들은 부끄럽기 짝이 없네.

---

28 고류(高柳) 땅: 고류(高柳)는 중국 북방의 고류현(高柳縣). 『산해경(山海經)』에 의하면, 기러기의 북회귀선인 안문(雁門)이 고류현의 성곽 북쪽을 지난다고 하였다.

29 형양(衡陽)의 고개: 형양은 형산(衡山) 산맥 남쪽에 있는 중국의 남쪽 도시. 형산의 남쪽에, 기러기가 되돌아 올라간다는 뜻의 회안봉(回雁峰)이 있는데 이곳을 기러기의 남회귀선으로 본 것이다. 시문에 이따금 등장하는 지명이다.

30 기러기 같은 신하: 원문의 안신(雁臣)은, 가을철에 수도로 근무하러 왔다가 봄이 되면 사기 부락으로 놀아가는 중국 북방의 수령을 뜻한다. 여기서는 절기에 따라 일정하게 약속을 지키는 기러기처럼 '신의가 있는 신하'로 쓰였다.

候鴈知時節　春秋異所尋　氷泮初歸北　木落先向南

寧離高柳塞　不過衡陽岑　人言稻粱謀　我懷葵藿心

古者有鴈臣　而今有鴈禽　禽鳥尚知信　斯人媿應深

무리지어 나는 기러기
群鴈

닭의 무리는 벌레 하나로 싸우고
개의 무리는 뼈다귀 하나로 싸우나니,
어찌 견주랴, 무리지어 나는 저 기러기들이
크든 어리든 서로 챙겨 잃어버리지 않음과.
푸르러 구름 한 점 없는 저 가을 하늘에
백 마리씩 열 마리씩 가지런히 나란하네.
앞선 무리는 뒤의 무리를 살펴보면서
머리를 가지런히 한 채 어이 그리 정연한고.
앞줄 기러기가 뒷줄 기러기 보아가며
날개도 가지런히 모두가 줄을 지었네.
서로 부르며 밭두둑으로 내려가니
때마침 벼와 기장이 익어가는 철이네.
다 같이 한 번 배부르기를 바라기에
내 것 네 것 다투고 빼앗는 일이 없네.
부탁하노라, 새 잡는 사냥꾼들아!
의로운 기러기이니 죽이지를 말거라.

羣鷄爭一虫	羣狗爭一骨	豈如羣飛鴈	小大不相失
秋空碧無雲	百十同羅列	前頭看後頭	齊首何乙乙
前行看後行	並翼皆一一	相呼下町畦	及此稻粱節
所望同一飽	爾我無爭奪	寄言虞羅者	義鳥莫輕殺

저녁에 나는 기러기
暮鴈

만물은 저마다의 소리를 내는데
저녁 기러기는 그 소리가 유독 서글프네.
활시위에 놀라면 모두가 화들짝 비상이요
짝을 부를 때는 뭔가 쫓기는 듯하구나.
추근추근 차가운 이슬이 내리고
하늘하늘 푸른 구름도 사라지며,[31]
장문궁(長門宮) 등잔[32]에 찬바람 불고
하량(河梁)의 술잔[33]에 눈발 날리면,
이런 때는 사람들 애간장이 끊기거늘
너희들 슬픈 소리를 어찌한단 말이냐!

萬物各有聲	暮[34]鴈聲獨哀	驚弦知皆急	喚侶如相催
凄凄白露下	離離碧雲開	風吹長門燈	雪落河梁杯
此時腸共斷	爾聲何爲哉		

---

31 추근추근~사라지며: 앞의 구는 두보의 시의 구절인 "찬이슬 아래에서 난초가 꺾이고, 가을바람 앞에서 계수가 부러진다[蘭摧白露下, 桂折秋風前]"에서 점화한 듯하며, 뒤의 구절은 강엄(江淹)의 시 구절, "해가 지면 푸른 구름도 서로 만나는데, 그리운 사람은 어이 오지 않는 가[日暮碧雲合, 佳人殊未來]"에서 점화한 듯하다. 두 구 모두 가을날의 상심을 표현한 것이다.

32 장문궁(長門宮) 등잔: 진(陳)의 황후인 아교(阿嬌)가 처음에는 한(漢) 무제(武帝)의 총애를 듬뿍 받다가 나중에는 폐후(廢后)되어 장문궁에 유폐된 고사를 가리킨다.

33 하량(河梁)의 술잔: 하량(河梁)은 하수의 다리라는 뜻. 한(漢)의 이릉(李陵)이 소무(蘇武)와 작별하면서 〈하량의 이별[河梁別]〉이라는 시를 썼다고 한다.

34 규장각본에는 莫으로 충북대본에는 暮로 되어 있다.

새벽 기러기
曉鴈

저물녘 기러기 소리는 그래도 들을만해도
새벽녘 기러기 소리는 차마 듣기 어렵구나.
져가는 새벽별 너머로 처절히 울며 날고
외로운 달 주변을 울부짖으며 떠나가네.
쌍쌍이 무리지어 새벽길을 서두르는 듯
일제히 줄을 지어 추위를 하소연하는 듯.
이럴 때는 독수공방하는 아낙네들도
이불을 끌어안고 잠을 이루지 못하나니,
기러기 소리 한 가닥에 눈물이 한 줄기
눈물 흘러 베개 머리에 샘물이 괴듯.
부질없이 새벽 기러기만 원망할 뿐
집 떠난 그 사람을 한(恨)하지 못하네.

暮鴈尙可聽	曉鴈那堪聞	淸切落星外	嘹唳孤月邊
雙雙若催曙	一一如訴寒	此時空閨女	抱衾不成眠
一聲一垂淚	淚作枕上泉	空自怨曉鴈	不敢恨征人

빗속의 기러기
雨鴈

허둥지둥 빗속에 날아가는 기러기들
날개가 젖어 마음대로 날 수가 없네.
젖은 깃털 가여워하며 애절히 우는데
일행을 돌아보니 이어졌다 끊겼다가.
바람 타고 비상할 날개가 없진 않으나
긴 여정에 이따금씩 곤욕을 당하네.
그래도 부럽진 않네, 제비들 짝을 지어
화려한 처마에서 까불대며 자랑하는 꼴.

急急雨中鴈　　翅濕飛不得　　叫鳴惜毛羽　　顧行時斷續
非無凌風翼　　長路暫窘辱　　不羨雙飛燕　　得意在華屋

쌍 기러기
雙鴈

한 쌍의 오리는 노부부 한 쌍 같으나
연못에 비춰보면 머리 하얀 것 부끄럽고,
한 쌍의 까마귀는 자식 쌍둥이 같지만
숲 속에 투숙하면 모두가 까만색일 뿐.
사랑스러워라, 울며 날아가는 저 기러기
한 쌍 되어 날며 날개 넷이 나란하구나.
너희들 울음소리는 서로 응하는 봉황 같고
너희들 모습은 나란히 잠든 원앙 같네.
세상 만물 모두 다 제 짝이 있다 해도
신의로 치자면 옛날부터 따를 자 없어
이 때문에 사람들이 혼례를 치르면
너희를 모셔두고 서로 맹세하는 게지.

雙鳧如雙老　　臨池羞共白　　雙烏知雙童　　投林見皆黑
愛此雙鳴鴈　　雙飛齊四翼　　聲作鳳凰應　　止比鴛鴦宿
有物各有匹　　信義古所獨　　是以婚姻禮　　執爾以相告

외로운 기러기
孤鴈

외기러기 짝을 잃고 헤매어
울면서 나는 모습 항상 외톨이.
좇아가지 못했던 것도 아닌데
어찌해 네 무리를 잃어버렸느냐.
암기러기야! 어쩌면 숫기러기야!
누군가 그물에 잡혀버린 것이냐?
하늘은 차갑고 가야 할 길은 멀어
애달피 서글피 저 허공에 하소연하네.
과부들은 귀를 막으며 눈물을 짓고
고아들은 한밤중에 목을 놓아 우는구나.
아아! 가는 길 부디 조심하여라
사냥꾼이 너를 놔주지 않을까 하니.

孤鴈迷雄雌　　飛鳴常見獨　　不緣飛不及　　胡爲失其族
爾雌豈爾雄　　或爲網羅觸35　　天寒道路遠　　哀哀訴空碧
寡孀皆掩耳　　孤兒夜中哭　　嗟哉愼所往　　虞人不汝繹

---

35 규장각본에는 觸으로 충북대본에는 觸으로 되어 있다.

병든 기러기
病鴈

병든 기러기를 병든 학에 견주지만
병든 기러기 가련하기 짝이 없구나.
학이야 병들어도 외려 모이를 얻지만
기러기는 병이 들면 나을 수가 없네.
물갈퀴 발로 겨우겨우 걸어가다가
열 걸음에 여덟아홉 번 거꾸러지네.
텅 빈 논에는 이삭 한 톨 없는데
그물에 걸릴까 봐 그것도 무섭네.
사람들 향해서 하소연하여
'삼키기도 뱉기도 힘들어요.'라고 한들
세상 사람들은 보살펴줄 마음은 없고
모두가 너희를 아침 찬거리로 삼으려 하네.
기러기 마음을 내가 대신 말해줄까
'만물 목숨은 다 같이 하늘에 달렸으니
어찌 저 기러기가 노란 참새만 못하랴
쌍 옥가락지쯤이야 바치고도[36] 남을 것을!'

---

36 쌍~바치고도: 황작(黃雀)이 보은한 기이한 이야기가 『수신기(搜神記)』에 전한다. 한
(漢)의 양보(楊寶)가 9살 때 개미들에게 먹힐 뻔한 황작을 정성껏 간호해서 보냈더니, 어느
날 밤에 황의동자(黃衣童子)의 모습으로 나타나 '지난번은 서왕모(西王母)의 심부름을 가던
중'이었다며 옥환(玉環) 4개를 신물로 구었는데, 후에 양보의 후손이 4대에 걸쳐 고관이 되었
다고 한다.

病鴈比病鶴　　病鴈更堪憐　　鶴病尙可啄　　鴈病不可痊
蹠足竄行步　　十步八九顚　　空田無一栗　　復畏網羅牽
向人若有云　　吞吐不能宣　　世人少慈腸　　皆欲充朝餐
我爲道鴈意　　物命同在天　　豈不及黃雀　　終致雙玉環

나그네 기러기
旅鴈

안문(雁門)[37]의 변방엔 벌써 가을인데
흉노 사람들 기운은 정말로 날쌔다 하네.
붉은활에다 쇠로 만든 굳센 화살로
구름 속의 쌍 독수리도 떨어뜨리네.
더벅머리 열 살짜리 흉노 아이도
그 힘이 용맹스런 새매와 같다네.
하늘을 향해 기러기들을 쏘아 맞추자
화살 하나에 열 마리가 줄줄이 떨어지네.
튼튼한 기러기는 높이 날아 떠나버리고
어린 기러기들은 기럭기럭 서글피 우네.
기럭기럭 슬피 울며 남쪽 향해 가는데
서리는 싸늘하고 구름 속 길은 아득하네.
낙엽은 위아래로 떨어져 나뒹굴며
우리랑 같이 빙빙 날개짓하는 듯하네.
어찌 고향이 그립지 않겠는가
우리는 정말로 흉노가 무섭네.
남쪽에는 볍쌀과 기장이 있다 하니
아마도 우리들을 받아주지 않을까.

---

37 안문(雁門): 중국의 북쪽 변방에 있는 지명으로 기러기의 북회귀선.

鴈門塞已秋　　匈奴勢正驕　　騂弓鐵鳴鏑　　雲間落雙雕

黃頭十歲兒　　氣作鶡子豪　　仰天射鳴鴈　　一箭連十曺

大鴈高飛去　　小鴈鳴嗷嗷　　嗷嗷俱向南　　霜清雲路遙

木葉上下舞　　與我同翔翶　　豈不念故鄉　　我實畏匈奴

南方有稻粱　　且可容我徒

돌아가는 기러기
歸鴈

대(代) 땅의 말[38]은 항상 북쪽 고향을 그리워하고
월(越)나라의 새는 연(燕)나라를 좋아하지 않는 법.[39]
나는 본래 안문(雁門)[40]에서 살았던지라
안문 앞에 내 마음이 가서 머무네.
안문은 사막에 붙어 있는 곳
구름과 모래가 막막히 이어지네.
겨울의 끝자락에 봄기운 섞여들면
여린 양(陽)의 기운이 땅속까지 다다르네.
남쪽 타향에는 오래 머물 수 없으니
장차 북쪽 고향으로 돌아가야 좋겠네.
즐겁게 기럭기럭 짝을 부르며
나는 뒤서거니 너는 앞서거니.
큰 강물은 건널 수가 없으나
넓은 바다에 푸른 하늘은 날기가 좋다네.
예전에는 사냥꾼의 그물을 두려워했지만,
지금은 오랑캐의 화살도 두렵지 않다네.
제철 되면 만물도 즐거워하는 법이요

---

38 대(代) 땅의 말: 원문의 대마(代馬)는 중국 북쪽의 대군(代郡)에는 나는 명마를 가리킨다.
39 않는 법: 남쪽 월나라와 북쪽 연나라는 중국의 남북으로 극과 극에 이르는 지역이다. 고향이 아주 다르면 저절로 좋아지기 어려움을 말하고 있다.
40 안문(雁門): 중국의 북쪽 변방에 있는 지명으로 기러기의 북회귀선.

고향이란 누구나가 그리워하는 곳.
강남에 내 다음 해들이 남아 있어서
애오라지 이 글을 지어 부치네.[41]

代馬常思北　　越鳥不戀燕　　我本鴈門居　　心在鴈門前
鴈門接大荒　　漠漠雲沙連　　季冬春氣交　　微陽達黃泉
南方不可久　　日.可北歸旋　　離離命儔侶　　我後爾爲先
長河不足涉　　海闊喜靑天　　昔曾畏虞羅　　今不惻虜弦
時至物亦樂　　故鄉人所憐　　江南有兄弟　　聊用寄此篇

---

41 강남에～부치네: 북쪽 안문이 고향이 기러기가 이제 고향으로 돌아가는데 남쪽에 와서
사귄 다음 해 같은 사람들과 결별하며 이 시를 부친다는 뜻으로 보인다. 이 표현은 저자인
심익운이 추방되다시피 했던 혹독한 시절을 보내고 이제 서울의 사직 저택으로 돌아가게
된 상황을 은유한 듯하다.

눈 개인 뒤에,
취성당(聚星堂)[42]에서의 명령에 응해
雪後 用聚星令

하늘이 세상 탁한 것을 불쌍히 여겨
오늘 아침에 한 번 깨끗하게 해주었네.
더러운 대지에 추한 것들이 감춰지고
호젓한 골짜기에 저녁 풍경이 환하구나.
온갖 사물이 모두 다 새롭게 보여서
선한지 악한지를 구별치 못하겠는데,
어찌하여 저 까마귀 한 쌍만큼은
예전처럼 마주 대해 깍깍대고 있는 걸까?

天公憫世濁　　今朝同一淸
朽壤衆醜隱　　幽谷暮景明
萬物咸改睹　　不辨善惡情
奈何雙烏子　　依舊相對鳴

---

42 취성당(聚星堂): 북송의 구양수(歐陽脩)가 여음(汝陰) 태수로 재직할 때 마침 눈이 내리자
취성당(聚星堂)에서 주연을 베풀고 눈[雪]을 소재로 시를 짓게 하였다. 그런데 눈을 형용하기
위해 지주 쓰이는 글자를, 곧 옥(玉), 월(月), 리(梨), 매(梅), 서(絮), 학(鶴), 아(鵝), 은(銀),
무(舞), 백(白) 등의 글자를 금지하여 난도를 높였다고 한다.

문방의 여러분에게 써서 보이다
書示文房諸人

하늘의 운세는 성하고 쇠함이 있어
인간사가 다시금 변화를 계속하네.
초목은 스스로 말하지 못하지만
번성함과 쇠함이 번갈아 바뀌고,
내린 눈은 지붕 위에 쌓였다가
녹은 눈은 지붕 아래로 흘러내리네.
수명이란 길고 짧음이 다르지만
몸뚱이를 빌어 사는 것은 다르지 않네.
성현들은 언제나 환난 속에 놓이나
못난 사람들은 밭을 갈며 편안하네.
내가 그대들 두어 사람과
산 중에서 이 맑은 밤을 즐기건만
시서(詩書)는 마융과 정현에게 부끄럽고[43]
춘추(春秋)는 자유와 자하에게 미안하네.[44]
어찌하면 나를 가르쳐줄 벗을 얻어서
애오라지 밤낮으로 시간을 함께 할까.

---

43 시서~부끄럽고: 마융(馬融)과 정현(鄭玄)은 후한(後漢)의 유명한 학자들로서 『시경』과 『서경』을 주석한 인물. 여기서는 마융과 정현처럼 경전을 주석할 만한 경지에 이르지 못했음을 부끄러워한다는 뜻이다.

44 춘추~미안하네: 자유(子遊)와 자하(子夏)는 공자의 10대 제자 중에 '문학(文學)'에 빼어났다는 인물들이다. 여기서는 공자가 지은 『춘추』를 잘 배운 제자들이라는 뜻을 담고 있다. 특히 자하는 『춘추』의 「공양전(公羊傳)」과 「곡량전(穀梁傳)」을 전한 제자로 알려져 있다.

인생 백년을 끝내 그 누가 알 수 있으리
세월은 물을 쏟듯이 훌훌 지나가는데.
유학의 도는 정말로 넘실넘실 넓나니
주의하시게, 새벽에 말을 몰듯 일찌감치 공부하기를.

天運有盛衰	人事更變化	草木不自言	榮枯相代謝
雪落在屋上	雪消從屋下	年命異脩短	形骸同假借
聖賢素患難	愚賤安耕稼	吾與二三子	山中樂淸夜
詩書慙馬鄭	春秋媿遊夏	豈有提誨益	聊爲晨夕暇
百年竟誰度	歲月況如瀉	吾道正浩蕩	戒之且早駕

북풍
北風

음양은 오묘한 기미를 멈춘 적이 없어
하늘과 땅이 또한 수고롭게 움직이네.
동짓달에는 죽이는 기운이 성한지라
삭풍이 불자 하늘조차 높아지네.
여섯 마리 용의 수염도 얼어서 끊어지고[45]
달 속의 토끼도 차가워서 털이 빠질 지경.[46]
잡목들이 죽는 것은 아깝지 않으나
다만 곧은 소나무 시들까 걱정이네.
하늘 향한 채 북풍을 바라보며
우두커니 서 있자니 마음이 울적해지네.
선과 악도 본래는 같은 정에서 나오거늘
후하고 박함이 나에게만 왜 이리 다른가![47]

陰陽無停機	天地亦已勞	仲冬殺氣盛	北風天爲高
六龍凍折鬚	顧兔寒墮毛	不惜惡木死	但恐貞松枯
仰天望北風	佇立增鬱紆	善惡本同情	厚薄我何殊

---

45 여섯~끊어지고: 한유(韓愈)의 시 〈너무 추위[苦寒]〉에, "불을 맡은 형혹 별도 궤도를 잃었고, 수레 끄는 여섯 용도 수염이 얼어 빠졌도다[熒惑喪躔次, 六龍氷脫髯]"라는 구절이 있다. 혹독한 추위를 표현한 것이다.

46 달~지경: 달 속에 토끼가 산다는 전설을 사용하여, 토끼털이 얼어서 빠질 만큼 추운 날씨라고 표현한 것이다.

47 후하고~다른가: 운명이 심익운 자신에게 주는 시련이 너무 야박하다는 뜻으로 쓴 구문이다.

산속의 방
山房

산속의 방에 홀로 눕지 말 것을,
덜덜 떨리는 추위에 한기가 엄습하네.
바람은 울타리를 따라 불어가고
달빛은 들창을 통해 비쳐오네.
이 한 몸 다행히 유유자적했었는데
수많은 근심이 홀연 달려드는구나.
요순 임금 그 평화로운 시대 뒤로는
존중하며 절하는[48] 사람을 들은 적 없네.
당대에는 공자와 안자도 경시되었건만
후세에는 맹자와 자사를 칭송했었네.[49]
유학의 도가 무너진 지 오래라
득실을 재어보니 백에 열 번꼴.[50]
하늘의 운이 어찌 정해져 있다 하리
인간의 일이란 진실로 힘쓰기 나름이지.
아아! 그런데 저 양주(楊朱)라는 사람은
아무것도 하지 않고 갈림길에서 울었다네.[51]

---

48 존중하며 절하는: 원문의 고읍(高揖)은 두 손을 포개어 높이 들고 겸손하게 인사를 나누는
모습. 여기서는 서로의 인격을 존중하며 인사를 나누는 현인들을 뜻하는 것으로 보았다.
49 당대에는~ 칭송했었네: 맹자와 자사보다는 공자와 안자가 훌륭하지만 시대에 따라 존경
받고 성시되는 상황이 달랐다는 뜻.
50 백에 열 번꼴: 유학의 도가 인정받은 때가 열에 한 번 정도에 그쳤다는 뜻.

山房莫獨臥　　栗烈寒氣襲　　風從籬外去　　月向牖中入
一身幸自適　　萬慮忽復集　　自從唐虞來　　不復聞高揖[52]
當時賤孔顔　　後世稱軻伋　　斯道久已頹　　得失相百十
天運詎有定　　人事苟能及　　嗟嗟楊朱子　　無爲岐路泣

---

51 갈림길에서 울었다네: 춘추전국시대의 양주는 인위적으로 아무 일도 하지 않고 혼자만
선하면 된다는 이른바 무위독선설(無爲獨善說)을 주장한 인물이다. 그런데 어느 날, 이웃 사
람이 많은 사람을 동원하여 잃어버린 양을 찾아갔다가 그냥 돌아온 일이 있었다. 그 많은
사람들이 나서고도 어찌하여 찾지 못했냐고 묻자 사람들은 갈림길을 가보니 다시 갈림길이
나타나 찾을 수가 없었다고 답했다. 양주는 이 말을 듣고 수심에 잠겨 종일 아무 말도 하지
않았다고 한다. 이 고사는 대도(大道)를 찾기 어려움이 양을 찾는 것보다 어려움을 상징한다.
52 규장각본에는 楫으로 충북대본에는 揖으로 되어 있다.

그믐

晦

하늘의 운행은 쉼이 없나니
오늘은 달이 다시 그믐이 되었네.
음과 양은 어찌 이리 촉박한가
삼경과 오경에도 진퇴가 교체되네.
텅 빈 산에서 밤하늘을 살펴보니
별들만이 어둠 속에서 밝구나.
반짝반짝 각기 빛을 뿜내는데
천 개 만 개가 다 같지 않구나.
호랑이가 숲속에서 나온 것일까
개들이 땅 위를 다니며 짖어대네.
달 속의 토끼는 죽은 지가 오래인지[53]
넋과 정기가 모두 흩어져버렸네.
내가 해의 신 희화(義和)[54]를 부르려고
여섯 용의 등짝을 채찍질하였네.
용맹하게 동쪽으로 해를 몰고 오니
밝은 햇살이 너희 어둠을 쓸어버리네.
다시 본래의 밝은 하늘을 회복하면

---

53 달~오래인지: 토끼는 달 속에 산다고 알려져 있는 신화적 동물로서 여기서는 곧 달을
뜻한다. 그믐밤이라서 달이 보이지 않는다는 말이다.
54 희화(義和): 고대 신화 속의 해를 몰고 다닌다는 신. 해를 뜻한다.

넓고 아득하여 막힘이 없으리라.
그믐밤에 우연히 이런 마음이 생겨
우두커니 선 채 개탄을 연발하노라.

天運去不息　今日月又晦　陰陽何促迫　三五更進退
空山夜見天　但覺衆星在　歷歷各自誇　千萬不可禦
虎從林間出　犬行地上吠　狡兎死已久　魂精同破碎
吾欲招羲和　鞭笞六龍背　奮髥東方來　明日掃汝輩
還歸素天質　蕩蕩無一碍　此志亦偶然　佇立以歎嘅

세 분의 군자를 애도하며
悼三君子

　내가 친하게 지내는 사람으로 단구자(丹丘子), 청서(靑墅) 어른, 칠산 (七山) 노인 세 분이 계시는데 모두 시에 능하셨다. 칠산 노인은 강개(慷 慨)한 마음으로 의(義)를 사모하여 뜻에 맞는 사람들과 노닐기를 좋아하 였다. 청서 어른은 풍모가 멋있는데다 음주를 좋아했는데, 세상과 더불어 부대끼면서도 자신의 뜻을 잃지 않으셨다. 단구자는 맑고 깨끗함을 스스 로 지키며 신선(神仙)과 기이(奇異)한 일을 좋아하였다. 나랑은 나이 차이 가 많이 났음에도 재주 없는 내가 교유의 말석에 끼게 되었으니 이로써 그분들의 사람됨을 알 수 있다. 아! 그런데 이 세 분은 지금 모두 돌아가셨 구나. 나도 또한 세상에 버림받아 남들과 다시는 어울리지 못하게 되었다. 내가 이룬 것이 없음을 슬퍼하고 저분들이 전해지지 못함을 애석하게 여 겨, 이에 각기 몇 마디 말로 이 비통하고 서글픈 마음을 다해보고자 한다.

　余所善, 有丹丘子・靑墅丈・七山翁三人者, 皆善詩. 七山慷慨慕義, 愛 樂知己之遊. 靑墅美風儀, 好飮酒, 與世浮沈, 而不失其守. 丹丘淸潔自持, 喜神仙奇異之事. 與余年輩甚遠, 余以不才, 獲忝交遊之末, 以得其爲人也. 嗟乎, 是三人者, 今皆已死矣, 余亦自棄於世, 不復與人齒矣. 悼吾無成, 惜 彼不傳, 乃各爲數語, 以致其悲哀之意云.

칠산(七山) 조종림(趙宗林)
七山

진사 조종림[55] 공으로, 자는 길보이며 가림 출신이다.

進士趙公宗林, 字吉甫, 嘉林人.

벗 사귐에 대해 옛사람들이 말해왔지만

벗 사귐이야말로 참으로 유독 어렵네.

군자는 덕과 의로움 숭상하고

열사는 마음과 간을 서로 나누네.

군자와 열사는 행실이 각각 다르지만

그 도(道)에 있어서는 마찬가지네.

사덕(四德)[56]에는 신(信)이 바탕이 되고

붕우(朋友)는 오륜(五倫)에 들어 있네.[57]

내가 요즘을 세상을 보건대

온갖 이유를 달아 싸워대는데

처음엔 좋았다 나중에는 꼭 흉해지고

전에는 소원했다 후에는 혹 친해지니

이익과 권세가 몰아가는 것이라

사람들 모두 진실함을 잃어버렸네.

허나 근래 우리 당인(黨人)들 가운데

---

55 조종림(趙宗林): 1692~?. 1740년, 진사시에 합격한 사실이 확인되는데 공주에 거주한 것으로 되어 있다. 그의 호인 칠산(七山)은 충청도 가림(嘉林: 부여)에 있는 칠산에서 유래한 것이 아닌가 짐작된다.

56 사덕(四德): 인의예지(仁義禮智)의 네 가지 덕.

57 들어있네: 오륜 중에 붕우유신(朋友有信)이 들어 있음을 말한다.

벗 사귀는 도로는 두 사람이 보이네.
아랫마을[南谷]에는 유로(遺老)가 계시고
서쪽 산자락[西山]에는 일민(逸民)이 계셔서[58]
교유를 논한 지 스무 해 동안
지은 시는 무려 삼천 편.
오로지 서로 한 마음임을 알뿐이니
몸이 나뉘어 둘이라 말하지 말기를.
잘못된 세상 따위는 거들떠보지도 않는데
어찌 두 집안의 청빈함을 꺼리리요?
우도의 견고함은 금석보다 더하고
우정의 그윽함은 귀신과 통할 정도.
나는 대악(岱嶽) 노인[59]과 친하여
칠산 옹의 어짊을 자주 들었네.
처음 뵙자 흉금을 툭 트게 되었고
다시 뵘에 간직한 마음을 되었네.
효도와 우애는 온갖 행실에 뿌리박았고
의지와 기세는 천년을 가볍게 여기네.
나를 어리다 여기지 않으시고
자식을 부탁함이[60] 어찌나 은근했던가!
내가 마침 뭇사람의 분노를 샀을 때
공께서는 이미 돌아가셨으니

---

58 아랫마을~계셔서: 아랫마을의 덕을 지닌 노인[遺老]은 이윤영(李胤永)을 가리키는 듯하며, 서쪽 산에 숨어사는 백성[逸民]은 조종림(趙宗林)을 가리키는 것이 아닌가 짐작된다.

59 대악(岱嶽) 노인: 미상. 다만 심익운이 쓴 〈민노인 장지[閔老葬誌]〉에 나오는 민창후(閔昌厚: 1684~1765)로 추정된다.

60 자식을 부탁함이: 민창후는 심익운에게 손자 민광조(閔光朝)를 맡겨 교육시켰다.

돌아가신 분은 사람들의 안타까움 받건만
살아있는 나는 사람들의 연민을 얻지 못하네.
이 어른이 이제 돌아가시고 말았으니
야박한 풍속을 이루 말하기 어렵구나.

古人稱結交	結交良獨難	君子重德義	烈士輸心肝
其事雖各殊	其道則同然	四德皆有信	朋友備五倫
吾觀斯世內	傾奪惟萬端	始善終必凶	前疎後或親
利勢之所驅	人皆喪其眞	近來吾黨中	友道見二人
南谷有遺老	西山有逸民	論交二十載	作詩三千篇
但知是一心	莫言有兩身	不顧擧世非	寧嫌二家貧
堅能過金石	幽足通鬼神	我與岱人好	頗聞七翁賢
一見豁心胸	再見識所存	孝友本百行	意氣凌千春
不我少年人	托子何慇懃	吾適犯衆怒	公已歸九泉
死亦爲人惜	生不受人憐	斯翁今已矣	薄俗難具陳

청서(靑墅) 김광태(金光泰)
靑墅

현감 김광태[61] 공으로, 자는 사룡이며 광산 출신이다.

縣監金公光泰, 字士龍, 光山人.

주나라 왕실이 동쪽으로 옮겨가면서
문명의 정화[大雅]도 결국 사라졌다네.[62]
예(禮)를 잃으면 초야에서 구한다더니[63]
어찌 우리나라에 보존되어 있지 않겠나.
공자(孔子)께서도 배 띄워 오고자 하셨고[64]
기자(箕子) 태사도 우리 동방으로 오셨으니[65]
오랜 옛날에 기자께서 조선 땅에 봉해져
아직도 은(殷)나라의 유풍이 전한다네.

---

61 김광태(金光泰): 1702~1760. 본관은 광산(光山). 자 사룡(士龍), 호는 청경(淸坰). 거주지는 서울이었던 것으로 추정된다. 생부는 의금부 도사를 지낸 김수석(金壽錫)이며 양부는 전랑을 지낸 김수집(金壽鏶)이다. 1725년에 생원시에 합격하였고 이후 현감을 지냈다. 저서로『청경유고(淸坰遺稿)』가 있다. 1755년부터 1760년까지 경상도 현풍(玄風) 현감으로 재직하였는데, 향교를 이건한 공로로 인해 공적비가 세워졌다.

62 주나라~사라졌다네: 중국의 문명은 주(周)나라에서 그 기본이 형성되었다고들 믿었다. 심익운은 주나라가 외부의 침입에 의해 서쪽으로 쫓겨가면서 원래의 문화적 정수를 잃었다고 본 것이다.

63 예를~구한다더니:『한서』,「예문지(藝文志)」안에 나오는 공자(孔子)의 말에 대해 후대의 안사고(顏師古)가 주(註)을 달며, "도읍(都邑)에서 예가 사라지면 야[野] 지역에서 구하면 얻을 수 있다."고 하였다.

64 공자~하셨고:『논어』의「공야장(公冶長)」에 '도가 행해지지 않으니 뗏목을 바다에 띄우고 싶구나'라는 구절을 말한 것이다.

65 기자·오셨으니. 은(殷)나라가 망하고 수나라가 건국될 당시에, 이를 반대하던 기자가 동방으로 와서 조선에 봉해졌다는 설이 널리 알려져 있었다.

옛날의 신라 시절로 치자면

문창공(文昌公) 최치원(崔致遠)이 계셨고,

목은(牧隱) 이색(李穡)은 고려 말에 일어났으며

읍취헌(挹翠軒) 박은(朴誾)이 크게 이름을 날렸네.

근래의 선조(宣祖) 인조(仁祖) 즈음에는

대단한 분이라 칭송받던 문인으로

문장이 정심(精深)했던 택당(澤堂) 이식(李植)과

시문이 청신(淸新)하셨던 석주(石州) 권필(權韠)이 있었네.

김광태 공은 백년 후에 태어나

두 분의 훌륭함을 겸비했는데

젊었을 때의 시문도 오히려 놀라웠거니와

중년의 시문은 자못 노련해져서

삼주(三洲)와 백연(百淵)⁶⁶ 사이에서

문호를 드나들며 그 경지를 엿보았지.

'외로운 스님'의 시구⁶⁷를 술술 읊어

당시의 재상들을 놀라게도 했었네.

낮은 관직으로 풍진 세상에 나와

고생하며 걸은 세월이 어언 10년.

한 번은 영남 현풍(玄風) 현감⁶⁸이 되었으나

---

66 삼주(三洲)와 백연(百淵): 삼주 김창협(金昌協)과 백연 김창흡(金昌翕) 다음 해. 김창협과
김창흡 형제는 17세기의 복고적 문학 경향을 바꾸어 18세기의 개성적이고 진솔한 문학을
열게 한 문인들로 평가받는다. 이들은 서인 노론계에 속하며, 그중에서도 인물성동론(人物性
同論) 즉 인간과 동물은 그 본성이 같다는 낙론(洛論)의 사상적 흐름을 주도하였다.

67 '외로운 스님'의 시구: 외로운 스님[孤僧]을 구절로 삼은 시가 당시 인선(人選)을 담당했던
재상들을 놀라게 했던 듯하다. 해당하는 작품은 미상하다.

68 현풍(玄風) 현감: 현재 경상도 현풍에 남아 있는 기적비(記蹟碑)를 참조하면, 그는 1755년
부터 1760년까지 경상도 현풍(玄風) 현감으로 재직하였던 것 같다.

늙을 때까지 그 뜻을 펼치지 못했네.
길 위의 여관에서 운명을 다하자
상여조차 고향을 서글퍼했네.
만년에 북산자(北山子)[69]와 사귀어
집에서 고금의 인물을 평론하셨네.
내 형님[심상운]이 일찌감치 명예를 날려
두 어른으로부터 인정을 받았었지.
나는 그 시절에 아직 어렸지만
가르침 받은 것은 매한가지였네.
세상일은 변화가 극심하다 하지만
생사 간의 한에 어찌 끝이 있으랴.
우리 유학의 도는 넓고도 아득한데
부끄럽구나, 나는 여전히 어리석고 몽매하니.

周室昔東遷	大雅遂淪亡	禮失求諸野	豈不在吾邦
仲尼欲浮海	太師來于東	千古箕封內	猶存殷頌風
往在新羅世	乃有崔文昌	牧隱起麗季	翠軒始大鳴
近者宣仁際	往往稱鉅工	精深澤堂老	清新石州翁
公生百年後	得兼二氏長	少時尙奇警	中歲頗老蒼
三洲[70]百淵間	出入窺門墻	漫詠孤僧句	能使時相驚
薄宦起風塵	蹭蹬十載强	一爲嶺南吏	垂老意不揚

69 북산자(北山子): 봉록(鳳麓) 김이곤(金履坤)을 가리키는 것으로 보인다. 심익운의 사직 저택을 중심으로 하여 북쪽 마을에 김이곤이 살았다. 이들은 심익운의 저택에서도 이따금 모임을 열었다.
70 규장각본에는 淵으로 충북대본에는 洲로 되어 있다.

旅館竟招魂　　素車悲故鄉　　晚交北山子　　尚論自家庭
吾兄早擅譽　　推轂由二公　　余時尚童稚　　提誨寔所同
世故劇萬變　　存沒恨何窮　　斯道終浩蕩　　媿吾猶顓蒙

단구(丹丘) 이윤영(李胤永)
丹丘

처사 이윤영[71] 공으로, 자는 윤지이며 한산 출신이다.
處士李公胤永, 字胤之, 韓山人.

단구자(丹丘子)는 도가(道家)의 인물이라
옛날에는 노담(老聃)과 장주(莊周)가 있었네.
자유롭고 거리낌 없어 세상을 멀리하고
오묘하고 그윽하여 정신적 자유를 얻었네.
도(道)를 행함이 남들과 달랐으니
그 마음가짐을 그 누구와 견주리.
옥빛 호리병 속의 얼음같이 고결했고
밝고 환하여 외물에 대한 욕심이 없었네.
넘실넘실 혼탁한 경수 물결 속에
맑은 위수의 물결은 더욱 잘 보이는 법.
세인들도 자자한 명성을 사모했지만
그렇게 된 연유를 그 누가 알랴?
서울 어귀에 말과 마차 다니는 번화가

---

71 이윤영(李胤永): 1714~1759. 자는 윤지(胤之), 호는 단구(丹丘), 호는 단릉(丹陵), 담화재(澹華齋) 등. 이색(李穡)의 후손이다. 영조의 탕평책을 비판하며 벼슬길에 나아가지 않았다. 청류(淸流) 처사로 자처하며, 화가 이인상(李麟祥), 동생 이운영(李運永) 등과 고고한 삶을 지향하였다. 서울의 서부 반송방(盤松坊) 서지(西池)와 충청도 단양(丹陽) 등지에 노닐며 시서화의 높은 수준에 이르렀다. 특히 서지에 있었던 담화재(澹華齋) 저택은 심익운의 사직 저택과 거리가 가깝다. 이윤영과 이인상 그룹은 당시 사직 및 북악 인근의 서인계 후배들에게 정신적 영향을 미쳤다.

그 길 왼편에다 높은 누각[72] 세웠었네.
묻노라, 누각에 무엇이 있었던가?
서책이 천여 권쯤 갖춰 있었고
묻노라, 누각에 무슨 즐거움 있었던가?
당신의 맑고 그윽함을 즐거워했었네.
칼과 검에는 용의 무늬가 신비로왔고
정(鼎)과 이(彝)에는 고대의 글씨가 찍혀 있었네.[73]
손님이 되어 와서 누대에 앉으면
기분이 마치 봉래산에 들어온 듯.
휘파람 길게 불면 맑은 바람 일어나고
오월인데도 가을이 찾아온 듯했네.
명성이 이미 다른 사람들보다 높았으나
그 마음은 본디 언덕 하나에 가 있었네.
단릉(丹陵) 땅은 산과 물이 어우러진 곳
예부터 신선이 사는 곳이라 일컬어졌네.
발 디딜 조그만 땅을 일구며
청도(清都)[74]에 오르길 꿈꾸었지만,
이 뜻을 끝내 이루지 못한 채
그분은 이제 영영 떠나버렸네.
부질없이 처사의 전기는 남게 되었지만

---

72 높은 누각: 서지(西池)의 담화재(澹華齋) 저택에 세운 누각을 가리키는 듯하다.

73 칼과~ 있었네: 담화재에 소장했던 고대의 도검(刀劍)에는 용 무늬가 새겨져 있고, 중국 고대의 청동기인 정(鼎: 솥)과 (彝: 그릇)에는 새 발자국 모양의 오래된 글자가 새겨져 있었다는 뜻이다. 당시 이윤영은 중국 고대의 골동품을 완상하면서 삼대(三代)의 이상적 시대를 사모했었다.

74 청도(清都): 하늘에 있는 옥황상제의 고을 또는 궁궐. 단양에 머무는 이윤영을 도가의 신선으로 간주하며 묘사하고 있다.

헛되이 신선계의 그림은 저버리고 말았구나.
같이 놀던 옛 벗들은 멀리 떨어져 있고
우리의 도는 나날이 멀어져만 가네.
화음(華陰)에는 신선 같은 관리가 늙어가고[75]
용문(龍門)에는 크나큰 선비가 숨어 살지만,[76]
누가 옛날의 손님을 가련히 여겨
조각배를 이곳 서호(西湖)[77]로 보내올거나?

丹丘道者流	在古聊與周	放曠外事物	杳冥得神遊
爲道旣殊衆	秉心誰與侔	寒氷在玉壺	焆然無外求
浩浩濁涇內	益見淸渭流	世人慕甚名	那復識其由
京口車馬道	道左起高樓	問樓何所有	有書千卷餘
問樓何所樂	樂子淸且幽	刀劍龍文秘	鼎彝鳥跡留
客來樓上坐	意若入蓬壺	長嘯起淸風	五月來素秋
名旣高衆人	志本在一丘	丹陵山水會	古來稱仙區
經營足閒地	夢想登淸都	此意竟莫就	其人今已休
空留處士傳	虛負瀛洲圖	舊遊各參商	吾道日悠悠
華陰老仙吏	龍門隱大儒	誰憐舊時客	扁舟寄西湖

75 화음~늙어가고: 화음(華陰)은 화악산 북쪽, 지금의 화천(和川) 지역. 여기서의 관리는 화천 군수로 나가 있는 김상숙을 가리킨다. 백일문집에 수록된 〈화천으로 부임하는 김 사또를 보내며[奉送狼川金使君序]〉는 1759년 화천 군수로 나가는 김상숙을 전송한 글이다.

76 용문~살지만: 용문(龍門)은 양평 용문산을 가리키는 듯하다. 당시 이곳에서 은거한 대유 (大儒)에 대해서는 미상하다.

77 서호(西湖): 여기서의 서호는 마포의 서강(西江) 일대를 일컫는 일반적 의미에서의 서호와 다르다. 그는 파주의 행주산성 부근의 한강을 서호로 칭하고 있다.

지난 해 정축년[1757년: 24세] 겨울에 내가 수성[隋城: 수원]에서 단구자를 방문하였으나 만나지 못하고, 그날 밤 여관에서 자다가 꿈에 이런 시를 얻었다. "인간 세상에서 너 또한 사흘 밤을 묵었으나, 바깥세상에선 내 장차 단약[78]을 사모하리." 이 시는 『서루잡록(西樓雜錄)』속에 적어두었으나 그때에는 무슨 말인지 알지 못했다. 그로부터 2년 뒤인 기묘년[1759년]에 단구자께서 병으로 돌아가셨고, 나 또한 지리멸렬하고 뜻이 꺾여서 이미 다시 이 세상 사람이 아닐 지경이다. 아, 이것이 어쩌면 그 앞선 조짐이 아니었겠는가? 단구자는 정렴한 선비인데, 세 분 중에서 나와 나이가 그래도 조금은 가까워서 교유가 가장 오래되었다. 내가 그 수명이 길지 못했음을 슬퍼했고, 또 그 꿈꾸었던 일을 기이히 여겨 이런 까닭에 그것을 기록해둔다. 신사년[1761년] 6월 초하루 아침에 죄인인 내가 서호(西湖)의 귀래정(歸來亭)에서 쓴다.

往歲丁丑冬, 余訪丹丘子於隋城, 不遇, 夜宿逆旅, 夢有詩曰; "人間爾亦成三宿, 世外吾將慕九還." 詩在西樓雜錄中, 其時不知爲何語. 後二年己卯, 丹丘子病死, 余亦支離困頓, 已非復世人矣. 嗟乎, 此豈其先兆耶? 丹丘淸士也, 於三子中, 與余年稍近, 其遊最久. 余旣悲其年之不永, 而又異其夢之事也, 是以記之. 辛巳六月朔朝, 僇民書于西湖之歸來亭.

---

78 단약: 원문의 구환(九還)은 아홉 번 달인 신선되는 고급 단약을 말한다. 도가의 단약 중에는 소환단(小還丹)과 대환단(大還丹) 등이 있는데, 대환단은 아홉 번을 순환시켜서 만든다 한다.

집사람이 양식이 떨어졌다고 알려주는데,
나한테 생계를 마련하게 해보려는 뜻이라서
이 시를 지어 보여주었다
家人告粮絶 意欲使余營生 作此以示

나는 본래 서울에서 나고 자라

어려서부터 세상 물정을 알지 못했네.

다만 집에 양식이 있는 줄만 생각했지

옷과 식량 나오는 곳을 어찌 알았으랴?

어떤 일에도 좋아하는 것 없었으나

좋아하는 것은 오직 글뿐이었네.

가만히 옛 현인의 풍모를 사모하여

훌륭한 친구들을 불러 모았고,

부질없이 천고의 한을 품고서는

늘 삼대(三代)의 뜻을 간직했었네.[79]

어쩌다가 대궐의 적에 이름을 올렸으나

끝내는 세상에서 버림받는 꼴이 되어,

가족들은 뿔뿔이 흩어지고

해마다 거처를 옮겨야 하는 처지가 될 줄이야.

시골에 있자니 농사의 괜찮음도 알게 되었고

---

79 부질없이~간직했었네: 중국의 삼대(三代)는 요순이 다스렸던 이상적 시대를 뜻한다. 그 이후로 시대의 운이 하강하였으므로 천고의 한을 품게 되었다고 말한 것이며, 그럼에도 삼대의 이상을 회복하기 위한 뜻을 포기하지 않았다고 밝힌 것이다.

강가에 살자니 뱃일의 이로움을 깨닫게 되었으나
부끄럽게도 내 재주가 별거 없어
농사와 뱃일에 비해 나은 게 없구나.
아내는 양식이 떨어졌다고 말하는데
생각해보니 이건 작은 일이 아니네.
농사꾼이 된 것도 이미 늦었지만
생계를 꾸리는 건 그래도 괜찮으려나.
선왕들은 유무(有無) 따라 물자를 옮기셨거늘[80]
후세에는 2할의 세금이 과중하게 되었네.[81]
옛 성인이신 공자께서는
재물을 늘리는 것으로 자공을 일컬으셨네.[82]
쇠똥구리는 아주 미물에 불과하지만
그래도 쇠똥 굴리는 지혜가 있는데,
유독 나는 어떤 사람이기에
엉뚱한 생각[83]이나 하고 있는 걸까.
게으른 습관은 이미 고치기가 어렵거늘
못난 계책이라도 어디 한번 써 볼까?
헛된 수고로 내 본성을 해친다 해도

---

80 선왕들은~옮기셨거늘:『진서(晉書)』,「화식지(貨殖志)」에, '해가 중천에 뜨면 시장을 열
어 천하의 물건을 모이게 하였다. 나중에는 화폐를 사용하여 있는 것과 없는 것을 서로 유통
시켜 각각 적절함을 얻도록 했다'는 대목이 있다. 여기에서는 풍족한 다른 사람에게서 얻어
쓸 수 있지 않겠느냐고 상상한 것이다.

81 후세에는~되었네: 세금 혹은 이율이 10분의 2라는 뜻인데 고리를 뜻하는 듯하다. 삼대(三代)
의 성왕(聖王)이 세상을 다스릴 때에는 백성들에게서 십분의 일의 세금을 징수하였다고 한다.

82 재물을~일컬으셨네:『논어』에 '자공은 전업으로 삼지 않았는데도 재산을 잘 불렸고, 억
측하는 경우에도 종종 들어맞았다'고 한 대목이 보인다. 공자의 제자인 자공을 상기하여 자신도
장사를 해볼까 생각해본 것이다.

83 엉뚱한 생각: 장사나 해볼까 하고 생각한 듯하다.

꼭 망한다고 할 것까진 없지 않을까.
인생에서는 또한 정해진 운명이 있어
지혜와 힘만으로는 피하기가 어렵다네.
소인은 마시고 먹는 것으로 배불러 하고
군자는 덕과 의리로 배불러 하는 법이라며
이 말로 아내와 아이들을 달래보지만
어찌 이 시를 풍자에 비할 수 있으리오?

我本京邑居	痴迷由童稚	但道家中有	豈知衣食自
於物無所好	所好在文字	窃慕古賢風	招呼盛儕類
空懷千古恨	常存三代志	謬通金門籍	遂爲世所棄
家族各流離	頻歲見遷次	在野識農好	居湖覺船利
所媿才力薄	兩者無與比	家人告糧絶	念此非細事
爲農雖已晚	營生猶或遂	先王遷有無	後世重什二
孔子古聖人	貨殖稱端賜	蜋螂至微小	尚有轉丸智
而我獨何人	詎敢懷怪異	懶習既難强	拙計安所試
徒勞傷性靈	未必及困匱	人生亦有命	難用智力避
小人飽飲食	君子飽德義	持此慰娘孺	我何比風刺

조수를 읊은 시
潮詩

조수(潮水)를 읊은 시 중에 옛날부터 '세 마리 토끼와 세 마리 용[三兔三龍]'[84]의 구절이 있다. 내가 서호 가에 와서 보니 이곳 서호가 해문(海門)으로부터 백 리 거리여서 삼강(三江)[85]에 비해서 먼저 조수를 받아들이는지라 조수가 드는 때를 알지 않으면 안 되었다. 그래서 문득 옛말을 따라 조수의 시를 지었다. 120글자이다.

潮詩舊有三兔三龍之語. 余來西湖上, 湖距海門百里, 比三江先受潮也, 不可以不知其時, 輒依古語爲潮詩, 一百二十言.

그믐이 되면 서쪽에서 초승달이 생기고 [제1일]
해가 뜨면 조수 처음 일어나고 [묘초 卯初]
음백(陰魄: 달)이 죽어 다시 소생하여 [제3일]
달 속의 토끼가 광명을 토해내네. [묘말 卯末]
4일째에 아침 먹을 시간이 되면

---

84 세 마리~용: 원문의 삼토삼룡(三兔三龍) 구절이 『연경재전집(硏經齋全集)』, 『만기요람(萬機要覽)』, 『임하필기(林下筆記)』, 『오주연문장전산고(五洲衍文長箋散稿)』 등의 기록에서 확인된다. 삼토와 삼룡은 각각 묘시(卯時)와 진시(辰時)를 의미한다. 만조(滿潮) 때가 되는 매달 1일의 묘초(卯初), 2일의 묘중(卯中), 3일의 묘말(卯末)을 일컬어 삼토(三兔)라 한 것이고, 매월 4일의 진초(辰初), 5일의 진중(辰中), 6일의 진말(辰末)을 합하여 삼룡(三龍)이라 한 것이다. 시인은 지금, 조강(祖江) 즉 임진강 이북에서 통진(通津) 북쪽 사이의 조수를 보고 이 시를 지은 것으로 되어 있다.

85 삼강(三江): 한강의 세 구간을 나누어 지칭한 것인데 여러 설이 있다. 한남동에서 노량진 일대까지를 한강(漢江), 용산과 마포 일대를 용산강(龍山江), 양화진 일대를 서강(西江)으로 본 사례가 참조된다.

위로 푸른 용의 정기에 응하고 [진초 辰初]

상현달이 뜨는 음력 7일에서 9일엔

우중(禺中)[86]의 물결이 크게 인다.

사흘 아침과 사흘 저녁 동안은

육충(六衝)[87]으로 밀물과 썰물 번갈아 드네.

수의 극(極)[88]이 되는 제10일에는

오직 정오에 조수가 평온하네.

제11일에서 제13일은

해가 기울 때 밀물이요, 닭이 울 때 썰물이라.

제14일과 제15일은

오후 포시(晡時)[89]에 서로 만조를 이루네.

제16일에 보름달이 이지러지면

위의 순서를 거꾸로 반복한다.

달마다 크고 작은 차이는 있어도

이런 규칙은 바뀌지 않네.

강과 바다를 차례로 삼켰다 뱉었다

해와 달이 이지러졌다 차올랐다 하는구나.

이 중에 지극한 묘리가 있으니

내 견해 하찮다고 그대여 무시 말게.

---

86 우중(禺中): 사시(巳일) 곧 진일(辰日) 다음의 날짜를 뜻한다.

87 육충(六衝): 12지 중에서 자(子)와 오(午), 묘(卯)와 유(酉), 진(辰)과 술(戌), 축(丑)과 미(未), 인(寅)과 신(申), 사(巳)와 해(亥)가 충돌하여, 모두 육충이라고 한다. 썰물과 밀물이 교차되는 시각을 비유한 것으로 추측된다. 즉 밀물이 묘시(卯時)에 들어오면 썰물이 유시(酉時)에 나가고, 밀물이 진시(辰時)에 들어오면 썰물은 술시(戌時)에 나가는 등, 상충(相衝)이 되는 시각으로 짝이 되기 때문이다.

88 수의 극: 『주자어류(朱子語類)』에, "오는 생수의 극이요, 십은 성수의 극이다.[五是生數之極, 十是成數之極]"라고 한 구절이 보인다.

89 포시(晡時): 오후 3~5시경으로 저녁이 되어가는 무렵을 가리킨다.

月朔西方朏　日出潮始生　陰魄死還蘇　顧兎吐光明
四日食時至　上應蒼龍精　上弦之前後　禺中波浪驚
三朝各三暮　進退六衝幷　十日數之極　獨自日中平
十一至十三　日昳與鷄鳴　二七及九六　晡時相對成
二八蟾光缺　還復依次行　月節有小大　此道無變更
江海迭吐納　日月互虧盈　此中有至妙　鄙俚君莫輕

　　우리나라 동해는 밀물이 없는데 12시 중에 오로지 자시(子時)에만 밀물이 들어오지 않는다고 하니, 내 의아하게 생각하고는 깨닫지 못하다가, 우연히 치양(稚養) 송이정(宋頤鼎)[90]과 이 일을 논하였는데, 치양이 말하기를, "동해는 온갖 하천이 돌아가는 곳이기 때문에, 가는 것은 있지만 오는 것은 없다. 자(子)의 시간은 하늘이 일(一)로서 수(水)를 낳는 때[91]이니 양기(陽氣)가 바야흐로 생겨서 천지의 기운이 고요해져서 움직이지 않는다. 그러므로 자시에 조수가 일어나지 않는다."고 하였으니, 이 말이 매우 좋다. 혹자는 말하길, "제9일의 해시(亥時)[92]에 썰물이 나가고, 제11일에는 축시(丑時)[93]에 밀물이 들어온다. 그런데 축시와 해시 사이에 자시

---

90 송이정(宋頤鼎): 심익운과 친분을 나눈 인물인데 행적은 잘 파악되지 않는다. 형 송양정(宋養鼎)의 『사마방목』 기사를 참조하면, 본관은 은진(恩津)이요 부친은 송재복(宋載福)이다. 서울에 거주한 것으로 파악된다. 유한준과의 교유가 동시에 확인되는 바, 사직 일대에서 교유한 서인계의 인물이라 추정할 수 있다. 『백일문집』에 심익운이 지은 〈제송치양문(祭宋稚養文)〉(1762년 7월)이 실려 있는데 친구라 하였다.

91 자(子)의~때: 『주역』의 수리(數理)에 의하면, 하늘은 홀수이고 땅은 짝수라 한다. 주자는 오행(五行)의 생성 이치를 설명하면서, "하늘은 일(一)로서 수(水)를 낳고, 땅은 이(二)로서 화(火)를 낳고, 하늘은 삼(三)으로서 목(木)을 낳고, 땅은 사(四)로서 금(金)을 낳고, 하늘은 오(五)로서 토(土)를 낳는다.[天一生水, 地二生火, 天三生木, 地四生金, 天五生土]"라고 하였다. 이 대목은 『근사록 집해(近思錄集解)』의 〈태극도설 주(太極圖說 註)〉에 실려 있다.

92 해시(亥時): 밤 9시~11시.

93 축시(丑時): 새벽 1시~3시.

는 들어가지 않는데, 그러므로 제10일에 오직 오시(午時)[94]에 밀물이 들어
온다고 했으니, 또한 그럴듯하다.

我國東海無潮, 十二時, 獨子時不潮, 余疑而未曉, 偶與雉養論此事. 稚
養曰; "東海百川之所歸, 故有去無來. 子者, 天一生水之時, 陽氣方生, 天
地之氣 靜而不動, 故子不潮." 此言甚好. 或曰; "九日亥而汐, 十一丑而潮,
丑亥之交, 子無與焉, 故十日, 獨有午潮." 似亦有理.

---

94 오시(午時): 오전 11시~오후 1시.

영가자(永嘉子)[95]를 그리워하며
懷永嘉子

봉황새는 날개를 기르는 종족[96]으로
새벽을 알리는 데는 닭만 같지 못하네.
기린은 왕자의 상서로움을 지닌 동물이지만
마을 문을 지키는 일 따위는 하지 않는다네.
내가 영가자(永嘉子)를 서글피 여김은
오십 하나에 벼슬에 처음 오른 것.
고개를 내저으며 사모(紗帽)를 쓰지 않았는데
귀밑머리 털이 희게 듬성듬성해졌네.
세상 사람들이 혹 무리지어 비웃으나
그렇지만 나만이 홀로 그 사정을 알지.
초나라의 접여(接輿)[97]는 미친 척을 하고

---

95 영가자(永嘉子): 김이곤(金履坤: 1712~1774). 영가(永嘉)는 안동의 옛 지명으로 김이곤의
본관을 가리킨다. 김이곤의 자는 후재(厚哉) 호는 봉록鳳麓)으로, 사천(槎川) 이병연(李秉淵)을
좇아 시를 배웠다. 사직 북쪽의 백악산 아래 거주하였는데 심익운이 가깝게 따르고자 했던
장동 김씨가의 인물이다. 저서로『봉록집(鳳麓集)』이 있다. 백일문집에는 김이곤의 문집을
엮으면서 쓴 〈영가 김공 문집서(永嘉金公文集序)〉가 실려 있다. 이 글에 의하면, 그는 증소
(橧巢) 김신겸(金信謙)에게 시를 배워 일가의 경지에 올랐으나 자신의 시편들을 모으지 않고
불태운 까닭에 심익운이 별도로 모아 문집을 만들게 되었다고 하였다.

96 날개를 기르는 종족: 춘추시대 오패(五霸)의 한 사람인 초나라 장왕(莊王)이 자신을 새에
비유하면서 "3년 동안 날지 않은 것은 날개의 힘을 기르기 위함이었으니, 날지 않으면 몰라도
한번 날기만 하면 하늘 위로 솟구칠 것이다[三年不翅, 將以長羽翼, 此鳥不飛則已, 一飛沖天]"
라고 한 대목이 있다. 『한비자(韓非子)』등에 나온다.

97 접여(接輿): 춘추시대 초나라 사람인 육통(陸通). 접여(接輿)는 그의 자이다. 난세를 만나
미친 체하니 사람들이 일컬어 초광(楚狂), 즉 초나라의 미치광이라 하였다.

진나라의 왕연(王衍)⁹⁸은 바보인 척을 했다네.
그대는 보았는가? 조그만 뱁새들,
그 종족들이 쑥부쟁이에 가득 차 있음을.
그러니 어찌 알리, 대붕(大鵬)이 떨쳐 일어나면
구만리 조차도 높게 여기지 않음을.

鳳鳥長羽族	司晨不如鷄	麒麟王者瑞	故不守門閭
吾憐永嘉子	五十一官初	掉頭不着帽	髫髮白扶踈
世人或群笑	而我獨相知	楚國接輿狂	晉代王衍痴
君看斥鷃小	寓族盈蓬篙	豈知大鵬擧	九萬未爲高

98 왕연(王衍): 진(晉) 나라 때의 인물로 자신의 재능을 감춘 채, 세상일을 모르는 어리석은
사람처럼 행세했다 한다.

오리를 놓아주며
放鴨

청둥오리는 집에서 길러지지 않아
들오리 집오리랑 섞여 울며 날다가
파란 풀뿌리 밑에 몸 쉴 집 얻어
새끼를 낳으니 연못의 한 켠.
유월이라 갈잎도 가늘어
강마을 머슴애가 꼴을 다 베가는 참에
수컷은 저 혼자 멀리 날아가 버리고
암컷은 남았다가 사람에게 잡혔네.
올망졸망 이십 마리 새끼 오리
하나하나 똑같이 왜소한 다리.
가져다 내게 즐길 거리로 바쳤지만
족히 관심을 끌만하진 못했다네.
살아 있는 생명체들, 어찌 서로 다르랴.
만물의 목숨은 하늘이 아끼는 바.
점심밥을 모이로 나눠주고
잘 때는 높은 울타리 쳐줬더니
처음 왔을 때는 나를 보고 놀라다가
차츰차츰 나랑 익숙해지는가 했어도
강과 바다를 쉬이 잊지 못하고

때때로 다시 날개 깃털을 고르네.
네 본성은 끝내 바꿀 수 없는데
내 뜻대로 어찌 널 괴롭히랴!
요사이 주룩주룩 비가 잦더니
울타리 밑에는 웅덩이가 좁아졌네.
풀 섶에서는 오물이 흘러나오고
지렁이들은 길이가 반 척이나 하네.
어미 오리 고단하게 새끼들을 건사타가
새끼 잃는 슬픔을 절절히 알게 되었네.
처음에 한둘 죽을 땐 깜짝 놀랐는데
점점 대여섯에 이르다가
오늘 아침에 일어나보니
남은 새끼는 겨우 세 마리.
본성은 거슬러서는 안 되는데
어찌 차마 너희를 구속하리!
아이 불러 울타리를 없애고
푸른 강가에 너희 놓아주라 했지.
푸른 강물 밤낮으로 흐르는데
둥실둥실 마음대로 떠가다가
꽥꽥 꽥꽥 나를 향해 울며
고개 빼는 것이 뭔가 말을 하려는 듯.
새끼오리 두 마리가 보일락 말락 하더니
잠깐 사이에 그 모습이 눈앞에서 사라지네.
훌쩍 푸른 물결 밖으로 가서
돌이기 편히 먹으며 실거라.

한 가지 경계를 평생 지킬 만하니
깊숙이 숨어 살며 치욕을 멀리하는 것.
둥지 다투는 이변도 일으킬 것 없고
옷자락 끌며 고하는 짓도 하지를 마라.[99]
늘상 나는 싫어했지, 시끄러운 황새가
솔숲에서 온통 떼 지어 울던 것.
그보다는 나을 테니, 그저 네 새끼들 데리고
이따금 앞강에 찾아와 며이나 감거라.

野鴨未家訓
六月萑葦細
累累二十雛
有生豈不同
始來却驚怪
爾性竟難强
汚穢草間出
初驚一二死
未可違性情
清江日夜流
出沒兩少雛
一創可終身
常嫌鸛雀鬧

鳴飛雜鳬鷖
江童窮剟牧
一一同卑脚
物命天所惜
稍稍見親熟
我意寧相毒
蚯蚓長半尺
漸復至五六
何忍相拘束
泛泛恣所適
斯須滅行跡
深居遠恥辱
群叫遍松櫪

得庇青草根
雄飛獨遠去
持以供我玩
午餐分餘啄
未遽忘江海
霏雨近來多
孤雌當衆雛
今朝起自數
呼兒拔其柵
呷呷向余鳴
脫然滄波外
莫作爭巢異
且可將爾雛

生子在洿澤
鷖留爲人得
未足爲耳目
夜宿防高柵
時復整羽翮
樊籬固湫窄
深知失抱育
所餘纔六足
放汝清江側
引頸如有識
歸居安汝食
未望牽衣告
時來前江浴

---

99 둥지~마라: 원문의 쟁소이(爭巢異)는 오작쟁소(烏鵲爭巢) 즉 까마귀와 까치가 둥지를 두
고 다툰다는 뜻을 점화한 듯하다. 은연중에 당파 싸움에 대한 혐오감을 드러낸 구문이다.
원문의 견의고(牽衣告)는 신비(辛毗)가 위나라 문제(文帝)의 옷자락을 잡아끌며 간언했던 고
사를 연상시킨다. 이 역시 정치에 가담하지 않는 것이 좋겠다는 시인의 심리가 반영되어 있다.

빈양(濱陽)의 배 위에서
濱陽舟中

내가 일찍이 들으니, 용문(龍門)[100] 아래 이따금 절묘한 경치와 기이한 지역이 있는데 인간세상과는 통하지 않는다 하였다. 지난날을 돌아보자니, 근심과 질병으로 얽매이고 곤궁하여 수레나 도보로 찾아가 보질 못하다가, 임오년[1762년] 초여름에 서루(西樓)에서 와병하다가 빈양의 사군(使君)[101]을 만났다. 이에 배를 타고 협곡을 거슬러 올라 훌훌 산수 속에서 노닐고 싶은 마음이 생겼다. 드디어 모두 함께 배를 타고 삼일을 가니 물길이 백 리였다. 바로 이때에 막 봄기운이 퍼지기 시작했으며, 이미 봄비가 내려 강가에는 풀이 푸르고 언덕에는 꽃들이 다투어 피었다. 새소리가 들려오면 즐거워하고 노를 의지해 노래를 하며, 한 번씩의 수창에 한 잔 술을 돌리니, 무릉도원에 머무는 것처럼 느껴졌다. 여럿이 함께 도(陶)자에 차운하여 시 몇 편을 지었다.

余夙聞, 龍門之下, 往往有絶境異地, 不通人世. 顧憂病羈困, 車步靡從, 壬午初夏, 臥病西樓, 遇濱陽使君. 挐舟泝峽, 脫然有懷山水之遊, 遂與偕作舟行三日, 江水百里. 于斯時也, 春氣始舒, 旣風且雨, 江草芊綠, 岸花交吐. 聽禽而樂, 倚棹而歌, 一唱一酬, 意未嘗不在仙源也. 是行也, 共次陶韻若干篇云.

---

100 용문(龍門): 현재의 양평 용문산 지역. 제목의 빈양(濱陽)은 경기도 양근군(楊根郡) 빈양리(濱陽里) 지역이다.
101 사군(使君): 사군은 사또로서 1762년 무렵에 양근 근수를 지낸 김상숙을 가리키는 듯하다 오언고시에도 〈감호정에서 빈양사군과 이별하며(鑑湖亭 留別濱陽使君)〉라는 작품이 있다. 감호정 또한 양근의 한강 가에 있는 누정이다.

강물 빛 짙어진 곳에 배를 멈추고
성근 강 버들 사이에 닻줄을 매었네.
오늘 밤은 띠풀 집에 비가 내리는데
어쩐지 서호(西湖)의 작은 집 같아라.
길은 진(秦)나라 사람들의 마을[102]로 이어지고
행랑에는 주(周)나라 사관의 책들[103]이 들어있네.
미천한 이 몸은 산수에 뜻을 품었는데
사군께서도 수레 행차[104]를 잊으셨네.
봄이 오니 몇 이랑은 뽕나무요
서리가 그쳐 밭두둑 절반은 푸성귀.
인간세상과 아예 관계를 끊고서
영영 장저 · 걸닉[105]과 함께 살고 싶나니,
너의 꿈은 본래 사치스럽지 않은데
너의 삶은 정말로 계획하기가 어렵구나.
강 물결을 따라서 물 위에 흔들리며
탄식하는 이 마음, 어찌할까! 어찌할까!

停舟江色暝	繫纜江柳疎	今夜茅店雨	頗似西湖廬
路入秦人村	囊有周史書	賤子志丘壑	使君忘軒車
春來數畝桑	霜後半畦蔬	隔絶人世外	長願沮溺俱
爾欲本非奢	爾生諒難圖	氾濫逐波濤	歎息意何如

---

102 진(秦)나라 사람들의 마을: 원문의 진인촌(秦人村)은 도연명의 〈도화원기(桃花源記)〉에 나오는 '진나라 시절에 난을 피하여 도원의 골짜기로 이주한 사람들'을 가리킨다.
103 주(周)나라 사관의 책: 주나라의 사관들이 지은 것처럼 오래된 서책들.
104 수레 행차: 원문의 헌거(軒車)는 관리들이 주로 타는 수레로서, 여기서는 누군가를 방문하거나 혹은 방문을 받는 일을 뜻한다.
105 장저 · 걸닉: 춘추 시대 초나라 은자인 장저(長沮)와 걸닉(桀溺)을 말한다.

그 두 번째
其二

군자는 먼 곳에 노닐려는 뜻이 있건만
속된 선비 중에는 반가운 사람이 없네.
지금 세상에서 벼슬아치들을 보니
장생약 복용하며 장수하기만 구하네.
멋진 흥취가 조각배에 달려 있나니
나를 이끌어 신선의 산에서 노닐게 하네.
하지만 신선의 산에 어찌 쉬 이를 수 있으리?
서글픈 마음을 노래에 부쳐보네.

君子有遐志　　俗士無好顔
今世見傲吏　　服藥[106]求長年
逸興在扁[107]舟　　携我遊仙山
仙山豈易到　　怊悵寄永言

---

106 규장각본에는 樂으로 충북대본에는 藥으로 되어 있다.
107 규장각본에는 遍으로 충북대본에는 扁으로 되어 있다.

그 세 번째
其三

맑고도 진솔했던 김광태 어른[108]
시원하고 깨끗한 단구자 이윤영.[109]
두 사람은 내가 사모했던 분
옛날의 노담(老聃)과 혜시(惠施)[110] 같았네.
어찌 알았으랴, 비 내리는 오늘 밤에
두 분과 함께 강물을 거슬러 올라갈 줄.
생각하면 벌써 천고 세월 지난 듯하여
깊은 산골에서 놀던 일이 서글퍼지네.

清眞金夫子　　瀟灑李丹丘
二人吾所愛　　在古聃惠儔
那知今夜雨　　共君泝江流
俛仰已千古　　惻愴壺中遊

---

108 김광태 어른: 앞에서 나옴.
109 단구자 이윤영: 앞에서 나옴.
110 노담(老聃)과 혜시(惠施): 도가(道家)를 대표하는 사상가 노자와 명가(名家) 대표하는 사상가 혜자(惠子).

그 네 번째
其四

고기 잡으려면 강굽이에 가야 하고
전답 일구려면 산 남쪽이 제격이지.
강 맑은데다가 산은 더욱 좋아
오고 감에 마음은 어찌 그리도 흐뭇한지.
어찌하면 한 뙈기 땅을 얻어
그대와 함께 광채를 숨기고 살까!
영지(靈芝)도 이따금 캐먹을 만하니
고개 돌려 기황(綺黃)[111]을 그리워하네.

爲漁必江曲　　爲田必山陽
江淸山更好　　往來意何長
安得一區足　　與子含其光
靈芝時可釆　　睠焉慕綺黃

---

111 기황(綺黃): 기리계(綺里季)와 하황공(夏黃公)을 병칭한 말. 진(秦) 나라 말기에 혼란한 세상을 피하여 상산(商山)에 숨어 살았던 네 사람을 상산사호(商山四皓)라 하는데, 위의 두 인물과 동원공(東園公), 녹리 신생(甪里先生)이 그들이다. 여기서는 일행이 상산사호처럼 서로 어울려 은거하면 좋겠다는 뜻이 담겨 있다.

그 다섯 번째
其五

바위틈 꽃들이 비로소 피어나고
봄이 든 강은 푸르러 사랑스럽네.
저물녘에 황우협(黃牛峽)[112]을 거슬러 갔다가
밤에는 수종산(水鐘山)[113]에서 잠을 청하네.
뽕밭에서 낙토를 찾으리라 했었건만
그렇게 읊은 노래가 헛소리가 되어 부끄러워라.
감히 천년에 남을 이름을 바랄까보냐
은거하고 싶은 마음은 이미 그때부터였으니.

巖花紅始吐　　春江綠可憐
晚泝黃牛峽　　夜宿水鐘山
桑麻問樂土　　詞賦媿空言
敢希千載名　　志願在當年

---

112 황우협(黃牛峽): 중국의 장강(長江) 가운데 물살이 세기로 유명한 삼협(三峽), 즉 구당협
(瞿塘峽), 무협(巫峽), 서릉협(西陵峽). 여기서는 양평 일대의 물살이 센 한강 협곡을 가리키
는데, 구체적으로 어느 곳을 말하지는 알지 못하겠다.
113 수종산(水鐘山): 현재의 운길산을 가리킨다. 남한강과 북한강이 함께 내려다보이는 운길산
자락에 수종사(水鍾寺)가 위치하고 있다.

무릉교(武陵橋)[114]
武陵橋

'교(橋)'자를 얻었다. 得橋字

무지개다리 언제부터 있었나?
아스라이 구름 속으로 들어가는구나.
그 아래 흐르는 한줄기 강물은
얼마나 멀리서 시작되었을까?
지금껏 전하는 무릉도원 이야기,
유전하며 불려온 노래도 많은데,
이곳이 무릉(武陵)과 흡사하여
때문에 무릉교라 이름 지었네.
붉은 단풍은 도원의 봄날을 떠올리는데[115]
푸른 물결은 가을날에 졸졸 흘러가네.
진나라 때 사람들[116] 보이지도 않는데
목 놓아 노래 불러도 산은 적막하구나.

---

114 무릉교(武陵橋): 경상북도 가야산 해인사로 들어가는 홍류동(紅流洞) 계곡에 있던 무지개
모양의 다리. 1764년 7월에 형 심상운이 합천 군수가 되었으므로 그 기회에 영남을 여행한
듯하다. 이듬해인 1765년 8월에 심익운도 정치적으로 복권이 되는데 이 해에도 형님이 계신
영남을 기행하였다.
115 떠올리는데: 〈도화원기(桃花源記)〉의 봄날 복사꽃처럼 단풍이 떠내려 온다는 뜻이다.
116 진나라 때 사람들: 도연명의 〈도화원기〉에 나오는 사람들. 혼란한 진나라를 피해 도화원에
이주해서 마을을 이루며 살았다고 한다.

虹橋自何年　　迢遞入雲霄
下有一道川　　發源何其遙
至今桃源說　　流傳盛風謠
此地似武陵　　所以名其橋
紅流想春月　　碧水鳴秋朝
不見秦時人　　高歌山寂廖

칠성대(七星臺)[117]
七星臺

'대(臺)'자를 얻었다. 得臺字

일곱 사람이 북두칠성에 제사지내던 곳
하얀 돌에 구불구불 흘러가는 물길.
글자 새겨 누군가 성씨를 남겼는데
푸른 이끼에 매몰되어 보이지 않네.
칠성(七星)이란 이름만 전할 뿐이요
다만 바위로 누대를 삼았을 뿐.
내가 찾아와서 꼼꼼히 둘러보다가
옛일 떠올리며 한 차례 배회하나니
푸르스름한 절벽은 우뚝이 마주 섰고
신비스런 계곡은 고요하게 열려 있네.
고운(孤雲)[118]은 가버려 돌아오지 못하니
가을날 물살 소리가 몹시도 슬프구나.
옛날에 도(道)를 배우던 사람,
이름이 도록(圖錄) 따라 전해오네.[119]

---

117 칠성대(七星臺): 해인사로 가는 홍류동 계곡 안에 있던 장소로서, 북두칠성에 기도하는
곳이었다고 한다. 오늘날에는 가야산 19경 중에 하나로 꼽힌다. 언젠가 인공적인 누대가
있었던 듯하나 심익운이 이곳을 방문한 때에는 이미 바위만 남아 있었다고 한다.
118 고운(孤雲): 최치원(崔致遠)의 호. 최치원은 말년에 이곳 가야산 독서당에서 글을 읽으며
속세와 단절된 삶을 살았던 것으로 유명하다. 〈제가야산독서당(題伽倻山讀書堂)〉이란 시의
구절에서 유래한 농산정(籠山亭)이 홍류동 계곡 안에 자리잡고 있다.

웃으며 곡구자(谷口子)[120]에게 말하노니
함께 놀게 된 일이 참 기이한 인연일세.
선명해라, 다만 칠(七)이라는 글자여
붉은 획이 바위 귀퉁이에 남았구나.
그대[121] 문득 신선되어 날아갔으니
내게 신선의 술 한 잔만 가져다주오.

七人祭斗處	石白水縈回	刻書留其姓	埋沒含蒼苔
空傳七星名	但將巖作臺	我來得細尋	撫古一徘徊
崔嵬翠壁對	窈窕紫洞開	孤雲去不歸	秋水[122]響多哀
古者學道人	名從圖籙來	笑謂谷口子	同遊儘奇哉
分明第七字	丹畵在巖隈	君倏羽化去	丐我瓊漿杯

119 옛날에~전해오네: 최치원은 해동 도가(道家)의 비조로도 알려져 있는데, 여기서도 도가의 도를 익혀 신선이 되려 한 인물로 가상되고 있다. 도록(圖籙)은 도가에서 전해져 내려오는 책을 뜻한다.
120 곡구자(谷口子): 한나라 은자인 정박(鄭樸)의 호인데 여기서는 은자처럼 살고 있는 어떤 동행자를 가리키는 듯하다.
121 그대: 고운 최치원을 지칭한 것으로 보인다.
122 규장각본에는 天으로 충북대본에는 水로 되어 있다.

홍류동(紅流洞) [123]
紅流洞

'홍(紅)'자를 얻었다. 得紅字

어찌하여 홍류동(紅流洞)이라 이름 지었을까
물길이 흘러 무릉교(武陵橋)와 통해서겠지. [124]
내가 여기 와보니 때마침 가을이라
산과 물이 한데 어울려 울리는구나.
비록 언덕 위에 꽃은 없다지만
바위틈엔 단풍잎도 떨어져 있고,
굽이굽이 시내는 명주처럼 달리고
찰랑찰랑 햇살에 단풍이 흔들리네.
기이한 바위들은 마주 보며 솟아 있어
뚫린 틈새로 아득한 하늘이 보이네.
한 줄기 물길이 졸졸졸 흐르는데
샘물이 그 안에서 흘러나오며,
혹 석벽(石壁)이 열리는가 싶더니
별천지처럼 하나의 세상이 나타나네.

---

123 홍류동(紅流洞): 가야산 해인사로 가는 도중에 있는 수려한 계곡. 가을에 붉게 물든 단풍잎이 흐르는 계곡이라 하여 홍류동(紅流洞)이라 한 것이다. 최치원이 이곳을 통해 가야산에 은거하였다고 전해지는 까닭에, 수많은 시인묵객들이 이곳을 방문하였다.

124 아래로~통해서겠지: 원문의 무릉(武陵)을 무릉교로 풀었다. 〈도화원기〉에 의하면 어부가 상류에서 흘러내려오는 복사꽃을 찾아갔다가 도화원에 이른 것으로 되어 있다. 심익운은 여기서, 홍류동 물결의 복사꽃이 흘러 내려 무릉도원을 알려주는 무릉교를 지난다고 본 듯하다.

옥 호리병[125]이 좁다고 누가 말했던가
오히려 신선 노인이 숨기에 충분하구나.
참된 근원은 아득하여 찾을 길 없는데
인간만사는 뒤죽박죽 끝이 나지 않는다네.
홀로 고운(孤雲)의 시를 읊으며
머리를 긁적이며 가을바람 속으로 걸어가네.

紅流竟何名	下與武陵通	我來值蕭辰	山水鳴相同
雖無岸上花	亦有石間楓	曲折馳練素	照映搖錦紅
奇巖相對起	穿穴窺穹窿	淙淙接一縷	泉水流其中
或疑石壁開	別有一太空	誰道玉壺窄	猶足藏仙翁
眞源杳莫尋	世事莽難窮	獨咏孤雲詩	騷首入秋風

---

125 옥 호리병: 홍류동 계곡이 옥으로 만든 호리병처럼, 움푹한 골짝을 이룬데다 깨끗한
곳임을 은유한 표현이다.

낙화담(落花潭)[126]
落花潭

'화(花)'자를 얻었다. 得花字

어느덧 낙화담에 이르니
산은 어둡고 해는 뉘엿뉘엿.
좁은 길은 구불구불 아래로 이어지고
거센 물살은 시끄럽게 흘러가네.
올려다보니 절벽 색깔이 기이하고
찬란하게 단사 빛 노을이 펼쳐지며,
절벽은 깎아지른 듯 천 길이요
웅덩이는 고인 물이 백 아름쯤.
골짝이 깊어 오래 머물긴 어려운데
순간에 발 헛디딜까 조심해야지.
되돌아갈 저 앞 숲길에는
단풍잎이 꽃잎보다 환하구나.

行至落花潭	山昏日欲斜
微迤下盤曲	急水中喧挐
仰看壁色奇	燦若開丹霞
削成千仞勢	凹作百丈霾
陰深難久留	造次戒失差
前林有去路	楓葉明於花

---

126 낙화담(洛花潭): 홍류동 계곡 안에 있는 수려한 연못.

학사대(學士臺)[127]
學士臺

'사(士)'자를 얻었다. 得士字

아침에 학사대에 오르니
확 트여 세상 근심 떨치겠네.
비탈진 산기슭은 길게 뻗어있고
첩첩 두른 산들은 우뚝 솟았네.
시든 풀들은 죽은 지가 오래이고
외로운 솔도 생이 이미 다했지만,
지금도 천하 사람들은
최학사를 모르는 이 없다네.

朝登學士臺　　曠然去我累
坡陀一麓長　　繚繞群山峙
衰草久云沒　　孤松亦已死
至今天下人　　猶知崔學士

---

127 학사대(學士臺): 해인사 뒤편에 있는 가야산의 누대. 신라 한림학사인 최치원이 산보하면서 다닌 곳이라는 뜻에서 학사대라 이름이 붙여졌다고 한다.

희랑대(希朗臺)[128]
希朗臺

'랑(朗)'자를 얻었다. 得朗字

우뚝한 누대가 가파르게 솟아 있어
오싹한 산 기운이 이제 막 올라오네.
이곳이 예부터 이름을 날린 건
높고 트인 데 있어서만은 아니라네.
오직 바위 한 덩이가 남았을 뿐
희랑을 만나보지는 못하겠구나.
저 아래로는 말 없는 일만 봉우리,
시름겨워 철쭉 지팡이에 기대서노라.

危臺面勢尊　　　山氣淒初上
玆地舊有名　　　匪直處高爽
獨留一片石　　　不復見希朗
寂寂萬峰低　　　愁倚躑躅杖

---

128 희랑대(希朗臺). 신라의 희랑(希朗)이 세우고 수도했다는 누대로, 해인사에 속한 암자이
다. 가파른 절벽을 뒤로 하고 앞이 시원스레 트인 절경을 자랑하는 곳이다.

쌍계사(雙溪寺)[129]
雙溪寺

절 앞으로 두 갈래 시내가 합쳐지고
절 뒤에는 봉우리 하나가 크기도 하다.
말에서 내려 질 문으로 들어가니
길들여진 비둘기가 처마를 날아오르네.
승려들의 거처는 십방(十房)[130]이 연이어 있고
가을 기운은 온 숲에 가득 서려있네.
옛날 풍속에는 불교가 성해서
이 길로 고관들이 납셨더랬지.
농사꾼 되자 하니 세금 너무 무거워
출가해서 공역(供役)[131]하는 것이 제일이네.
가마를 메고 동서로 왔다 갔다 하고
짚신을 지어서 구걸하러 다니네.
보내고 맞이하며 괴로움이 그치지 않으니
슬프든 즐겁든 진실로 무슨 상관이랴.
내도 여기 와서 관가의 위세를 빌리니

---

129 쌍계사(雙溪寺): 지리산 화개를 지나 칠불암을 향해 오르는 길에 있는 사찰. 좌우의 두
물길이 합쳐져 흐르므로 쌍계(雙溪)라는 이름을 붙였다고 한다. 최치원이 생의 마지막을 보
낸 장소로도 알려져 있다. 심익운이 최치원의 자취를 좇아 가야산 해인사에서 지리산 쌍계사
까지 여행했음을 알 수 있다.
130 십방(十房): 열 개의 방. 스님들의 처소 수십 개가 연이어져 있는 모양을 표현한 것 같다.
131 공역(供役): 자기의 몸을 바쳐 부역을 치르는 일. 조선시대의 승려는 국가나 관가에 대하
여 신역(身役)을 바쳐야 했다.

그들에게 해를 끼치지 않을 수 있으랴?
마음으로야 음식 대접도 물리치고 싶지만
한편으론 데리고 다니는 종도 보살펴야지.
우리 백성들 편안히 살 곳 거의 없어
밤 여울 소리 들으며 온갖 생각 하노라.

절 안에 희영문(喜迎門)과 수송대(愁送臺)가 있다.
寺有喜迎門愁送臺

寺前兩川合	寺後一峰大	下馬入寺門	馴鴿翔簷外
僧居十房接	秋氣萬木會	舊俗盛梵宇	此路御冠盖
爲農征斂重	出家供役最	擔輿走東西	織鞋應求丏
送迎苦未已	愁喜誠無奈	我行籍官力	得不貽渠害
意欲却盤蔬	又念僕從帶	吾民少安處	百慮聽夜瀨

직지사(直指寺)[132]
直指寺

저물녘에 직지사 길에 접어드니
나무들 에워싸고 숲은 고요하네.
오(五) 리도 가지 않아 절에 도달하여
누대에 오르자 온갖 근심 흩어지누나.
난간은 자못 넓은데다 탁 트였고
산 기운 쌀쌀하니 완연한 가을이로다.
절 근처에 시골 마을이 있어
골짜기에는 밭이랑이 섞여있구나.
부역이 가벼워진 이후로는
가난한 백성이 조금이나마 쉴 수 있어,
절간의 승려도 반이나 떠나버렸고
종종 머리털 난 중도 보이네.
이처럼 크나큰 절이지만
지금은 백 명도 남아 있지 않네.
절 지은 지 오래되었다 하는데
쇠락해졌다 한들 근심할 바 아니네.
유교와 불교는 성쇠를 번갈아 하고

---

132 직지사(直指寺): 경상북도 김천의 황악산(黃嶽山)에 있는 절. 418년에 아도화상(阿道和尚)이 지었다 하며, 직지(直指)의 이름은 '직지인심, 견성성불[直指人心, 見性成佛]'에서 유래한 것이라 한다. 임진왜란 당시에는 주지였던 사명대사가 의병을 일으켜 활동한 곳이다. 해인사와 쌍계사 등을 구경한 심익운이 상경하는 길에 묵어간 곳으로 생각된다.

세상의 운도 서로 돌고 도나니,
어쩌면 유가의 도가 밝아져서
다시 태평성대가 오지 않을까?

晚入直指路	林回樹幽幽	到寺無五里	登樓散千愁
軒楹頗疏敞	山氣凄高秋	寺居近村俗	洞壑交田疇
自從力役輕	貧民獲少休	居僧牟已去	往往髮其頭
如許大伽藍	今無百衲留	叛立雖云久	凋瘵未須憂
儒釋互盛衰	世運相環周	或者斯道明	再見唐虞不

추풍령(秋風嶺)
秋風嶺

남쪽으로 고개 세 개[133]를 당기고 있으니
예로부터 천험(天驗)[134]이라 일컬어졌네.
조령(鳥嶺)은 높디높아서 겁이 나고
죽령(竹嶺)은 경사가 급해 오르기 어렵네.
보고 들은 것과 같다 할 수는 없어도
그 대략의 모습을 이에 알만하구나.
추풍령으로 말을 몰아가니
시절은 마침 청명한 가을날.
구불구불 십리를 올라가니
길이 트여 수레를 탈 만하네.
옛날에 왜구의 도적이 왔을 때
세 길에서 전세가 잇달았다는데,
가서한(哥舒翰)이 동관(潼關)에서 죽으니[135]
흉악한 자들이 기세를 부렸지.
성을 겹겹이 쌓고 장수를 둔 것은
지난 일을 오늘의 교훈으로 삼자는 뜻.

---

133 고개 세 개: 추풍령, 조령, 죽령.
134 천험(天險): 천연적으로 험난하게 생긴 땅. 추풍령 일대의 험준한 지대를 말한 것이다.
135 가서한~죽으니: 가서한(哥舒翰)은 투르크족 출신으로 당나라 현종 때 안록산의 난을 진압하려다가 오히려 포로가 되어 죽은 인물이다. 군사 20만 명을 이끌고 동관(潼關)을 지키며 분전했지만 결국 패하여 포로가 되고 낙양(洛陽)에서 살해되었다.

방어는 사람을 얻는 데 달려있으니
험난한 지형만 믿어서는 안 되네.
이번 여행은 지난 곳을 기록하는 것이라
노래하고 시 짓기를 내 어찌 잘한다 하랴?

南服控三嶺　　天險古所稱　　鳥嶺高可怕　　嶺急難登
見聞雖不同　　大體庶斯徵　　驅馬秋風嶺　　值秋日澄
逶迤上十里　　道濶車可¹³⁶乘　　昔時盜賊來　　路勢相仍
哥舒死潼關　　鯨鯢敢憑陵　　重城置守將　　事今則懲
防御在得人　　險阻未足憑　　此行紀所歷　　諷我何能

---

136 규장각본에는 且로 충북대본에는 可로 되어 있다.

농사짓는 일
民事

기후가 제때를 잃어
늦가을이 봄처럼 따뜻하니
대낮에도 말은 축 쳐져 있어
채찍질해도 땀만 흘릴 뿐 달리지 않네.
저물녘에 바람이 잠깐 생겨나니
들판에 풀벌레들 시끄럽게 울어댄다.
지나온 곳이 논밭이었으니
농사짓는 일을 나도 말할 수 있네.
벼 이삭 이제야 두루 익어가고
면화는 그대로 하얗게 피어있네.
올해 경작 늦어진 것은
극심한 가뭄이 연달았기 때문이네.
팔월에는 또 바람이 불어
큰 나무도 뿌리가 뽑힐 정도였네.
서리가 일찍 내려서는 안 되는데
절기가 지나니 근심이 태산이네.
혹 수확하는 날에 닥쳐
다시금 궂은비까지 만날까 염려되네.
세금 덜어주기는 정말 중요한 책무이니
어찌하면 임금님께 들리게 할 수 있을까?

126

天時失其常　秋末如春溫　亭午馬力倦　汗流鞭不奔
晚來風乍起　野草虫鳴喧　所經在田畝　民事我能言
穗稻黃始遍　花綿白仍存　今年耕植晚　亢旱[137]古莫論
八月天又風　大木拔其根　霜降未宜早　過時憂實繁
或慮收穫日　復值淫雨昏　寬稅誠要務　曷以聞至尊

---

137 규장각본에는 亢旱로 충북대본에는 亢旱으로 되어 있다.

피 빠는 벌레
嚙虫

피 빠는 저 벌레 이름은 몰라도
길쭉하고 검은 것이 기장과 비슷하네.
사람에게 해가 가장 해가 크니
벼룩이나 이와 기질이 비슷하네.
낮에는 숨어 있다 밤이 되면 움직여
살을 물고 피를 빠니 어찌하면 좋을꼬.
혹 이르기를 이놈은 쌀 도둑으로
닭이 울면 구석구석 숨어든다 하네.
황폐한 절이나 망가진 가게에서
이놈들이 많이 생겨난다고 하네.
기억해 보니 지난번 쌍계에서 묵을 때
긁어대던 것이 정말 유별났었네.
오늘 밤도 네다섯 번은 일어나서
촛불 잡고 샅샅이 뒤져 잡아보니
울긋불긋한 솜이불 속에서
수백 수천 마리가 우글거리네.
손톱으로 어쩌다 으깨봤더니
누린내가 이보다 더 할 순 없네.
던져서 요강에 가득 차니
죽이지 않고 어쩔 도리 있겠나.

嚙虫名未見　楕黑類黍科　於人害最毒　蚤蝨氣相和
晝伏夜則動　咬唖可奈何　或云是盜精　鷄鳴竄窟窠
荒寺與敗店　此物由來多　憶昨雙溪宿　爬搔誠異他
今夜四五起　秉燭窮搜羅　爛熳衾裯間　百千聯幺麼
指爪誤觸破　臭臊無以過　投之滿溺器　不殺理則那

<서전첩(西田帖)>[138]에 쓴 시
西田帖詩

　담한(澹寒) 어르신[139]이 어버이가 연로하시고 집안이 가난하여, 장작관(將作官)[140]의 직책에 나아간 지 지금 삼년이 되어간다. 그간에 고을 수령에 제수된 적이 있었으나 병 때문에 부임하지 못하고, 그 후 세 번쯤 주군(州郡)에 수망(首望)으로 의망되었으나 그때마다 되지 못하였으므로 친구들이 혹 그를 위하여 몰래 안타까워하였다.

　우리 집은 어른의 댁과 같은 동네였는데, 얼마 전부터는 비록 담한 어르신라고 해도 내가 스스로 멀리할 수밖에 없었다.[141] 초겨울에 아들이 병이 들어서 서항(西巷)[142]으로 피신하였는데, 담한 어르신의 거처와 매우 가까웠다. 이에 간혹 마음대로 찾아갔다가 마음 내키는 대로 돌아왔는데, 어르신은 그 일로 인해서 거리를 두지 않으셨고 더불어 이야기할 때도 꺼려하는 바가 없으셨다.

　어르신이 관직을 얻기 위해 이처럼 분주하게 움직였던 것은 다만 어버

---

138 <서전첩(西田帖)>: 서전(西田)은 서쪽 교외의 들판 혹은 서쪽 들녘을 뜻한다. 서전에 은거하고 싶은 희망을 담아 만들어낸 시화첩(詩畵帖)이라 추정되지만 실물은 미상이다. 이 시를 통해 도연명과 소동파의 시에 일행이 화답한 시, 겸재 정선의 그림 등이 엮여 있었음을 짐작할 수 있다.

139 담한(澹寒) 어르신: 김상열(金相說). 본관이 광산으로서 김상복, 김상숙 형제와 같은 항렬이다. 1764년에 음직으로 임천[林川 부여] 군수를 역임한 사실이 확인된다.

140 장작관(將作官): 궁중에서 토목과 건축의 일을 맡았던 선공감(繕工監)의 관원.

141 스스로~없었다: 1759년부터 버려졌다가 1765년에 서용되기까지, 심익운은 주변 사람들을 피할 수밖에 없는 처지였다. 이러한 사정을 담고 있다.

142 서항(西巷): 서대문 근처의 서쪽 마을. 전염병이 돌거나 하면 그는 전염을 우려하여 다른 곳에 피신하곤 하였다. 여기서는 아들을 보호하기 위해서 그랬던 것 같다.

이를 봉양하기 위한 때문이었지만, 지체가 높은데다 운명이 기구하므로 사람들이 염려해주지 않는 이가 없었다. 하지만 어르신만은 분수를 따라 진솔한 그대로 사셔서 조금도 불만의 기미를 드러내는 표정이나 말을 보이지 않았다. 이것은 반드시 확고하게 지키는 바가 있어서이니, 불행한 처지의 나에 대해서도 구차하게 이유를 대어가며 대하는 태도를 바꾸지 않으신 것이다.

하루는 어르신이 〈서전첩(西田帖)〉을 꺼내어 내게 보여주셨는데, 나는 그 어른의 뜻이 고원함을 더욱 알게 되었고, 그럴수록 더더욱 스스로를 애도하고 한스럽게 여기게 되었다. 나는 죄인이다. 그래서 마땅히 아무도 없는 곳에서 자취를 감추어야 하겠지만, 그런데 지금 이 어른을 좇아 성시(城市)에서 노닐고 있으니 이게 어찌 된 일인가! 상을 당하고 병이 들고 정에 이끌린 것이 사람을 붙들고 만 것이기는 하겠으나, 그러다 보니 '어찌 돌아가 농사짓지 않느냐'며 꿈속에서 신이 나타나 경고하기에[143] 이르렀다.

내가 마침내 감발되는 바가 있어서, 각각 사운(四韻)의 오언시(五言詩) 다섯 편을 지어, 한편으로는 어르신의 뜻을 서술하고 한편으로는 자포자기한 나의 상황을 슬퍼하였다. 〈서전첩〉을 만들게 된 시말(始末)에 대해서는 청서 김공[김광태]의 서문 세 편과 어르신이 지은 시와 발문에 갖추어져 있으니, 내 어찌 다시 덧붙일 것이 있겠는가.

澹寒丈人, 親老家貧, 屈於將作長官, 今三年矣. 間嘗得邑, 病不任往, 其後凡三, 首擬州郡, 輒不得, 親舊或爲之竊歎.

余家與之同閈, 自頃以來, 雖於丈人乎, 亦不能不自外入. 冬初, 以子病

---

143 꿈속에서~경고하기에: 『백일집』의 「가곡(歌曲)」 안에 〈어찌 밭 갈러 가지 않는가[盍耕]〉라는 작품이 수록되어 있다. 1765년을 전후한 시기에 지어진 이 노래의 서문에 따르면, 상사(喪事)와 병고(病故)가 잇따라 전원으로 돌아가지 못하자 꿈속에 어떤 노인이 나타나 '그대의 집을 합경(盍耕)이라 하는 것이 좋겠다'고 하는 장면이 나온다.

避寓西巷, 丈人所居至邇也, 或造適而往, 隨意而還, 丈人則不爲之畦畛, 與語無所忤余.

惟丈人爲是棲遑, 徒以親養故耳. 今旣地亢而數奇, 人莫不以爲憂, 丈人獨推分任眞, 不見其有幾微色辭, 此必有所守者確, 而其於余必不苟焉爲之推移也.

一日, 丈人出西田帖以示余, 余益知丈人志尙之遠, 而尤有以自悼恨焉. 余傺人也, 自宜減影於無人之地, 而今且從丈人, 遊在城市中, 何哉! 豈喪病情累, 可以絆人, 而盍耕之夢神, 或告之矣, 余遂感焉, 而爲五言詩五篇各四韻, 一以述丈人之志, 一以悲自已之私. 若夫帖事始末, 靑墅金公三序, 及丈人之詩與跋文具在, 余復何贅焉.

132

다음은 도연명에 관한 시이다
右陶詩

도연명은 청빈한 선비였던지라
밭 갈기 가축 기르기에 데 마음을 두었지.
저 귀거래사(歸去來辭)를 보니
어찌 농사에 뜻을 두지 않았으리오?[144]
소리 내어 길게 읊조리노라니
어찌 서전시(西田詩)[145]만 그러하리.
천년 뒤에도 감회가 통하여
우연히도 이 시첩에 남게 되었네.

陶潛乃貧士	素志托耕蓄
觀夫歸去來	豈不在耘籽
發言以爲詠	寧惟西田詩
感懷千載下	偶然在於玆

---

144 어찌~않았으리오: 원문은 운자(耘籽)는 김매기, 곧 농사를 뜻한다. 〈귀거래사(歸去來辭)〉
에 "날씨 좋기를 생각하며 홀로 거닐고, 이따금 지팡이을 세워둔 채 김을 매네. 동쪽 언덕에
올라서는 길게 휘파람 불고, 맑은 물에 임해서는 시를 짓기도 하네[懷良辰以孤往, 或植杖以耘
籽, 登東皐以舒嘯, 臨淸流而賦詩]"라는 구절이 보인다.
145 서전시(西田詩): 김상열이 귀거래를 염원하며 지은 시로 추정된다.

다음은 도연명의 시에 화답한 소동파에 관한 시이다
右東坡和詩

동파는 본래 자기 논밭도 없었는데
중년 들어 자못 고생을 겪었네.
글자를 볶고 벼루를 삶아 먹으며
고생고생 혜주에서 밥을 먹었네.[146]
마침내는 도연명의 작품에 화답하여[147]
다시금 도연명의 은둔을 사모하였지.
시에서는 이미 정교한 경지였건만
도(道)에서는 늦게 깨달았다고 할 만하네.

子瞻本無田　　中歲頗偃蹇
煮字食破硯　　辛苦惠州飯
遂和淵明作　　復慕淵明遯
於詩良已工　　於道亦云晚

---

146 글자를~먹었네: 소식(蘇軾)이 지은 〈공의보의 '오랫동안 가물다가 마침내 비가 내려'에 차운하다(次韻孔毅甫久旱已而甚雨)〉라는 시에 "내 생전에 논밭 없어 깨진 벼루로 먹고 살았는데, 요즈음에는 벼루도 말라 갈아도 먹물이 없네[我生無田食破硯, 爾來硯枯磨不出]"라는 구절이 있다. 깨진 벼루로 먹고 산다는 것은 문필로 생계를 이어간다는 뜻이다. 혜주, 곧 중국 광동성 혜양현(惠陽縣) 지역에 유배를 가서 고생하는 중에 지은 시이다.
147 도연명의~화답하여: 소식은 도연명의 시를 매우 좋아하여 100여 수가 넘는 〈화도시(和陶詩)〉를 썼다.

다음은 겸재(謙齋)의 그림에 관한 시이다
右鄭謙齋畵

근래에 그림의 참다운 정수는
윗마을의 정노인[148]을 친다네.
서너 마디 되는 네모난 비단에
도연명의 밭이랑을 그려주었네.
서쪽 들녘[西田]에 들밥을 낼 수 있어
어느 아낙 그를 위해 광주리를 이고 가네.
이토록 이 그림 좋아한 이 누구인가?
우연히 담한 어르신 손으로 떨어졌네.

近來畵眞意　　北谷鄭老叟
方縑三四寸　　爲寫陶公畝
西田近可饁　　誰爲戴筐媍
何人愛此甚　　偶落澹翁手

---

148 윗마을이 정노인: 겸재 정선(謙齋 鄭敾: 1676~1759). 정선의 집은 경복궁의 북쪽이자
북악산 바로 남쪽에 있었는데, 심익운의 사직 저택에서 보면 북쪽 윗마을의 집이 된다.

다음은 도연명의 시에 화답한
담한(澹寒) 어르신에 관한 시이다
右丈人和詩

담한 노인은 연명(淵明) 노인이 아닌데
시대는 달라도 우연히 같은 분위기네.
일찍이 밀주(密州) 현령[149] 지내셨으나
팽택(彭澤) 현령[150]이 비웃을까 두려워했네.
홀연히 서전도(西田圖)[151] 얻으시고서
기뻐하다가도 한편으로 자책하시며,
십년 동안 헛된 명성에 붙들린 채
노친 봉양 알량한 봉급에 얽매였었네.

澹翁非陶翁　　異代偶同調
嘗作密州吏　　懼爲彭澤笑
忽得西田圖　　自賀仍自誚
十載寄空號　　親老[152]糜斗料

---

149 밀주(密州) 현령: 밀주는 경상남도 밀양의 옛 이름. 김상열이 이곳에 부임한 적이 있어서
표현한 것으로 보인다.

150 도팽택(彭澤) 현령: 도연명은 41세 때 팽택 현령으로 있다가 80일 만에 벼슬을 그만두고
고향으로 돌아갔다.

151 서전도(西田圖): 서쪽 교외의 들녘을 그린 그림이라는 뜻으로 겸재 정선에게 부탁하여
〈서전첩〉의 서전을 그린 그림인 듯하다.

152 규장각본에는 爲로 충북대본에는 老로 되어 있다.

다음은 내 처지를 읊은 시이다
右自詠

나도 서쪽 교외에 논밭이 있어
가을걷이를 감독하러 가곤 했었지.
밭 갈러 가지 않느냐는 꿈[153]도 꾸었건만
돌아갈 생각은 날로 아득해져만 가네.
시 짓고 노래하면 옛날 탄식만 나오고
이런 그림을 보면 이제 시름만 더하네.
다행히도 담한 어르신 따라 노닐지만
도연명 무리처럼 결단 못 내리는 게 부끄럽네.

我有西郊田　　亦嘗觀其秋
自卜盍耕夢　　歸思日悠悠
詩歌發昔嘆　　畵圖增今愁
幸從澹翁遊　　媿非淵明儔

---

153 꿈: 심익운 자신이 지은 〈합경(盍耕)〉 시를 언급한 것이다.

두 아낙
二女

옛사람들 삼부염(三婦艶)[154]을 노래했으나
이제 나는 두 아낙을 노래하려네.
각각 잘하는 일을 묻는다면
한 사람은 바느질, 한 사람은 베 짜기.
각각 그 용모를 묻는다면
경수(涇水)가 위수(渭水)를 만난 듯.[155]
저 동산의 나무로 보자면
그 뜻을 이렇게 비유할 수 있으려나,
같은 뿌리에서 나란히 생겨 나와
윗가지는 연리지처럼 얽혀 있다네.
항상 바라기는 각각 군자의 짝 되어
한평생을 똑같이 섬기며 사는 것.
하나는 중매 없이 하나는 중매로 결혼했으나
둘 다 제 소원을 이루지 못했네.
총애와 욕됨이 군자[남자]에게 달렸으니
예뻐하고 미워함이 내게서 비롯될 리야?

---

154 삼부염(三婦艶): 옛 악부 곡조의 하나. 세 명의 여인 즉 대부(大婦), 중부(中婦), 소부(小婦)
가 등장한다. 세 여인을 묘사하거나, 세 여인을 모티브로 삼아 서사적인 상황을 표현하기도 한다.
155 경수가~ 만난 듯: 경수와 위수가 만나 하나의 물결을 이루지만, 그래도 위수는 맑고
경수는 흐리므로 그 본질이 다르다는 뜻을 취한 듯하다. 같은 부모에게서 나왔으나 미모의
차이가 많이 난다는 뜻으로 풀이한다.

미운 사람은 진실로 미움받는다 해도
예쁜 사람은 그 누가 예쁘다 알아주리?
사람의 도는 부부가 중하다 하고
하늘의 혈연은 형제가 귀하다 하네.
응당 함께 절개를 지키다 보면
처음에는 헤어졌다 나중에는 짝이 되리.[156]

昔人謠三娘	今我歌二女	若問技業殊	針縷對軸杼
若論顔色別	涇沚接渭渚	相彼園中木	可以喩厥旨
下根旣並生	上枝復連理	常願配君子	百年同所事
一奔而一聘	兩皆不得志	寵辱本在人	美惡詎由己
惡者固見惡	美者誰謂美	人道重夫娘	天屬貴兄弟
共當守其貞	始暌終應契		

---

156 처음에는~되리: 처음에는 부부관계가 소원했다가 나중에서 부부가 화합하며 잘 맞는
짝이 될 것이라는 뜻이다.

►봉여(鳳汝) 심상운(沈翔雲)의 원래 시
原韻 鳳汝[157]

동쪽 집에 한 아낙이 살고

서쪽 집에도 한 아낙이 사네.

서쪽 아낙은 문밖을 엿보지 않고

밤낮으로 베 짜기를 열심히 했네.

동쪽 아낙은 여자 할 일도 게을리하고

꽃을 꺾어 물가에서 놀기만 했지.

서쪽 아낙은 새벽이면 마루에 올라

재배하고 어른들께 맛난 음식 올렸지만,

동쪽 아낙은 해 뜬 뒤에 일어나

창가에서 고운 비파의 줄을 골랐네.

동쪽 아낙이 서쪽 아낙에게 말하기를

"나는 너처럼 할 수가 없어.

내 비록 할 수가 없다 쳐도

너도 힘써서 게을리 마라."

동쪽 아낙 실로 가소로우니

남에게는 하라 하고 자기는 하지 않네.

서쪽 아낙이 애써서 한 일은

심히 정성스럽고 매우 어여쁘구나.

이웃 사람도 오히려 저와 같은데

---

157 충북대본에는 鳳汝라는 표기가 있으나 규장각본에는 없다.

하물며 너희 자매¹⁵⁸는 어쩌하랴!
내가 지금 이 시를 지어 주나니
보는 자는 혹 느낀 바가 있기를.

東家有一女　西家有一女　西家不窺門　日夕治機杼
東家惰女紅　折花嬉水渚　西家晨上堂　再拜進甘旨
東家日高起　錦瑟當窓理　東家謂西家　吾不能爾事
縱吾不能爲　勗爾毋懈志　東家實可笑　責人不責己
其爲西家謀　甚忠而極美　鄰比尙如此　況乃兄及弟
我今爲此詩　覽者或有契

---

158 너희 자매: 심상운이 시는 아마도 자신의 두 딸을 대상으로 삼은 듯하다. 〈두 아낙〉을
지어 자신의 딸에게 가르침을 주고자 했던 정황을 떠올려 볼 만하다.

집으로 돌아오다
返第

나는 7월 20일에 서울 저택을 떠나 한강 가에서 나그네살이를 했다.
귀경해서는 서루에서 와병하다 수개월 만에 비로소 집으로 돌아왔다.
무릇 99일 만이었다.

余以七月念日, 離京第, 客于湖, 歸而病臥西樓, 數月始返第, 凡九十九日.

나그네 되어 병 앓은지 99일 만에
오늘에야 우리 집으로 돌아왔구나.
쓸쓸히 가을에서 겨울로 넘어가는 때
오열하며 삶과 죽음이 교차하는 절기.[159]
물 긷고 절구질하는 소리도 드물고
방 문과 마당 문도 적적하게 닫혀있네.
텅 빈 집을 누군가 엿보는 듯해
늘어뜨린 휘장을 걷어 올리지 못하겠네.
내 가는 길마다 아이들이 둘러싸고
그대의 제사 준비에 비복들은 분주하네.
저물녘 풍경은 반나마 어스름인데
저녁 바람이 이제 건듯 불어오네.
난간의 다람쥐는 이미 이웃에 보내졌고

---

159 오열하며~절기: 겨울로 향하는 중이라 풀벌레들이 오열하듯 울어대며 죽음을 맞게
된다는 의미이다.

조롱 속의 비둘기도 진작 계단을 내려갔네.[160]
사람이 없으면 사물도 또한 흩어지니
북받쳐서 눈물이 왈칵 쏟아질 듯하구나.

旅病九旬九　　今日返我第
蕭瑟秋冬[161]交　　嗚咽死生際
疎疎井臼錯　　寂寂房室閉
空堂若有睹　　虛帷不敢揭
子女繞我行　　婢僕營君祭
夕景半晦明　　暮風初颺颭
檻鼪已送隣　　籠鳩昔下砌
人亡物亦散　　感之幾隕涕

---

160 난간의~내려갔네: 사직 저택에서 애완삼아 길렀던 다람쥐나 비둘기가 이미 남들에게
넘어간 상황을 서글피 묘사한 것이라 생각된다.
161 규장각본에는 夕으로 충북대본에는 冬으로 되어 있다.

칠언고시 七言古詩

단구자(丹丘子)[162]가 보내주신 그림에 감사하며
謝丹丘子贈畵

벗님께서 나에게 송석(松石) 그림을 주셨는데
어찌하면 백옥(白玉) 기러기발[163]로 보답할 수 있을까?
솔의 굳셈과 돌의 견고함도 숭상할 만하지만
백옥(白玉)의 엄정하고 단단함만 같으리오!
수정루[164] 아래에는 푸른 풀이 우거졌고
수정루 위로는 하얀 구름이 일어나네.
손님이 와도 말없이 긴 휘파람만 부셨고
향기로운 차와 강정은 그 맛이 담박했네.
돌아와 벽에 걸고 나 홀로 감상하자니
솔에 기대고 바위에 걸터앉던 때[165], 공연히 그리워지네.

---

162 단구자(丹丘子): 이윤영(李胤永: 1714~1759)의 호. 이 시는 사직 저택의 심익운이 그 아랫마을에 위치한 서지의 담화재로 이윤영을 찾아갔다 소나무와 바위를 그린 그림을 받고 쓴 것이라 추정된다.

163 백옥(白玉)의 기러기발: 거문고의 줄을 괴는 기러기발軫. 백옥진(白玉軫)은 요진(瑤軫)의 용례처럼 옥으로 만든 기러기발로 이해된다. 거문고는 백아와 종자기의 고사에서 보듯이 벗 사이의 마음을 전하는 악기를 은유한다.

164 수정루: 수정루(水晶樓)는 서대문 바깥 서지(西池)의 저택에 세웠던 이윤영의 누대이다. 이윤영은 1739년에 반송방 서지 주변에 저택을 구하고 담화재(澹華齋)를 지었다. 1757년 6월에 김종수(金鍾秀)가 쓴 〈수정루기(水晶樓記)〉에 의하면, 수정루는 두 사람이 허리를 숙이고 들어가면 가득 찰 만큼 작은 정자였지만 그 안에 고서 1200권, 골동품과 옥기(玉器) 몇 개, 기이하게 생긴 돌과 나무를 보관했다고 한다. 아울러, 수정루라는 이름은 이윤영의 중부 이태중(李台重)이 선물한 옥 덩어리를 가리키는 것이자, 이윤영이 꿈속에서 단양의 사인암이 수정으로 변하는 꿈을 꾸고서 지은 이름이라는 사연이 적혀 있다.

165 소나무에~때: 단양의 사인암 일대에서 함께 노닐었던 시절이 문득 그리워진다는 뜻이 아닐까 한다. 앞서 오언고시에 실린 〈나는 단구자와 더불어 청담에 노닌 지가 십 년이 되어간

닳지 않고 물들지 않는 경지[166]를 감히 논하랴마는
원컨대 추운 겨울에도 곧은 마음 지키기를 약속하네.

故人遺我松石圖　　何以報之白玉軫
松勁石堅皆有尙　　未如白玉栗而縝
水晶樓下靑草深　　水晶樓頭白雲生
客至無言但長嘯　　香茶胡麻風味淸
歸來獨對壁間畫　　倚松跂石空復思
不磷不緇非敢論　　願言歲寒存心期

대(僕與丹丘, 遊淸潭十年矣)라는 작품을 참조해볼 수 있다. 이윤영이 그림 속에 그려준 소나
무와 바위를 보고 심익운이 단양을 떠올렸던 듯하다.
166 닳지~경지: 옥(玉)은 순백의 견고함을 지녀서 갈리지도 않고 오염되지도 않는다고 한다.
소나무, 바위와 더불어 지절을 지키는 상징으로서 옥의 성질이 환기되어 있다.

보름달 노래, 어버이를 뵈러 평안도로 가는 예조 참판 김공(金公)¹⁶⁷을 보내며
明月行 送金禮部省覲江西之行

서로 헤어짐을 서글퍼 말고

나의 보름달 노래를 들어주오.

밝은 달이 아스라이 바다 밑에서 떠오르니

팔월의 한가위 달빛은 눈[雪]과 같이 밝아라.

서쪽으로 그대 따라 대동강에 이르면

대보름 청명한 달빛이 부벽루에 눈부시리.

부벽루 성대한 잔치에 안개가 깔리는데

청운 품은 옛 친구들이 풍류를 함께 하리.

마음 맞는 인생 한때는 정말로 좋은 것

더구나 이번 행차는 임금님의 특별한 은혜.¹⁶⁸

어르신 집안 형제는 모두가 관원인데

강서 태수를 맡은 이는 현명한 셋째 아들.¹⁶⁹

---

167 김공(金公): 김상복(金相福: 1757~1760)을 말함. 김상복은 심익운의 인척으로 사직 저택 바로 곁에 살면서 심익운을 보살펴주곤 했다. 그는 본관이 광산으로서 김장생의 후손이다. 자는 중수(仲受), 호는 직하(稷下) 또는 자연(自然)이라 하였다. 어머니는 심정보(沈廷輔)의 딸인데 심정보가 바로 심익운의 가문의 인물이다.

168 특별한 은혜: 작품을 통해 짐작하면, 영조가 김상복에게 강서에 계신 부친을 뵙고 올 수 있도록 하면서 음식과 말[馬]을 베풀었던 듯하다. 강서 현령으로 재직 중인 김상직이 그곳 에서 부친 김원택을 모시고 있었던 것 같다.

169 셋째 아들: 김원택(金元澤)은 아들 넷, 곧 김상덕(金相德), 김상복(金相福), 김상직(金相 直), 김상숙(金相肅)을 두었다. 김상직은 1756~1760년까지 강서 현령을 지냈다. 강서는 평안도의 강서 지역이다.

성(城)에서는 삼생(三牲)[170]을 갖춰 봉양하고
천리 먼 길 맞이하느라 사마(駟馬)를 보내었다오.
멋진 사마는 하나하나 살찌고 굳세나
비용이 넉넉하니 말 값은 따질 필요 없어라.
어르신이 높은 대청에서 편안히 계실 적에
밝은 달 아래서 형제들이 색동옷[171] 입고 춤을 추리.
하늘의 밝은 달 비추지 않는 곳 없나니
임금님 은혜도 바다처럼 깊지 않은 곳 없다오.
나는 축원하네, 밝은 달이 이지러지지 말고
길이 임금님 은혜처럼 사람들을 감화시키길.

相別莫怊悵	聽我歌明月
明月遙遙出海底	高秋八月光如雪
隨君西向浿江去	十五淸輝浮碧樓
樓頭曲宴散煙霧	靑雲故人同風流
人生適意儘堪誇	此行況復君恩偏
君家兄弟皆爲官	江西太守第三賢
一城專養備三牲	千里遠迎馳駟馬
駟馬一一肥且驕	金多馬賤不論價
丈人高堂且安坐	聯翩綵衣明月下
明月在天無不照	君恩似海隨處深
我謂明月莫虧缺	長與君恩感人心

---

170 삼성(三牲)): 제물로 쓰는 세 가지 희생으로, 소, 양, 돼지를 말한다. 여기서는, 강서현에서 김상복의 부친 김원택에게 성대한 고기를 올렸다는 뜻으로 풀이될 수 있다.

171 색동옷: 자식이 생신을 맞이한 부모에게 일부러 색동옷을 입고 춤을 춰서 기쁘게 해드리는 것을 말한다. 김상복의 부친 김원택의 생일 축하 장면을 상상한 것이다.

세 마을을 그린 그림을 보고 쓰다
題三村圖

동쪽 마을에는 천 년 묵은 소나무
서촌 마을에는 만 떨기 국화꽃.
조금 떨어진 가운데 마을에는
대숲이 울창하게 들어서 있네.
누런 소가 문 앞에 서 있는데
청노새가 다리 위를 넘어오는데
한가롭디 한가로운 한 마리 학은
숲 너머로 날아갈 생각도 않네.
인생의 즐거움은 마음 맞는 데 있으니
자고로 영달한 사람들 모두가 포의(布衣)로 돌아갔네.
아! 이 그림을 알아줄 이가 없지만
산마을에 한 해가 저무니, 돌아가야지 돌아가야지.

東村千歲松　　　西村萬叢菊　　　中村稍近遠　　　森森百竿竹
黃牛門前立　　　靑驢橋上來　　　閑閑一白鶴　　　不向林外飛
人生樂事在得意　　　古來英達皆布衣
嗚呼此圖無人識　　　山中歲暮歸歟歸

함께 부르는 노래
同聲歌

임피(臨陂)[172] 바닷길로부터 대옹(岱翁)[173]을 모시고 함께
과지(果支)[174]로 향하는 길에 준수(蠢叟)[175]를 생각하며 짓다.
自臨瀛, 携岱翁, 同向果支道中, 懷蠢叟作.

작년 구월에 어르신을 전송할 때는
한양성에 때마침 낙엽이 날렸는데,
올해 삼월, 어른을 맞이하는 지금
임피의 바다 고을에 꽃이 피어나네요.
꽃 피고 잎 지는 변화는 너무나 분분하고
인생의 만나고 헤어짐도 뜬구름과 같네요.
뜬구름은 하늘에서 정처 없이 흐르는데

---

172 임피: 원문의 임영(臨瀛)은 전라북도 옥구군(沃溝郡) 임피현(臨陂縣)이 아닌가 한다. 1758년
현재 형님 심상운이 임피 현감으로 재직하고 있으며, 본문 안에도 임피현(臨陂縣)이 지명되어
있다.

173 대옹(岱翁): 미상. 다만 민창후(閔昌厚: 1684~1765)로 짐작된다.

174 과지(果支): 현재의 전남 곡성군 옥과면. 부친 심일진이 옥과 현감으로 재직하던 시절에
심익운이 서울과 옥과를 왕래했다. 이 여행에서 대악 노인과 동행했던 듯하다.

175 준수(蠢叟): 안동김문의 김이복(金履復)을 말한다. 심익운은 이 인물을 준재(蠢齋)와
준옹(蠢翁)이라 부르고 있다. 백일문집의 〈치재의 연구 시에 부친 서문[耻齋聯句詩序]〉을 보면,
사직 저택에 서루(西樓)를 세우고 친분을 나누었던 인근의 어른과 인물들이 나온다. 치재는
김상직(金相直)의 호이다. 친교를 나눈 인물을 들며, 산문은 홍낙순(洪樂純), 시는 김이곤(金
履坤), 그림은 김윤겸(金允謙)과 김상복(金相福)을 들었고, 함께 노닐었던 인물로 준재(蠢齋)
김이복(金履復)을 비롯하여 김재순(金在淳), 그리고 설대옹(雪岱翁)을 들고 있다. 설대옹은
위의 대옹으로서 다른 데서는 대로(岱老)라 부르고 있다.

어른과 함께 나란히 남쪽을 여행했지요.
남녘땅의 벌판은 끝없이 펼쳐져 있고
구름은 대지 위를 아득히 흘러가네요.
허나 어인 일일까요, 어쩌다가 남으로 갔다 북으로 갔다
어쩌다가 동으로 갔다가 어쩌다 서로 가는 줄.
그저 저는 바라네요, 어른과 더불어 오래도록
손잡고 다시금 서루(西樓) 맡에 올라
이웃의 준옹(蠢翁)도 불러 떠가는 구름을 구경하기를.
둥실둥실 푸른 하늘 속으로 곧장 올라가
세상을 내려다보면 모두가 허공 속에 있을 것을.

去年九月送君歸　　漢陽城中葉正飛
今年三月迎君來　　臨陂縣裏花始開
花開葉落劇紛紛　　人生離合如浮雲
浮雲在天無定處　　我今與君同南去
南方之野多曠蕩　　雲亦悠揚在其上
不知何以南何以北　　何以東何以西
但願與君長相携　　相携更上西樓頭
並招隣翁看雲浮　　浮浮直到靑天中
然後下視世界皆虛空

농가의 노래
田家行

범부채 열매 맺고 산초도 까매지니
농가에선 구월이라 늦은 곡식 거둔다네.
글짜기에서 땔나무 주워도 지게를 못 채우고
뽕나무 아래서 우물물 길어 집으로 돌아오네.
작은며느리 쌀을 일고 큰며느리가 불 때는데
할머니는 손자를 안고 음식 간을 맞추네.
올해는 팔월에 서리가 일찍 내렸지만
다행히 기장과 보리가 꽤나 익었네.
소는 뿔이 두 개요 닭은 다리가 두 개
닭의 발 삼십 개에 소의 뿔이 여섯이라.
남편이 아침에 나가 저녁까지 못 돌아오니
높은 울타리와 낮은 외양간을 누가 지키나.
농가에 살림살이 이것뿐이니
이리며 호랑이야, 범접을 말라.
이리와 호랑이에게 말해두나니,
병아리들은 건드려도 괜찮다지만
제발 삼년 키운 송아지는 해치지 마라.

射干結子椒聊黑　　田家九月收晚穀

澗底束薪不盈擔　　桑下汲井歸茅屋
少媳淘米大媳炊　　孤姥抱孫看飲食
今年八月霜早落　　幸有穋麥頗成熟
牛兩角雞兩足　　雞足三十牛角六
丁男朝出夜未歸　　誰護高柵與卑櫳
田家長物獨有此　　莫使狸虎來穿觸
爲我謂狸虎　　雞雛猶可　　愼莫傷三歲犢

가을비에 탄식하며
秋雨歎

가을비 부슬부슬 초가지붕에 뿌리고
가을바람 쏴아쏴아 산골짜기 휩쓰는데
남쪽 향해 흰 기러기는 어디로 가려나
수풀의 풀벌레도 밤에 울기를 그쳤는데.
농가에는 논이 있고 논에는 곡식 있건만
심은 곡식 많은들 내 배에 들어가는 건 적다네.
서리가 내린 뒤에 날씨가 쌀쌀해져
윗배미 아래배미 곡식들 채 익지를 못했네.
곡식은 논두렁에 내버려 둬도 그만이지만
비바람 몰아쳐오니 겨울 날 일이 지레 걱정.
그대 못 보았나, 시월에 베 바지 입고
성 남쪽 찾아가서 송아지를 파는 것을.[176]

秋雨蕭蕭吹茅屋　　秋風颯颯滿山谷
白鴈南飛欲何向　　林間草虫休夜哭
田家有田田有穀　　種穀雖多少入腹
自從霜後氣候退　　高田低田皆晚熟
不惜禾黍委泥土　　但恐風雨寒事促
君不見十月布袴子　　還向城南賣黃犢

---

176 시월에~것을: 원문의 포고(布袴)는 베 바지를 가리킨다. 쌀쌀한 시월에 방한용으로 입은
옷이라 생각된다. 겨울을 나기 위해 어쩔 수 없이 송아지를 팔아야하는 가난한 농가를 표현한
것이라 생각된다.

매와 참새에 대한 탄식
鷂雀歎

참새와 매가 나무 꼭대기서 새끼 기르는데
백 척 아래는 차가운 연못이 있다네.
강변의 작은 아이들이 날쌘 원숭이마냥
새끼를 잡아가고 둥지를 부숴버렸구나.
매 새끼는 나면서부터 고기 먹는데
고기 먹어도 배고프다고 연신 짹짹거리네.
아침엔 처마 뒤지고 저녁엔 숲을 뒤지고
참새 새끼 낚아채어 매 새끼에게 먹이네.
까만 눈동자에 민둥한 머리가 이리저리 찢기는데
날카로운 발톱과 부리로 원 없이 물어뜯는구나.
아이들에게 내 말하길 "그렇게 홀대하지 말거라
만물은 죽고 사는 게 다 똑같단다.
매 새끼의 즐거움은 참새 새끼의 불행,
너희들은 매와 참새에게 무슨 은원이 있느냐?
선왕께서 그물질한 것은[177] 어쩔 수 없었던 것,
어찌하여 참새 뺏어 매에게 준단 말이냐!"
아! 싸우고 뺏는 것은 힘에서 비롯하니
예부터 얼마나 많은 매와 참새가 있었던가!

---

177 선왕께서~섯은: 우 임금이 중국의 구주(九州)를 나누어 물길을 열고, 사람들이 살 수
있도록 짐승을 몰아낸 일을 말한다.

雀鷹養子高樹巔　　下有百尺清冷淵
江邊小兒捷猿猱　　還取其子毀其巢
鵶子纔生能食肉　　食肉不飽聲粥粥
朝窺屋瓦暮樹裡　　爭探雀兒哺鵶子
椒目蒜頭任決裂　　鉤爪劍[178]吻咨吞齧
我謂兒童莫忽忽[179]　物命各各生死同
鵶子雖樂雀子愁　　爾於鵶雀何恩讎
先王網罟不得已　　何況奪彼以與此
嗚呼爭奪由强弱　　古來幾許鵶與雀

---

178 규장각본에는 斂으로 충북대본에는 劍으로 되어 있다.
179 규장각본에는 忽忽으로 충북대본에는 忽忽로 되어 있다.

성산(城山)에서 강물이 불은 것을 보고 짓다
城山觀江漲作

유월 강촌에 수심겹게 비가 쏟아져
오일 연속 흐리다가 삼일 동안 안개 끼네.
오늘은 하늘 개어 산에 오르기 좋으니
이웃 어르신 부축해서 같이 가도 좋겠네.
산허리 푸른 숲이 강물에 이미 잠겼는데
온 들판에 흰 물결 넘쳐 가슴이 섬뜩하네.
권율 장군 전승비가 쓸리지 않고 남았지만
오래된 돌에 이끼 묵어 광채가 없어졌네.
점점 우리도 몰래 앉은 곳이 높아지더니
눈앞의 언덕이 마치 높다란 절벽 같구나.
평지에 배가 다님을 이제 알게 되었으니[180]
창해가 뽕밭이 된다한들 놀라지 않겠네.
정말로 공자께서 뗏목을 타고 간다 하면
넘실대는 물 위에서 길 헤맬까 걱정이로다.

六月江村愁多雨　　五日連陰三日霧
今朝天晴上山好　　更許提攜同隣老
半嶺已見靑林小　　四野初驚白波森

---

180 평지에~되었으니: 평야와 농지에 물길이 넘쳐 배를 타고 가야 할 지경이라는 뜻인 듯 하다.

權公戰處碑尙在　　石古苔老無光彩
漸來未覺坐處高　　眼前巴陵如斷皐
已信平陸有行舡　　莫訝滄海變桑田
定使宣尼乘桴去　　却恐浩蕩迷歸處

낙우(樂愚)가 태어나,
배와(坯窩) 선생께서 축하해주신 말에 답하며
樂愚生 答坯窩賀語

인생의 백 가지 즐거움, 아들 낳기만 한 게 없으니

천사만종(千駟萬鐘)[181]의 호사도 이와 같지 못하지요.

당신은 연세 들고 나는 아직 젊은데

앞뒤로 태몽 꾼 것이 두 달쯤[182] 되네요.

못난 자식 낳아도 저는 이리 좋은데,

기린과 봉황 같은 어른 댁의 아들은

당신을 낙담시키는 일이, 결코 없을 겁니다.

人生百樂無如生男樂　　千駟萬鐘方不足

君已老我尚少　　　　　先後占夢較兩朔

我亦生得豚犬好　　　　也知麒子鳳雛　　　不使君落莫

---

181 천사만종(千駟萬鐘): 천 마리의 좋은 말과 만 가마의 곡식을 가질 만큼 부유한 상태.

182 두 달쯤: 백일문집의 〈이아첩 뒤에 적다[書爾我帖後]〉에 따르면, 김상숙과 심익운은 두 달을 전후하여 아들을 보았다고 한다. '이아첩(爾我帖)'은 태어난 두 아들을 축원하며 같이 만든 서첩이다. 1768년 6월, 이 서첩의 발문을 쓰고 있는 현재 시점에서, 두 아들은 3년 전쯤에 각각 마마를 앓았으나 살아남아 이제는 수(數)와 물명(物名)을 배우고 있는 중이라 하였다. 심익운은 1766년에 아내를 잃고 아들 심낙우(沈樂愚)를 홀로 기르는 중이었다.

또 큰 형님께 답하며
又答伯氏

부모님 우리 낳고 지금처럼 기뻐하시며
부귀하여 부족함 없기를 또한 바라셨겠지요.
생각이나 하셨을까요, 커가면서 이리 곤궁할 줄을
세상사 그믐밤처럼 깜깜하게 변해갑니다.
우리 형제는 자식이 귀해지길 원치 않나니
단지 효도하고 우애하며 즐거이 살고
우리들 눈앞에서 삭막한 삶 면하며 살기를.

父母生我兄弟如今樂　　亦願富貴無不足
何意長大困窮　　　　　世事變遷猶晦朔
我與兄不願子貴　　　　但願孝友怡悅　　　眼前免索莫

162

암 까치에 대한 노래, 번중(蕃仲)[183]에게 보이다
雌鵲吟 示蕃仲

암까치 가지 물어다 집을 다 지어 가는데
수까치가 따라와서 숲을 돌며 울어대네.
부리 닳고 꽁지 빠지는 건 아깝지 않은데
중간에 둥지 무너질 줄 생각이나 했으랴!
고생고생 두 개 알을 품었으나
하나는 깨어나고 하나는 곯았네.
새끼 낳고 칠일 만에 암까치가 죽었으니
수까치야 날아가서 어느 가지에 사는가?
나무숲은 빽빽하여
둥지 찾을 길 없는데
새끼 까치 소리만 애달프게 들리더니
이따금씩 수까치가 왔다 갔다 이리저리 헤매네.

雌鵲含枝巢欲成   雄鵲相隨繞林鳴
囑穿尾禿不自惜   何意中道巢已傾
辛勤伏二卵   一乳而一殼
子生七日雌鵲死   雄鵲飛飛安所止
槎枒萬木林   故巢不可尋
但聞子鵲聲哀哀   時見雄鵲去復來

---

183 번중(蕃仲): 미상.

죽죽비(竹竹碑)[184]　차운
竹竹碑　次韻

합주라는 고을은 남방에서도 유명한데

신라 때는 대야(大耶) 땅이었다고들 전하네.

고을 사람들이 아직까지 죽죽의 비석 보존해오나

어리석은 풍속이 어찌 의(義)와 리(利)를 구별해 알랴.

홀로이 빗돌 하나가 강 언덕에 남아 있고

비스듬히 큰길만이 강물을 향해 이어졌네.

내 가다가 말에서 내려 그 비문 읽어보니

추위 이기는 절개가 있어 감회가 무량쿠나.

굴원도 이소(離騷)에서 이름부터 썼는데

천 년 뒤에 충신도 그 마음이 한 가지라.[185]

옛사람도 의(義) 위해 죽는 일, 조용히 행하기 어렵다지만

죽죽이 전사한 일이 어찌 한순간 분격해서 그런 것이랴.

---

184 죽죽비(竹竹碑): 642년, 대야성에서 전사한 신라 충신 죽죽(竹竹)의 충절을 기리기 위해
세운 비석. 백제의 윤충이 1만 대군으로 성을 공격해오자 김춘추의 사위였던 대야성 도독
김품석은 처자식을 죽인 후에 자결했으나 죽죽은 '내 아버지가 내 이름을 죽죽이라 지은 것은
차가운 날씨에도 시들지 말고 꺾일지언정 굽히지 말라는 뜻'이라며 결사항전을 택했다고 한다.
심익운은 1959~1764년 동안 폐축(廢逐)된 처지에 있다가 1764년에 복권하여, 1764년과 1765
년에 영남을 다녀온 적이 있다.
185 굴원도~ 한 가지라: 굴원이 『이소』 작품 첫머리에 자신의 이름인 '굴원(屈原)'부터 시작
했던 것처럼, 죽죽비도 '죽죽(竹竹)'이라는 이름부터 시작했다는 뜻이다.

陝州爲邑名南紀　　云是羅代大耶地
州人尙傳竹竹碑　　愚俗安能辨義利
獨留片石在江岸　　官道斜連向江水
我行下馬讀其文　　苦節凌寒感未已
屈子離騷首敍名　　千載忠臣同一意
古人死義從容難　　此豈一時感憤使

후검기행(後劍器行)[186] 두보의 시에 차운하여
後劍器行 次杜韻

강양[합천] 미인이 검무를 잘 추어

여자 호걸의 유풍이 남방을 진동시키네.

나풀나풀 옷자락 묶는 방식은 군복과 비슷한데

앞으로 나올 때는 의기가 어찌 그리 우렁찬가.

돌아가는 제비가 가을을 만나 잠시 쉬는 듯

놀란 기러기가 해를 등지고 막 날아오르는 듯

더군다나 누대[187]는 높고 나뭇잎은 지는 시절

아래로는 푸른 강에 맑은 빛을 반짝거리네.

아사께서는 윤음을 받들어 뛰어난 영재를 뽑으시고

태수께서는 자리를 베푸니 뭇 꽃들을 벌여 주셨네.[188]

좌중에서 춤을 보니 정신이 번쩍 들어

감탄을 연발하며 정신이 날아오를 듯.

천년 뒤에 홀로 두보의 시를 꼽아 보니

검기행 이 한 편이 너무나도 슬프구나.

---

186 후검기행(後劍器行): 두보의 시 〈공손대랑의 제자가 검기무를 추는 것을 보고[觀公孫大娘弟子舞劍器行]〉와 동일한 운을 사용하여 지은 시이다. 두보는 어렸을 때 언성(郾城)에서 공손씨가 춤을 추는 것을 보았는데, 당시 그녀는 옥 같은 얼굴에 비단옷을 입고 있었다. 그러다 52년 후에 기주(夔州)에서 공손대랑의 제자인 이십이랑(李十二娘)의 검기무를 보고 이 시를 썼다고 한다.

187 누대: 합천의 함벽루(涵碧樓)라 짐작된다. 누대 아래로 황강이 푸르게 흐른다.

188 아사~주셨네: 원문의 아사(亞使)는 감영(監營)이나 유수부(留守府)에 소속된 도사(都事)나 경력(經歷)을 가리킨다. 합천 군수인 형님 심상운이 베풀어준 연회에 참석하여 지은 시로 추정된다.

전란 뒤에는 만 가지 일이 처량키 마련인데
공손대랑의 검무가 그중에서도 첫째간다네.
북받치는 마음으로 어찌 자기 신세만 위로하랴
가련쿠나, 충심으로 왕실을 걱정했었다네.
다행히 나는 지금 태평한 세상을 만나서
한가로이 여악을 끼고 휴가를 보내네.
사귄 분들이 즐거운데다 정성스러우니
가슴 조인 지난 일들로 쓸쓸해 말기를.
강변의 비는 부슬부슬 해는 지려 하는데
강바람 쌀쌀하고 달은 아직 떠오르지 않았네.
춤 다 보고 돌아올 제 흥이 유독 호탕한데
홀로 필마를 타자마자 네 발굽이 쏜살같네.

아사 이영숙[189]이 자리에 참여하셨다.
亞使李榮叔, 在座.

江陽美人能劍舞　　女俠遺風動南方
翩翩結束學戎裝　　當前意氣何軒昂
歸燕逢秋乍遲留　　驚鴻背日初翶翔
況是樓高木落天　　下臨碧江澄淸光
亞使承綸揀英材　　太守開筵羅衆芳
座中此舞神俱王　　使我感歎思飛揚

---

189 아사 이영숙: 1725~?. 이연(李渷)을 가리킴. 이연은 사사 녕숙(榮叔)이며, 본관은 전주이다.
1762년에 정시(庭試)에 급제했다는 기록이 보인다.

千載獨數少陵詩　　劍器一篇最悲傷
萬事凄涼喪亂後　　公孫劍舞此其一
豈惟慷慨撫身世　　可憐忠愛懷王室
今我幸逢太平年　　閑携女樂消暇日
新知留歡且款曲　　往事驚心莫蕭瑟
江雨凄凄日易暮　　江風颯颯月未出
罷舞歸來興獨豪　　自騎匹馬四蹄疾

장경각(藏經閣) [190]
藏經閣

오래된 장경각이 어찌 이리 고요한가

구름 속 절간에는 가을 기운이 자욱하네.

서른셋 층계[191]는 푸른 산자락을 압도하고

예순넷 기둥[192]은 푸른 하늘 위에 떠 있는 듯.

골짜기 안의 복된 땅이 오래도록 비밀스럽다가

부처와 선종이 이곳을 처음으로 열었네.[193]

백마(白馬)가 와서 패엽(貝葉)을 전해주었고[194]

연화계 길한 곳을 청오(靑烏)가 알려주었네.[195]

팔만 경판을 판각하느라 비용이 낭비되었고

천 개의 서가를 두어 서고 짓느라 괜한 고생.

---

190 장경각(藏經閣): 해인사의 장경각. 팔만대장경의 판목을 보관하고 있는 곳이다.

191 서른 셋 층계: 해인사의 일주문에서 해탈문까지 33개의 계단을 놓아 수미산 정상의 33 도리천을 상징하게 하였다고 하는데, 이를 가리키는 듯도 하다.

192 예순 넷 기둥: 장경각의 기둥을 64개로 본 듯하나 확실치 않다.

193 골짜기~열었네: 원문의 동천복지(洞天福地)는 신선이 산다는 36 동천(洞天)과 72 복지(福地)를 말한다. 인간이 범접하지 못하는 절경이므로 인간 세상에 오래도록 비밀스럽게 남아 있었는데, 불가의 인물들이 이 비경 속에 해인사와 같은 절을 지었다는 뜻이다.

194 백마~전해주었고: 패엽은 불경을 기록한 나뭇잎을 뜻한다. 후한의 명제(明帝) 때에 천축에서 불경을 수입하였는데, 사신으로 보낸 채암(蔡愔) 등이 불경을 백마에 싣고 돌아왔다고 한다. 중국 낙양의 백마사(白馬寺)는 이를 기념한 사찰이다. 해인사 또한 백마사처럼 불경이 신비하게 전해진 곳이라는 뜻이다.

195 연화계~알려주었네: 연화계는 부처가 좌정한 세계를 뜻한다. 청오(靑烏)는 한나라의 곽박(郭璞)이 시녔나는 유명한 풍수지리서『청오경(靑烏經)』을 말한 것으로, 장경각의 터가 풍수지리상 길지를 얻었다고 본 것이다.

층층이 쌓아두어 위아래 시렁이 가지런하고

빗살같이 나란하게 판목 두께가 고르구나.

판목 앞뒤 반질반질하니 옻 숲¹⁹⁶이 말랐겠고

판목 귀퉁이 못을 박았으니 동산(銅山)¹⁹⁷이 깎였겠네.

권별로 글자 표시한 것이 하나하나 분명하고

순서대로 차례 나눈 것이 그런대로 구분되어 있네.

정갈한 바람 통풍되도록 벽 바깥은 치워 두고

빽빽한 경판에 헷살 스며들어 내부는 고요하네.

예로부터 전하기를 신령이 깃든 곳이라 하던데

지금 보아도 까치나 참새가 집을 짓지 않았네.¹⁹⁸

운관(芸館) 경판을 가져다 마구간을 엮었다 하니

그때의 도적은 왜 걸왕(桀王)처럼 포악했단 말인가!¹⁹⁹

완부(完府)의 사판(史板)으로 측간을 받쳤다는²⁰⁰

근래의 소문은 정말로 사람을 경악케 하네.

세상의 주인이나 한때의 군주마다 숭상함이 다르지만

불교의 가르침과 유학의 풍교는 강약 따라 갈마드네.

---

196 옻 숲: 옻나무는 칠을 하는 데 쓰이는 나무이다. 경판에 칠한 옻이 많아 옻나무 숲이 고갈되었을 것이라 상상한 것이다.

197 동산(銅山): 동산은 구리로 된 산을 말하며, 이 구리는 동전을 주조하는 데 쓰이는 광물이다. 전한(前漢)의 문제(文帝)가 등통(鄧通)을 총애하여 촉 땅의 동산(銅山)을 떼어 주고 마음대로 동전을 주조해서 쓰게 하였다고 한다. 여기에서는 경판 귀퉁이에 구리 못이 많이 사용되었으므로 동산이 깎여나갈 정도였을 것이라 상상한 것이다.

198 예로부터~않았네: 영험한 곳에는 새나 동물도 깃들어 살지 않는다는 뜻이다. 경판을 제대로 보존하자면 새똥 방지 등이 필수적이다.

199 운관(芸館)~말인가: 국가의 출판을 맡아보았던 교서관(校書館)을 운관이라고 본 것이다. 교서관에서 보관 중인 서책의 판본들이 도적떼에게 털려 마침내는 어느 집의 마굿간 재료가 되고 말았을 것이라는 탄식이다.

200 완부(完府)~받쳤다는: 완부의 사판은 전주 사고에 보관 중인 책판을 말한 것이다. 이 책판으로 화장실을 만들었다는 소문은 미상하다.

아아! 유학의 도가 오래도록 쇠퇴하였거늘
장경각, 장경각, 이것을 누가 지었단 말인가!²⁰¹

藏經古閣何寥廓　　雲簷霧宇秋漠漠
三十三階壓靑巓　　六十四楹浮碧落
洞天福地久慳秘　　佛祖禪宗初開拓
貝葉書傳白馬來　　蓮花界從靑鳥度
經翻萬紙費剖劂　　板列千架勞庋閣
層層側積齊上下　　櫛櫛騈比均厚薄
兩面鑑澤漆林枯　　四角釘裝銅山削
卷標字識又一一　　序分第別仍各各
肅肅通風外虛無　　森森窺日中寂寞
自古相傳有神靈　　至今不見棲鳥雀
芸館經板編皁欚　　往者盜賊敢桀虐
完府史板支厠溷　　近時傳聞猶駭愕
世主時君異好尙　　釋敎儒風遞强弱
嗚呼斯道久已纇　　經閣經閣誰所作

201 장경각~ 말인가: 유학자 심익운의 입장에서, 장경각의 건립이 곧 불교의 성행과 유학의
쇠퇴를 상징하는 사건이었다고 탄식한 것이다.

잡언(雜言)의 짧은 노래,
임천 군수인 담한 김상열[202] 어른께 부치다
雜言短歌 寄呈澹寒金丈相說林川官閣

고향 땅에 다섯 버들 심었던 도연명(陶淵明)의 집

허름한 거리에서 표주박에 물 마셨던 안회(顔回).

세 해 동안 주림 참으며 낮은 박봉 관직 지켰으니

세상에서 다시금 이 어른의 담박함을 보겠네.[203]

집사람은 범자선(范子宣)[204]의 아내처럼 속바지조차 없었고

손님은 정광문(鄭廣文)[205]의 시(詩)처럼 방석이 없다네.

관직 생활 십년인데도 네 벽[206]만 썰렁하니

세상에는 이분처럼 청빈한 사람이 없다네.

---

202 김상열: 김상열(金相說)은 본관이 광산으로서 김상복, 김상숙 형제와 같은 항렬이다.
1764년에 음직으로 임천(林川 부여) 군수를 역임한 사실이 확인된다. 앞의 오언고시 〈서전첩에
쓴 시(西田帖詩)〉를 보면, 심익운의 사직 저택과 같은 마을에 거주했으며, 부모를 봉양하기
위해 어쩔 수 없이 벼슬길에 나아가 3년간 장작관(將作官) 노릇을 했다고 적혀 있다. 그 이후
에 지방관으로 나간 듯하다.

203 세 해~보겠네: 김상열의 호인 담한(澹寒)의 의미를 풀이한 대목이다. 김상열이 노모
봉양을 위해 3년간 박봉의 장작관을 지낸 일을 이렇게 상찬한 것이다.

204 범자선(范子宣): 진(晉) 나라의 은자 범선(范宣). 너무 가난한 그를 위해 예장의 태수가
많은 비단을 보내 주었으나 하나도 받지 않았다. 태수가 두 길쯤 비단을 끊어 주며 '부인에게
속옷이 없게 할 수는 없지 않느냐고 하자 그제야 웃으며 받았다 한다.

205 정광문(鄭廣文): 당나라 현종 때의 문인 정건(鄭虔). 현종이 광문관(廣文館)이라는 관청을
설치하고 정건을 박사(博士)로 삼았는데 그가 몹시 가난했다. 두보(杜甫)가 장난삼아 시를
써주었는데, "재주와 명성 삼십 년에, 손님은 추워도 앉을 방석이 없네.[才名三十年, 坐客寒無
氈]"라는 구절이 들어 있다.

206 네 벽: 원문의 사벽립(四壁立)은 빈궁한 생활상을 은유한다. 한(漢) 나라의 사마상여(司
馬相如)가 애인 탁문군(卓文君)과 함께 성도(成都)로 도망쳤는데 살림살이는 하나도 없이
그저 사방에 벽만 서 있었다[家居徒四壁立]고 한다.

담한옹이여, 담한옹이여!
흰 머리에 동장(銅章)207 차고 남녘 고을 부임할 제
집 안에 늙은 어머니 계시기에
앞뒤 급함도 따질 겨를 없었고
녹봉을 받아 봉양하지만
박봉임을 정말로 알겠구려.
안회의 변치 않던 즐거움을 이미 배우지 못했고
낮은 벼슬 버린 도연명도 따르시질 못하시다니.208

五柳柴桑陶令宅　　　　　一瓢陋巷顏氏飮
三歲忍飢一官薄　　　　　人間復見斯翁澹
室娖無褌范子宣　　　　　坐客無氈鄭廣文
十載爲吏四壁立　　　　　世上無如此老寒
澹寒翁澹寒翁　　　　　　白首銅章走南邑
堂上有老母　　　　　　　未論緩與急
以祿爲養　　　　　　　　誠知淺薄
旣不能學顏氏不改樂　　　亦未敢從淵明棄彭澤

---

207 동장(銅章): 지방 수령이 신분 증명을 위해 지니고 가는 구리로 만든 관인(官印)이다.
흰머리는 늙어서 지방관으로 나가는 처지를 말한 것이다.
208 안연의~못하시다니: 공자가 인정한 제자 안회(顏回)는 한 그릇 밥과 한 표주박 물을
마시며 누항에 살았으나 그 즐거움을 바꾸지 않았다고 하며, 육조 시대의 명사인 도연명은
49세에 팽택 현령으로 부임했으나 곧 이를 버리고 고향으로 돌아가 오류(五柳)선생의 충만한
삶을 살았다고 한다.

자연합(自然閤)[209]의 쌍매화
自然閤[210]雙梅

상공 댁 문 앞에는 쌓인 눈이 세 척이요
상공의 방 안에는 매화 화분이 둘이네.
가지 가득 매화 피어 눈빛처럼 눈부시고
깊은 방 속속들이 봄의 온기가 돌아오네.
상공은 선비 좋아하고 시 짓기도 즐기니
나를 불러 촛불 잡고 매화를 감상하자네.
너울너울 마주한 모습 각자 절로 좋은데
흐드러지게 환한 모습 어느 것이 더 고운가.
너의 처지 고단한 줄 절로절로 알겠는데,
맑은 향기 이다지도 사람을 즐겁게 하는구나.
우리 집 나무 하나가 추위에 꺾이려 하는데
이 꽃과 견주자니 이웃한 것이 부끄럽구나.

相公門前三尺雪　　相公閤裡雙梅盆
梅開滿枝如雪色　　深房複屋回春溫
相公愛士兼愛詩　　邀我把燭看梅花
婆娑對影各自好　　爛熳交輝竟孰奢
自知冷跡亦類渠　　豈有淸香能娛人
吾家一樹凍欲折　　得比此花羞結隣

---

209 자연합(自然閤): 김상복의 저택에 있었던 부속 건물. 사직 부근에 있었는데 이곳에서 인근의 문인들이 자주 연회를 가졌다. 심익운의 시에도 이곳을 방문하여 노닌 일이 더러 확인된다. 특히 매화를 함께 감상하는 모임이 잦았다.
210 규장각본에는 閤으로 충북대본에는 閣으로 되어 있다.

운암(雲巖)에서 지은 긴 시에 차운하여
雲巖長句次韻

운암(雲巖)[211] 좋은 줄을 내 아직껏 몰랐더니

그대 시를 보고 운암 유람을 말해 볼까나.

삼청(三淸)은 예로부터 신선 세계에 속했고[212]

오악(五嶽)도 금경과 상장의 무리에게나 맞았는데,[213]

성안에 몰래 사는 은자 이숙어(李叔語)[214]와

충청 넘어 고결한 사람 김경옥(金景玉)[215]을,

서로 만나 해후하여 마음이 통했지만

손잡고 유람 가기에는 기일이 짧았다네.

밤이 오자 사람들은 남쪽 길로 다 돌아가고

---

211 운암(雲巖): 충북 단양의 운암(雲巖). 단양 사인암(舍人巖) 주변의 수려한 계곡을 일컬어 운암 계곡이라 하는데, 유성룡(柳成龍)이 사인암의 꼭대기에 수운정(水雲亭) 짓고 이곳에 은거하려 했다고 한다. 이익의 [해동악부(海東樂府)]에도 〈운암 골짜기(雲巖曲)〉를 소개하면서 유성룡이 수운정을 짓게 된 사연을 소개하고 있다.

212 삼청은~속했고: 삼청(三淸)은 옥황상제가 관할한다는 천상의 옥청(玉淸), 상청(上淸), 태청(太淸)을 말한 것으로, 여기서는 인간이 도달하기 어려운 신선계를 뜻한다. 운암은 인간이 아닌 신선이 살 듯한 곳이라는 뜻이다.

213 오악도~맞았는데: 오악(五岳)은 중국의 5대 신산, 즉 동쪽의 태산(泰山), 서쪽의 화(華山), 남쪽의 형산(衡山), 북쪽의 항산(恒山), 중앙의 숭산(嵩山)을 가리킨다. 금경(禽慶)과 상장(尙長)은 후한 시대의 은자들이다. 상장은 도가 계열의 유명한 학자였으나 자식을 결혼시킨 다음에는 북해(北海)의 친구 의 금경과 함께 오악(五嶽)을 유람하며 생을 마쳤다고 한다.

214 이숙어(李叔語): 확실치는 않으나 이언묵(李彦默: ?~1771)을 가리키는 듯하다. 김이곤의 『봉록집(鳳麓集)』에 〈네 수를 써서 숙어 이언묵에게 보낸다[四疊寄李叔語彦默]라는 시가 보인다. 이서구(李書九)의 문집에는 집안의 아제로 소개되어 있다. 행적은 미상하다.

215 김경옥(金景玉): 김성윤(金成胤: 1692~?)으로 추정되나 확실치는 않다. 김매순(金邁淳)이 1765년에 보낸 〈경옥 김성윤에게 답함[答金景玉成胤]이 확인된다. 사마방목을 통해, 본관이 안동으로 예천(醴泉)에 거주한 사실을 알 수 있다. 1723년에 사마시에 급제하였다.

한밤중이 되자 달빛은 동쪽 봉우리에 휘영청.
어느덧 흰 구름은 앉은 자리에 짙게 깔리고
바라보니 푸른 안개는 저 아래에서 생겨나네.
양쪽의 언덕이 둘러서 감싸 안고 있는데
고요한 골짜기는 가운데가 입을 벌린 듯.
운암의 유람은 정말로 멋지나니
운암의 즐거움을 그대여 아시는가!
삼척의 나귀 값도 이천 냥쯤 할까나?
집 몇 칸 지어놓고 한가론 공상을 해볼까?[216]
신비한 산악을 등진 채 앞산을 마주보며
아래로는 주춧돌 없고 위로는 들보도 없고.
뜰에 묵은 푸른 풀들은 김을 맨들 무엇하며
울타리 삼을 소나무는 옮겨다 심을 일도 없네.
돌솥에 손수 밥해 아침저녁을 보내고
사립문 두지 않아 여닫을 필요 없다네.
봄꽃은 가랑비 내리면 옹기종기 빨갛고
가을 잎은 노을 속에 푸른빛이 뚝뚝.
눈과 얼음은 깨끗한데 겨울의 밤은 길고
시원한 이슬과 바람에 여름 낮도 고요하네.
네 계절은 돌아가며 왔다 갔다 하는데
두 선비 함께 살며 한가로이 자고 깨네.
일어나 손을 잡고 바위 언덕에 올랐다가
때때로 머리 감으며 시냇물을 내려다보네.

---

216 삼척의~해볼까: 속세 사람이 찾아오기 힘든 운암에서, 신선이 탈 것 같은 노새 한 마리와
은자의 숙소 같은 집 몇 칸을 지어놓고 살고 싶다는 뜻으로 보인다. 이하의 대목은 '그대'가
보내온 〈운암장구〉의 내용을 따라 심익운이 거듭해서 상상을 보탠 것이다.

그대가 설명한 정경이 이와 같다 들었으니
날더러 계획해 보라면 어찌한단 말인가!
그대는 운암의 노닒을 자랑 말라
평범한 언덕 하나도 그만큼 아름다우니,
또한 운암의 즐거움을 자랑 말라
얼키설키 세상사가 구름보다 분분하니.
내 마음이 그 정경을 또렷또렷 간직한대도
따라가서 살겠다며 부질없이 말하랴!
가을바람 불어오니 망설이지 마시고
즐거이 고향을 향해 귀거래 하시기를.

顧我不識雲巖好　　憑君且說雲巖遊
三淸舊屬神仙界　　五岳宜着禽尙[217]儔
城裡隱者李叔語　　湖外高人金景玉
邂逅相逢心已許　　提携此地日未足
初夜人歸南陌盡　　三更月出東峯奇
未覺白雲坐來深　　却望靑靄生處卑
坡陀兩麓傍回抱　　窈窕一谷中嵤呀
雲巖之遊亦奇哉　　雲巖之樂子知耶
三尺驢兒價二千　　數間屋子閑商量
背負神岳面對山　　下不容礎上無梁
庭留碧草詎憂鋤　　籬仍靑松莫勞栽
石鼎自炊過朝昏　　柴門不設謝閉開

---

217 규장각본에는 向으로 충북대본에는 尙으로 되어 있다.

春花細雨紅簇簇　　秋葉濃霞翠滴滴
氷雪蕭條冬夜永　　風露淸淒夏晝寂
四時相代競往還　　二士同棲閑臥起
起來携手步岩阿　　時復濯髮臨溪水
聞君所述盖若是　　問我此計將如何
君莫夸雲巖遊　　　尋常一丘勝似他
又莫夸雲巖樂　　　紛紜萬事劇於雲
但使心期長焗焗　　安用追隨漫云云
秋風且起莫遲徊　　好向故山歸去來

僕與丹丘遊清潭十年矣今歳夏從人自潭

歸暮宿仙壺與之偕者岱岳老人及水部金

岱岳

出眼前嘉也遂分音賦言余得天

焉白雲在天山陵

月出而至月落而歸

居無涉好雅懷在林泉偶從花源歸遂入壺中

가곡 歌曲

어부의 원망
漁家怨

그 첫 번째
其一

나는 통주(通州)²¹⁸가 싫은데

뉘라서 통주가 좋다 말들 하나?

깊디깊은 바닷물은 사람을 죽이고

동쪽을 바라보면 사람 늙게 하는데.²¹⁹

儂道通州惡　　誰道通州好

海水深殺人　　東望令人老

---

218 통주(通州): 여기서 통주는 통진(通津), 즉 경기도 김포에서 강화도 사이에 위치한 바닷가 지역을 뜻하는 것으로 보인다. 통진은 서해와 만나는 한강의 하류지역으로서, 심익운의 선산이 있었던 파주(坡州)의 지산(芝山)에서 멀지 않다. 북쪽 교하(交河)에서 보자면 남쪽의 한강 맞은 편 지역이기도 하다.

219 깊디 깊은~ 하는데: 바닷물이 깊대[海水深]거나 사람을 늙게 한대[令人老]는 등의 표현은 악부(樂府) 작품에서 이따금 나오는 표현으로서, 인생살이의 어려움 즉 행로난(行路難)을 은유한다. 여기서 동쪽은 육지와 서울 쪽을 뜻한다.

그 두 번째
其二

통주여! 통주여!
통주는 바닷가 고을.
고을 사는 일천 가구들
어부 집은 언제나 걱정의 눈물.

通州復通州　　通州海上邑
邑中一千家　　漁家常愁泣

그 세 번째
其三

어부 늙은이 젊을 시절엔
물고기 · 게를 거름 보듯[220] 했다는데.
고기 잡는 사람은 다 같은 사람인데
해 가도록 한 마리도 잡지를 못하네.

---

220 거름 보듯: 물고기와 게 등의 해산물이 거름 쌓이듯 흔했다는 뜻.

漁翁年少時　　魚蟹糞土如
同是捕魚者　　終年不得魚

그 네 번째
其四

물고기 팔아 실과 줄을 사다가
해마다 해마다 고기 그물 만드네.
올해에는 고기도 잡지 못했으니
찢어진 저 그물, 무슨 수로 기우나?

賣魚買絲線　　年年作網罟
今年不得魚　　網破何由補

그네 노래
鞦韆詞

그 첫 번째
其一

붉은 줄로 그네를 달고
푸른 버들에 걸어두었지.
어느 댁의 아가씨일까
아침저녁마다 타고 가네.

紅絲縛鞦韆　　掛在綠楊樹
誰家少兒女　　來往自朝暮

그 두 번째
其二

붉은 그넷줄은 아가씨 치마 같고
푸른 버들은 아가씨 저고리 같네.
어느 댁의 아가씨일까
아침에 왔다 저녁까지 안 돌아가네.

紅絲似女裳　　綠楊似女衣
誰家少兒女　　朝來暮不歸

그 세 번째
其三

붉은 댓 사립문 낭군의 집
푸른 버들이 가장 깊은 곳.
아가씨는 절로 그네가 좋아
아침저녁으로 오고 또 가고.

君家紫竹扉　　綠楊最深處
兒自愛鞦韆　　朝暮來又去

행호(杏湖)[221]의 노래
杏湖吟

그 첫 번째
其一

호숫가 풀잎은 푸릇푸릇
호숫가 나무는 울울창창.
그대 집은 서호에 있는데
호수 물결은 예나 이제나.

青青湖邊草　　鬱鬱湖上林
君家在西湖　　湖水無古今

그 두 번째
其二

팔월 하고도 십오일이라
사람들은 추석을 맞이했네.
서쪽으로 지산(芝山)에 갔다가
돌아오는 길, 호숫가의 하룻밤.[222]

八月十五日　　　人家作秋夕
西從芝山下　　　歸來湖邊宿

그 세 번째
其三

대문 앞의 저 큰 강물은
본래 서쪽으로 흘러가건만
어찌하여 바다의 저 조수는
왔다 갔다 한 번도 쉬지를 않나.

門前大江水　　　本自向西流
如何海上潮　　　來往不曾休

---

222 서쪽으로~하룻밤: 심익운의 사직 저택을 기준으로 삼자면, 선산이 있던 지산(芝山)은
서쪽 방향에 위치한다. 그는 행주산성 인근의 한강을 서호(西湖)라 부르고 있다. 이 대목은
추석 성묘를 다녀오는 상황을 배경으로 삼은 듯 보인다.

그 네 번째
其四

거룻배 강남에서들 오는데
저마다 관곡을 가득 실었네.
그중에 가장 많은 건
한 척에 일천 팔백 섬.

編子江南來　　　各各載官穀
其中最多者　　　一千八百斛

그 다섯 번째
其五

큰 배는 쌍 돛을 달아
든든하기 언덕과 같은데
작은 배는 상앗대 젓느라
물결 따라 오르락내리락.

大舟臥雙帆　　　不動如丘山
小舟搖兩槳　　　來往波濤間

그 여섯 번째
其六

산꼭대기의 저 개화사(開花寺)[223]
부처가 본래 영험하다지만
시주였던 송씨 재상[224]은
죽은 후에 자손이 없었다네.

山頭開花寺　　古佛本來神
施主宋相國　　死後無子孫

그 일곱 번째
其七

정자를 만들고 또 만들고
정자 지어 부유함 뽐낸다지만
어찌하랴, 십년이 지난 후에는
그 목재 가져가 마구간 지을 텐데.

作亭復作亭　　作亭誇豪富
那堪十年後　　持去作馬廐

---

223 개화사(開花寺): 강서구 개화동의 개화산에 있던 사찰. 순조 이전까지는 개화사(開花寺)라
불리다가 그 후에 약사사(藥師寺)로 바뀌었다. 경내에 오래된 석불입상(石佛立像)이 있다.
224 송씨 재상: 후손을 바라며 시주했던 송씨 가문의 재상. 누구인지는 미상하다.

과지(果支) 땅의 즐거운 노래
果支樂歌

    우리 집 어르신이 옥과(玉果)[225] 현감으로 계신지 2년째[226] 가을에 그 해 곡식이 풍년이 들어 백성들은 편안하고 즐거워하면서 재앙이 없었다. 과지(果支)는 남쪽 지방의 마을로 땅에서 대나무가 난다. 고을 동쪽 2리쯤에 대나무를 심었는데 푸르른 대숲이 한눈에 들어온다. 내가 한가할 때마다 동루에 올라 대나무 아래 인가를 바라보면 기분이 좋아져서 높이 읊조리면서 돌아갔다. 마침내 차근차근 노래로 엮어 그것을 이름 지어 '과지의 즐거운 노래'라고 했다. 이곳이 옛날에 과지현(果支縣)이었기 때문이다.

    家大人監玉果之二年秋, 年穀登熟, 民以康樂無菑. 果南邑也, 地産竹. 縣東可二里種竹, 叢翠極望. 余閑時, 登東樓望竹下人家, 心欣然, 高咏而歸. 遂次以爲歌詩, 命之曰, 果支樂歌, 縣古果支云.

---

225 옥과(玉果): 광주부(光州府)에 속했던 현으로 인근에 담양(潭陽), 창평(昌平), 곡성(谷城)이 있다. 백제 시대에 이곳을 과지현(果支縣)으로 삼았다.
226 우리 집 어르신~이년 째: 1758년, 형님 심상운의 임피 현감 재직 중에 심익운이 이곳을 들렀다가 옥과로 향하고 있는 것을 참조하건대 이 무렵이 아닌가 한다.

그 첫 번째
其一

푸릇푸릇 대나무 숲에
얼핏얼핏 언덕 위 마을들.
큰 대는 꽂아서 울타리 짓고
작은 대는 엮어서 문을 만드네.

青青竹樹林　　翳翳原上村
大竹挿作籬　　小竹織作門

그 두 번째
其二

푸릇푸릇 대나무 숲에
얼핏얼핏 산자락 집들.
산집은 바야흐로 풍년이 들어
푸른 채소 씻고 흰 쌀밥 짓네.

青青竹樹林　　翳翳山下居
山居正秋熟　　白飯洗青蔬

그 세 번째
其三

대문 앞 버드나무 두 그루 아래
도란도란 말소리, 멀리서도 알겠네.
누렁소가 하얀 닥나무[227] 단을
등에 가득 싣고서 관가로 가네.

門前雙柳樹　　遙知人語處
黃牛白楮草　　載向官家去

---

227 하얀 닥나무: 원문의 백저초(白楮草)를 닥나무로 풀이하였다. 남원을 비롯하여 이 인근
지역은 닥종이 재료인 닥나무 산지로도 유명했다. 조선시대에는 전라도의 진상품 중 하나가
닥종이였다.

그 네 번째
其四

대나무 싹둑 잘라 부채 만드니
정말로 맑은 바람 불어주지만
그래도 대 뿌리를 베개 삼은 채
대숲에 누워 있는 그 맛만 못해.

斫竹持作扇　　故能引淸風
不如枕竹根　　高臥竹林中

그 다섯 번째
其五

바위틈에서 자라나는 대나무들은
싹을 당겨줘도 쑥쑥 크기 어렵지만
대 줄기가 짧다고 탓하지 말고
대 마디 단단한 것 사랑해주오.

竹生巖石間　　引莖故不長
不恨竹莖短　　但愛竹節剛

여관의 노래
逆旅歌

그 첫 번째
其一

아침에 떠나는 사람 보내고
저녁에 오는 사람 맞이하네.
맞고 보내는 건 수고롭지만
길을 향해 눈물 흘리진 마오.

朝送行人出　　暮迎行人入
迎送雖云勞　　不向道路泣

그 두 번째
其二

아내는 부엌에서 밥하고
남편은 문 바깥에 서 있네.
내외가 함께 열심히 살지만
저리 바빠야 할 이유가 뭘까.

女從廚下炊　　男向門前立
男女共勤苦　　不知爲底急

그 세 번째
其三

남쪽 지방의 거친 생포(生布)는
한 필이 무려 백 푼이 나가지만
반 필은 잘라서 임의 옷을 만들고
반 필은 잘라서 내가 해 입어야지.

南中麤生布　　一匹直一百
半匹爲郎衣　　半匹與儂着

그 네 번째
其四

양쪽으로 열린 대나무 사립문
시든 띠풀 초가집이 반쯤 보이네.
부엌 머리 쪽의 두 번째 방을
오로지 나그네 잠자리로 내놓았다네.

雙開白竹扉　　半是黃茅屋
廚頭第二房　　獨許行人宿

그 다섯 번째
其五

십리 길 눈바람을 헤치고 오니
오(五)리 앞에 굴뚝연기 피어나네.
주인장! 귀찮다 말고
밥 있거든 한 그릇 갖다 주시게.

十里冒風雪　　五里望烟火
主人莫言苦　　有飯持與我

그 여섯 번째
其六

돈 가지고 주인에게 값 치르는데
내는 돈이 적다고 투덜대며 나무라네.
비싸다는 나그네들 탄식이 없다면
저 주인 웃음을 어찌 볼 수 있으랴.

持錢與主人　　苦道錢多少
不有行人歎　　那見主人笑

그 일곱 번째
其七

서울과 호남 땅 이 두 곳을
왔다 갔다 한지가 얼마이던가!
얼마나 길이 먼지는 모르겠지만
집 주인은 많이도 보아 왔구나.

長安與湖南　　來往共幾何
不識道里遠　　但見主人多

마음을 진정시키는 노래, 세 곡
定情歌 三首

그 첫 번째
其一

물결 하나 지나가자 물결 하나 생기더니
고요한 밤에 바람 자자 물결도 잠잠해지네.
욕계(慾界)는 항하 모래처럼 쉼 없이 일렁여[228]
그 속에서 완전한 청정은 얻기가 어렵구나.

一波纔過一波生　　夜靜無風浪始平
慾界河沙淘不盡　　箇中難得十分淸

---

228 욕계~일렁여: 욕계(欲界, 慾界)는 정욕, 색욕, 식욕, 음욕 등이 움직이는 현실의 세계를
가리키고, 항하(恒河)의 모래는 인도 갠지스 강의 모래를 말한 것으로 셀 수 없이 무한한
수량을 말한다. 항하(恒河)는 한문 번역어이다.

그 두 번째
其二

봄누에가 실 한 올을 쉴 새 없이 뽑아내니
죽어서 쉬어야만 명주실도 그치겠지.
내일이면 솥에 삶겨 죽을 저 누에가
하염없이 실 토해내는 걸, 그대 아는가!

春絲一縷不停抽　　蠶到休時絲亦休
來日盆中烹却繭　　絲生續續君知不

그 세 번째
其三

뱃속의 만권 책도 서툴기는 마찬가지
일 닥치면 제대로 해결되는 일이 없네.
고심고심 몇 글자를 가려서 뽑아내니
'잠시 참으라[忍須臾]'는 그 말만 남겨두네.

腹容萬卷本來麤　　臨事還能濟事無
新向藏中揀箇字　　只應存得忍須臾

게송체(偈頌體)의 노래, 두 곡
偈體 二首

다음은 해인사 승려에게 답한 것이다.
右答海印僧

지팡이 덕분에 사람이 다니니
길 가는 것은 지팡이에 달렸고,
봉우리가 달그림자 전해주니
달그림자가 봉우리에서 생겨나네.
지팡이 짚고 가던 사람이 멈추자
천 개 봉우리에 달이 떠오르는데,
어떤 이가 선문(禪門)에 찾아들어
한밤중의 범종을 때려 울리나?

筇得人行行在筇　　峯傳月影影生峯
一筇人立千峯月　　誰打禪門半夜鍾

200

다음은 직지사 승려에게 보여준 것이다.
右示直指僧

만약 저 진여(眞如)라는 것을
손가락으로 가리킬 수 있다 한다면,
이 손가락을 따라서 갈진대
진여를 볼 수 있게 되겠구려.
하지만 흰 구름을 보아하니
산봉우리 속에서 피어올라
제 절로 무상(無常)할 뿐이지
손가락 때문에 그런 건 아니구려.

若道眞如將手指　　可從手指見眞如
白雲却向中峯起　　自是無常不爲渠

궁궐 담장의 노래, 궁체(宮體)[229]
宮墻行 宮體

그 첫 번째
其一

우리 집은 궁궐 담장을 바로 마주하여
만 그루의 소나무가 푸르게 우거졌네.[230]
솔숲 아래로 이따금 궁궐 가마 나가는데
북악산의 멋진 풍경이 저 멀리 바라보이네.

家居正對禁城墻　　萬樹深松[231]上鬱蒼
松下有時宮輦出　　北山秀色遠相望

---

229 궁체(宮體): 궁중의 생활상이나 궁녀들의 삶을 소재로 삼은 작품군. 특히 악부(樂府) 형식의 작품이 많다.

230 만 그루~ 우거졌네: 심익운의 사직 저택에서 동쪽으로 창덕궁이 있는데, 그 사이에도 경복궁 터에 솔숲이 울창했다.

231 규장각본에는 松深으로 충북대본에는 深松으로 되어 있다.

그 두 번째
其二

봄꽃은 비단처럼 궁궐 담장 비추는데
담장 위로 푸른 치마 궁녀들이 보이네.
담장 넘다 기와 깨지기 아깝지 않으니
삽시간에 선공감 사내[232]가 달려 나왔네.

春花如錦映宮墻　　墻上宮娥綠碧裳
不惜攀墻墻瓦裂　　霎時馳到繕工郞

---

232 선공감 사내: 선공감(繕工監)은 궁궐의 목재, 땔감, 보수 등을 담당하는 부서 위문의
선공랑은 이곳에서 근무하는 젊은 남성을 말한다. 여기서는 궁녀와 이 남성의 우연한 접촉을
소재로 삼은 듯하다.

그 세 번째
其三

담 너머에서 나인(內人)의 이름 부르자
담 모퉁이에서 도란도란 말을 전하는 소리.
황색 부마를 준비해두라 급히 알리는 걸 보니
내일 아침에 임금님 가마를 맞이할 수 있겠네.

隔墻呼取內人名　　墻角傳言墻下聲
促報管宮黃駙馬　　明朝輦出可祗迎

그 네 번째
其四

하경(夏卿)이 이름 봉해 세 사람을 의망하니
위병들이 순번 나누어 '오경이오!'라 소리치네.[233]
담장 안쪽인가 했더니 금방 바깥으로 가면서
하늘과 땅에 소리 질러도 곡조가 되진 못하네.

---

233 하경(夏卿)~소리치네: 하경은 병조(兵曹)의 관리를 뜻하는 옛말이며, 위병(衛兵)들은
궁궐을 호위하는 무사를 말한다. 밤 동안에 궁궐을 수비하는 군사들의 모습을 표현한 것이다.
오경(五更: 새벽 3~5시)이라 소리치는 것은 짐작건대 하룻밤의 수비가 끝나는 시점에서 보
고하는 소리인 듯하다.

夏卿封字擬三名　　衛士分番唱五更
忽似墙中復墙外　　倡天和地不成聲

그 다섯 번째
其五

오경이라 담장 맡의 궁궐 북소리
둥둥 둥둥 둥둥 쉰다섯 번[234] 울리네.
바람결 따라 수심 많은 사람 귀에 들어가니
홀로 뒤척여 등불 못 켜고 동트기만 기다리네.

五夜墙頭宮鼓聲　　鏊鏊五十五回鳴
隨風來入愁人耳　　獨臥無油待曉明

---

234 쉰다섯 번: 통행금지 해제를 알리기 위해 매일 5경 3점에 쳤던 타종 횟수를 말한 것이다.
매일 밤 2경(二更: 9~11시)에는 28수(二十八宿)를 상징하여 통행 금지를 알리는 인정(人定)
의 종을 28번 치고, 다음날 새벽 5경(五更)에 33천(二十二丁)의 뜻을 상징해 파루(罷漏)의 종
을 33번 쳤다 한다. 여기서는 파루의 종을 55번 쳤다고 했는데 이에 대해서는 잘 알지 못하겠다.

생계에 대한 한탄
薪米歎

그 첫 번째
其一

당신[235] 병 탓에 땔감 양식 다 썼다 수근대지만
당신이 떠난 뒤에도 땔감 양식 넉넉한 적 없었다오.
열 묶음의 잡풀 땔감과 세 섬의 곡식
가련해라, 어제든 오늘이든 다를 바가 없구려.

人言君病耗薪米　　君死何曾薪米饒
十束野菅三石穀　　可憐昨日似今朝

---

235 당신: 이 시에서의 당신은 1766년에 사망한 아내를 가리킨다. 심익운은 아내 김씨를
1766년 6월 7일에 잃은 후 다시는 장가를 들지 않았던 것 같다. 현전 자료에서는 재혼한
흔적이 발견되지 않는다.

그 두 번째
其二

내 아픈 것 당신 때문이라 사람들 말하지만
당신이 살았을 땐 누구 때문이라 해야 하나?
언제나 절로 슬퍼져 통곡하고 싶어지는데
뱃속에 슬픔 더할 곳이 더 이상은 없다오.

人言吾病緣君死　　其在生時病爲誰
自是尋常愁欲哭　　腹中無處更添悲

그 세 번째
其三

오늘은 검은 비둘기가 집에 날아들었는데
당신이 죽었을 때 날아갔던 것과 같구려.
무정한 저 비둘기는 왔다 갔다 하는데
가슴 아프오, 인생이란 영영 슬픔뿐이니.

今日玄鳩尋到舍　　還如君死散飛時
無情禽鳥自來往　　可惜人生同一悲

상여노래 호야가(呼邪歌)[236]
呼邪歌

   내가 여동생 장례를 치르며 가는 길에, 상여 동아줄 잡은 이가 풍경 흔들며 부르는 노래를 들었다. 높고 빠른 가락에 그 소리가 너무나 슬프고 애달픈지라 그 뜻을 가져다가 이 노래를 짓는다.

   余於葬妹之行, 聞執紼者振鐸, 高聲疾唱, 聲甚悲哀, 以其意作歌.

---

236 호야가(呼邪歌): 호야(呼耶)는 민요 가락에서 '에헤야', '어허야' 등의 규칙적인 우리말 음향을 표기할 때 쓰이는 표현이다. 보리타작, 노젓기, 벌목 등의 노동요에서도 이따금 발견되는 표현인데, 여기서는 '어허야'와 같은 상여소리를 제목으로 삼은 것이다.

그 첫 번째
其一

호야허 호야허 호야허 호야허
인생살이 백년이라 한들 그 얼마나 된다고.
딴 사람들에게 부귀 자랑일랑 하지를 말고
세 마디 부르짖는 저 호야 노래 들어보오.

呼邪許呼邪許   人生百年能幾何
莫將富貴誇人眼   聽唱三聲呼邪歌

그 두 번째
其二

어서들 가세 어서들 가세
험난한 길 막 지나자 평탄한 길 나오네.
저녁놀은 한 필의 붉은 명정 같은데
두 귀에 들림은 재촉하는 풍경소리뿐.

過去了過去了   險途纔經坦途來
夕陽一疋如旌長   兩耳惟聞鈴鐸催

그 세 번째
其三

호야가 상여노래, 그대여 웃지 마소
그대는 못 보았나,
〈해로가(薤露歌)〉 부르던 제나라의 식객들과 상갓집에서 피리 불던
한나라 재상 재상을.[237]
상여에 실려 누워 들을 그 노래가
생전에 목청껏 부른 그 노래랑 어떠하오?

呼邪歌君莫笑　　　不見薤露齊客吹簫漢相
了知死去背後聽　　何似生前喉裡唱

---

237 한나라 재상: 한나라의 우승상(右丞相)을 지냈던 주발(周勃)이 가난한 젊은 시절에는
상갓집에서 광대처럼 피리를 불어주면서 먹고 산 일을 말한다. 주발은 유방(劉邦)과 같은
지역[沛]의 사람으로서 한의 건국공신이다.

어찌 농사지으러 가지 않는가
盍耕

2월 9일 밤 꿈에 한 허연 머리의 노인이 내게 말하기를 '그대의 집은 합경(盍耕)이라 이름 지어야 마땅하겠다.'고 하였다. 내가 그 뜻을 물으니 노인이 말하기를 '합(盍)이라는 글자는 어찌하지 않는가[何不]라는 뜻이다. 어찌 농사지으러 가지 않는가? 라고 내가 말하는 까닭은 그대로 하여금 농사를 짓게 하려고 해서이다.'라고 하였다. 내가 꿈에서 깨어 생각해 보니 욕(辱)을 당한 이래로 이미 5년이나 흘렀다. 또한 일찍이 들에서 나무를 하기도 하고 호수에서 고기를 잡기도 했으나 상사(喪事)와 병고(病故)가 잇따라서 너무 오랜 세월을 흘려버린 것이 아닌가 싶다. 이는 내가 일찍이 전원으로 돌아가는 데 뜻을 두지 않은 적이 없었지만, 돌아보건대 아직 그렇게 하지 못했기 때문에 꿈속에 사람이 나에게 고해준 것이 아니겠는가. 그래서 마침내 느낀 바가 있어서 '어찌 농사지으러 가지 않는가.'라는 세 편을 짓는다.

二月九日夜夢, 一白頭翁謂余曰; "子之堂, 宜名盍耕." 余問其義曰; "盍者, 何不也. 若云, 子何不耕也, 是敎子耕也." 余覺而思念, 自僇瘱來, 已五年矣. 亦嘗樵於野, 漁於湖, 然喪病遷次, 未或踰時淹也. 是余未嘗不有志於耕, 而顧耕則未也, 夢中之人, 豈告余哉? 遂感而爲盍耕詩三章.

그 첫 번째
其一

어찌 농사짓지 않으리, 어찌 농사짓지 않으리!
저 서편 들판을 갈아보세.
물 대려니 봄물이 넉넉하고
씨 뿌리자니 가을 포기가 튼실하네.
농사짓지 않으면 어찌 기르며
기르지 않으면 어찌 거두리.
만일 그대가 곡식을 기르려면
농사짓지 않고서 어찌 하리오.

盍耕盍耕	耕彼西郊
漑有春流	播有秋苞
不耕胡穀	不穀胡成
苟子之欲穀	奈何不耕

그 두 번째
其二

어찌 농사짓지 않으리, 어찌 농사짓지 않으리!
저 동편 언덕을 갈아보세.
그늘은 수풀에 넉넉하고
쉴 곳은 초막이 흡족하네.
일하지 않으면 어찌 편하며
구하지 않으면 어찌 얻으랴.
만일 그대가 농사짓지 않으면
또한 먹을 것도 없으리.

益耕益耕　　　　耕彼東皐
蔭有林樾　　　　休有衡茅
不勞胡佚　　　　不求胡得
苟子之不耕　　　則亦無食

그 세 번째
其三

내 꿈에 한 노인 나타나
내게 길할 방법 말해줬네.
저 들판을 바라보니
봄의 만물이 펼쳐지네.
언덕에는 하인들이 있고
들판에는 농사 동료가 있네.
만일 그대 돌아가지 않으면
저곳이 장차 황무해지리.

我夢一人　　告余吉故
睠彼郊甸　　春物方吐
壨有其傭　　野有其耦
苟子之不歸　彼將迹醜

외양간의 노래
牛宮詞

그 첫 번째
其一

시월이라 겨울 되어

곡식은 이미 거둬들였네.

저 곳집과 우리는

우리 집의 외양간.

수소도 있고 황소도 있으니

우리 암소요, 송아지일세.

둥근 나무 가지로

조심조심 코뚜레를 해주고

때맞춰 콩깍지와 싸라기 죽 먹여

배고프지 않게 해야지.

꼬리털은 누렇고

눈은 둥그렇고

뿔은 뾰족하며

귀는 반질반질하네.[238]

---

238 반질반질하네: 원문의 슴슴기이(濕濕其耳)는『시경』,「소아(小雅)」, 〈무양(無羊)〉에 "니의 양이 오니, 그 뿔이 온순하고, 너의 소가 오니, 그 귀가 촉촉하도다[爾羊來思, 其角濈濈. 爾牛來思, 其耳濕濕]"에서 가져온 것이다. 소는 병이 들면 귀가 마르고, 편안하면 귀가 반질반

입으로는 되새김질하고
이빨로 잘근잘근하네.
팔짝 뛰는 송아지야
눈망울이 멀뚱멀뚱하구나.
혀도 눈도 병 걸리지 않도록 하고
네 몸의 이와 등에도 쓸어주네.
때맞춰 자고 움직이니[239]
무척 편안하고 건강하구나.
이로써 너희 새끼들도 길러서
영원히 해가 없게 하리라.

이상은 24구 105글자이다. 二十四句, 一百五言.

十月其冬	我稼旣收	彼囷而牿	我宮我牛
有犅有犉	我牸我㹁	謹爾梐枑	愼爾棬櫩
時爾其粘	毋令爾餒腹兮	氅之牰牰	其目郭兮
觺觺其角	濕濕其耳	齝兮齥兮	齫然其齒矣
有犣其犢	維其瞳矣	不牰不㾦	去爾蝨與蝱兮
是寢是訛	孔安且固兮	以長爾子孫	以永無灾害兮

질하다고 한다.

239 때맞춰 자고 움직이니: 원문의 시침시와(是寢是訛)는 『시경』, 「소아」, 〈무양(無羊)〉의 "혹
은 언덕에서 내려오고, 혹은 못에서 물을 마시고, 혹은 자고 혹은 움직이네[或降于阿, 或飮于
池, 或寢或訛]"라는 구절에서 가져온 것이다.

그 두 번째
其二

산에는 밭이 있고
들에는 논이 있으니,
벼와 기장 심어
우리 부모님 봉양하는데,
네가 아니면 어찌 논밭을 갈고
묵정밭, 따비밭을 어찌 일구리?
봄날에 비 내리면
네 등에 쟁기 메고,
여름에는 써레질하고
가을에는 세금 내는 수레 끌다가,
시월 되면 겨울이라
쉬는 때가 되었네.
외양간에 머물며
즐겁고 유쾌하니,
나는 집에서 노래 부르고
너는 구유에서 배부르네.
네 털과 가죽 아끼고
뿔과 발굽도 상하게 하지 마라.
소야! 소야!
나는 천리마를 준다 해도 느릿한 너와 바꾸지 않으리라.

이상은 20구 92자이다. 二十句, 九十二言.

山有田	野有畝	以種我禾黍	以養我父母
匪爾曷耕	曷菑曷畬	春日維雨	爾負我犁
夏爾于耙	秋爾租車	十月其冬	時其休矣
爾處爾宮	以佚以愉	我歌于室	爾飽于槽
愛養爾皮毛	毋傷爾角與蹄兮		
牛乎牛乎	我不以騏驥而易汝之鈍遲兮		

그 세 번째
其三

산에 나무들이
길게 뻗어 있어,
내 도끼로 찍어서
이것으로 외양간 만드네.
띠풀은 이미 엮어 놓았으니
짚으로 새끼를 꼬고,
이엉 얹고 지붕 만들어
네가 비바람에 시달리지 않게 해야지.
숲에는 호랑이와
곰과 이리도 있는데,
떼 지어 우르르 몰려와서는
미친 듯이 마구 날뛰며,
날카로운 어금니 잔인한 입으로
모두 네 살을 맛있게도 먹는구나.
너는 높고 뾰족한
뿔을 갖고 있거늘
어찌 그 눈을 찌르지 않고
어찌 그 목을 찌르지 않니?
네가 마음만 먹는다면
누군들 해칠 수 있으랴.
소야! 소야!
네 송아지 먹히지 말게 해라.

이상은 22구 100자이다. 二十二句, 一百言.

維山維木　　維其科槯　　我斧我尋　　是以爲皁兮
旣編我茅　　我綯我藁　　以盖以苫　　毋俾汝風雨兮
維林有虎　　維熊維狼　　其來俒俒　　其欲狂狂
劒牙血口　　皆甘汝肉兮　鱎兮嫼兮　　維其有角兮
何不觗其目　而又觸其嗑兮　爾維定志兮　誰敢汝毒兮
牛乎牛乎　　毋使噬爾犢兮

절구질 노래
相春歌

이웃 마을의 절구질하는 부부를 위해 짓다.

爲村隣春夫春娘作[240]

그 첫 번째
其一

절구질하세 절구질하세.
절구질하기에는 넉넉하지.
당신은 발꿈치 모으고
당신 몸에 힘을 주소.
위로는 끌어 올리듯
아래로는 두들겨대듯.
빨라도 너무 빠르지 않게
기운이 빠질 테니.
느려도 너무 느리지 않게
응당 일을 마쳐야 하니.
찧어보세 찧어보세
하얀 쌀이 생겨나네.

---

240 규장각본에는 이 구절이 표기되어 있지 않다.

請相春　春有容　集乃踵　厚乃躬
上如引　下如攻　疾莫疾　氣有窮
徐莫徐　宜接功　春之春之　米乃成

그 두 번째
其二

힘써보세 힘써보세.
찧을 때는 마음 비우세.
마음에 잡념이 들면
힘을 감당치 못한다네.
원수처럼 때려보세
때릴수록 더욱 좋네.
다른 사람 때문이 아니라
제절로 화난 듯이.
진실로 서로 맞아야
신명이 생겨나네.
껍데기가 다 벗겨져야
알곡이 드러나네.

相用力　春虛心　心間雜　力難任
仇打仇　打愈好　不爲人　誠自怒
眞實相　神明到　皮穀去盡　骨肉露

그 세 번째
其三

해가 저물도록

절구질 끝나질 않네.

다리 하난 땅에 디디고

눈으로는 별을 보네.

별은 어이 그리 반짝반짝하며

초승달은 마치 갈고리가 생겨난 듯.

빈 절구에 막 알곡 받아

지렛대는 고정하고 절굿공이 쿵덕쿵덕.

누런 벼가 흰 쌀이 되니

모자란 남편도 성인이 된 듯.

찧어보세 찧어보세.

공경대부인들 무슨 소용이랴.

日之夕	春不停	脚踏地	眼看星
星何團團	織月如鉤生	臼虛方受實	杵動木常靜
黃稻變白	愚夫成聖	但春但春	何用公卿

그 네 번째
其四

절구질 또 하세.
절구질 힘들다 말고.
찧어도 흰 쌀 안 나오면
관가에서 화를 낸다네.
한 섬의 낟알이면
흰 쌀이 다섯 말.
흰 쌀이 절반에 겨가 절반
겨는 천하고 쌀은 귀하네.
백성들은 누런 겨를 먹고
관가에서는 하얀 쌀밥을 먹네.
하얀 쌀밥은 넘쳐나건만
겨를 먹기에도 부족하다네.

請且舂　　莫舂苦　　春不白　　官長怒
一石穀　　五斗米　　米半糠半　糠賤米貴
民食黃塵　官食白玉　食玉有餘　食塵不足

그 다섯 번째
其五

부모님 나를 낳아주셨어도
나를 부자로 못 만들지만
관가는 나를 가난하게 하고
나를 죽게 할 수도 있다네.
돌절구와 나무 절굿공이
어찌 신령스럽지 않을쏘냐.
가난한 나를 부자로 만들 수 있고
죽게 될 나를 살릴 수도 있으니.
가난하고 부유한 것 알고 싶거든
절구 찧는 소리 얼마나 되나 물어보라.
삶과 죽음을 알고 싶거든
절구 찧는지 못 찧는지 보면은 알 일.

父母生我	不能使我富	官家貧我	亦能使我死
石臼木杵	豈不神靈	我貧可富	我死可生
欲知貧富	問春少多	欲知死生[241]	看春有無

---

241 규장각본에는 生死로 충북대본에는 死生으로 되어 있다.

그 여섯 번째
其六

곡식이 비록 좋다지만
절구질 아니면 먹지도 못하네.
절구질하길 정밀히 해도
종자 씨가 생기진 않는다네.
이러니 절구질은
곡식에게는 재앙인 셈.
사람들은 곡식 껍질을 벗겨
알곡을 먹어대고
관은 백성의 거죽을 벗기고
백성들의 뼈를 쪼니
너의 살과 나의 뼈 중에
어느 것이 더 낫다 하리.

穀雖美非舂不食　　舂雖精亦種不生
乃知舂者穀之殃　　人剝穀殼食穀肉
官刮人皮啅人骨　　爾肉我骨誰得失

그 일곱 번째
其七

절구질 알고 싶거든

절구질 노래 들어보게.

절구질 노래 청해보니

찧는단 말(舂)이 어찌나 많던지.

하늘이 만약 절구질하지 않는다면

해가 어찌 오르락내리락하겠는가.

땅이 만약 절구질하지 않는다면

남양에 어찌 용릉(舂陵)이 있으리.[242]

왕릉의 새가 만약 절구질하지 않는다면

용서(舂鉏)[243]라는 이름은 뭐가 되나.

찧어보세 찧어보세

백성들은 또 일하네.

欲知舂	聽舂歌	請言舂	舂何多
天若不舂	日何高下舂	地若不舂	南陽何有舂
陵鳥若不舂	舂鉏何名	舂且舂且	民功且

---

242 남양에~있으리: 후한 광무제의 고향이 남양(南陽)인데 그의 무덤인 용릉(舂陵)이 있다. 혹은 경기도 남양(南陽)에 용(舂)자를 포함한 지명이 있는지 모르겠다.

243 용서(舂鉏): 이익의 『성호사설』에 의하면, 용서(舂鉏)는 해오라기[鷺鷥]의 다른 이름이라 히였다. 해오라기가 물을 선널 때에 머리를 숙였다 치켜들었다 하는 모습이 절구질하는 모습과 비슷하다 해서 붙여진 이름이다.

시시각각 어찌할까나
日時奈何許曲

절양류의 달거리 형식을 본받았다.

倣月節折楊柳歌

자시(子時) : 밤 11시~오전 1시
子

어찌하여 죽었든 살았든
지난날은 쉼 없이 지나가고
올 날은 끊임없이 오는가.
어찌할까나
꿈에서 어렴풋이 보았던 곳
깨어나선 어딘지 생각나지 않네.

何如生與死　　去日去不息　　來日來無已
奈何許　　　　夢見得依俙　　覺念失處所

축시(丑時) : 오전 1시~3시
丑

아무 소리 나지 않는 고요한 밤
궁에서는 북을 쳐서 오경을 알리고
이웃 닭은 일어나 세 번을 우네.
어찌할까나
그 소리 들으니 그리운 사람 떠올라
서글픈 이내 마음 막을 수가 없구나.

寂寂無他聲　　宮鼓打五更　　隣鷄動三鳴
奈何許　　　　有聽又有思　　悲來不可禦

인시(寅時) : 오전 3시~5시
寅

차츰 동쪽 하늘 열리는 것을 보니
방안에 밝은 빛 생기는 것이
마치 좋은 조짐을 따라 오는 듯.
어찌할까나
황천 아래에도
밝은 하늘 있는지 모르겠네.

漸見東方開　　室中生白色　　似從吉祥來
奈何許　　　　不知黃泉下　　亦有天明處

묘시(卯時) : 오전 5시~7시
卯

수심 겨워 일어나질 못하고
이리 뒤척 저리 뒤척
이불 속에서 백번을 뒤척이네.
어찌할까나
벌써 벽제하는 소리 들리니
어느 누가 관아로 달려가는가.

心愁臥不起　　輾轉復輾轉　　百回在被裏
奈何許　　　　已聞街導聲　　是誰赴衙去

진시(辰時) : 오전 7시~9시
辰

억지로 일어나 앉았건만
옷을 걸쳐도 따뜻한지 모르겠고
내 마음에 드는 사람 아무도 없네.
어찌할까나
이내 근심, 아침 죽처럼 끓어
함께 삼켜 뱃속에 넣네.

勉强起來坐　　衣被失寒溫　　無人調適我
奈何許　　　　愁與粥飯煮　　同吞服中貯

사시(巳時) : 오전 9시~11시
巳

그나마 손님 오면
억지로 웃으며 대화하나
누가 내 서글픔 알려나.
어찌할까나
남아의 가련한 삶이
아녀자에게 달려있다니.

稍見人客來　　　强作歡笑語　　　誰知我心哀
奈何許　　　　　男兒可憐生　　　拘縶有兒女

오시(午時) : 오전 11시~오후 1시
午

궁궐에서 울리는 북소리.
짧아진 창문 그림자 얼핏 보고선
정오가 된 걸 알았네.
어찌할까나
오늘도 이미 반이 지났건만
나머지 반을 보내기 어려워라.

232

接響打宮鼓　　坐看窓影直　　心知日當午
奈何許　　　　今日已過半　　底半難過去

미시(未時) : 오후 1시~3시
未

웅크린 채 베개에 기대 졸다가
꿈속에서라도 혹 그대 만나거든
내 마음속 사연을 말하려 했네.
어찌할까나
솔바람 소리 홀연 나를 깨우니
만나고도 말 한마디 나누지 못하였네.

合衣支枕睡　　夢中或見之　　欲道心內事
奈何許　　　　松風驚醒我　　相見不相語

신시(申時) : 오후 3시~5시
申

궁궐의 하리(下吏)가 길게 부르는 소리
이제 막 패를 나누어 주는 소리[244]가
바람 따라 궁궐 담 넘어온 것 알겠네.
어찌할까나
하루의 삼분의 이가 지났으니
오늘 하루도 이제 다 지나가네.

院吏聲喚長　　知是初方牌　　因風度宮墻
奈何許　　　　三停過二停　　今日且將去

---

244 패~소리:『육조조례(六典條例)』의 〈순청(巡廳)〉 항목에 의하면, 도성의 순찰을 맡은
순장(巡將) 2인이 매일 밤 신시(申時)에 궁궐 안에서 패를 받아 1경부터 5경까지 밤새도록
도성문이 잠겨 있는지 살피고 밤중에 통행하는 사람을 단속했다고 한다.

유시(酉時) : 오후 5시~7시
酉

누가 관아 파하고 돌아가는지
문 앞으로 말이 울며 지나가는데
그 소리 맑고도 우렁차구나.
어찌할까나
해는 인왕산 너머로 지려는데
남은 빛이 맞은편에 낮게 깔리는구나.

誰家罷衙歸　　嘶馬門前過　　鳴聲嬌且肥
奈何許　　　　山頭日欲沒　　餘光着對處

술시(戌時) : 오후 7시~9시
戌

황혼에 인정(人定)[245]이 지난 뒤
집 떠나는 객을 전송하고
문을 닫고 걸쇠를 잠그네.
어찌할까나
외로운 등불은 이내 홀몸 비추니
비로소 짝 없는 내 신세 깨닫네.

黃昏人定後　　送客出戶去　　掩門自下牡
奈何許　　　　孤燈照獨影　　始知無伴侶

---

245 인정(人定): 매일 밤 2경(二更: 9~11시)에 28수(二十八宿)의 의미로 종을 28번 쳐서 통행을
금지하는 것. 전국의 요충지와 큰 절에 종을 달아놓고 2경에 28번을 쳐서 통행을 금지한다.
그러다가 새벽 5경(五更: 3~5시)에 33천(三十三千)의 뜻을 상징해서 종을 33번 치고 통금을
해제한다. 2경의 것을 인정이라 하고 5경의 것을 파루(罷漏)라고 한다.

해시(亥時) : 오후 9시~11시
亥

서글픈 이내 마음 가누기 힘들어
누워도 잠들지 못해
속으로 궁궐 북소리 헤아리네.
어찌할까나
오늘 밤 아직 반도 지나지 않았는데
나머지 반을 보내기 어려워라.

| 惻惻難爲情 | 臥來不着眠 | 暗數宮鼓聲 |
| 奈何許 | 今夜猶未半 | 底半難過去 |

시속의 자장가를 부연한 노래
演俗眠眠曲

첫 번째
一

자장자장 자장자장
도리도리 자장자장.
검둥개도 잘도 자고
흰둥개도 잘도 잔다.
네가 잠을 못 자면은
내 심장이 타들어간다.
우리 아기 자장자장.

眠眠眠   咄尒眠   烏狵眠   白狵眠
尒不眠   我心煎   我兒眠

두 번째
二

자장자장 자장자장
도리도리 자장자장.
오경이 지났더니
또 삼경이 되었구나.
네가 내 말을 못 믿겠거든
시계소리 들어 보렴.
우리 아기 자장자장.

眠眠眠　　咄尒眠　　五更盡　　又三更
尒不信　　聞更聲　　我兒眠

세 번째
三

자장자장 자장자장
도리도리 자장자장.
창문이라 저 바깥에
어느 손님[호랑이] 왔을까나.
내가 너를 속였으면
서쪽에서 해가 뜰 걸.
우리 아기 자장자장.

眠眠眠　　咄尒眠　　窓外來　　有何物
我詐尒　　日西出　　我兒眠

네 번째
四

자장자장 자장자장
도리도리 자장자장.
엽전 한 푼 가져다가
귀 떨어진 엽전으로,
대추랑 밤이랑 배랑
내일 아침에 사다 먹자.
우리 아기 자장자장.

眠眠眠　　咄尒眠　　一文錢　　牛缺耳
棗栗梨　　朝買市　　我兒眠

다섯 번째
五

자장자장 자장자장
도리도리 자장자장.
너는 너는 어미 없고
나는 나는 아내 없네.
나를 보채 으앙 으앙
한밤중에 울지 마라.
우리 아기 자장자장.

眠眠眠　　咄尒眠　　尒無母　　我無妻
莫呼我　　夜裡啼　　我兒眠

오언율시 五言律詩

달밤에 여러 사람과 함께 짓다
月夜 同諸公作

이름난 정원이 맑은 밤을 만났으니
호젓한 풍경에 여러 공들 흡족하네.
연못에 비친 달빛은 사랑스럽고
소나무 아래로 바람은 그윽하구나.
물고기는 파닥파닥 이따금 물결을 치고
학은 끼루룩 울며 아득한 허공으로 박혀드네.
내일쯤 도성의 길거리에는
곳곳마다 꽃잎이 날릴 테지.

名園屬淸夜 　　幽賞愜諸公
愛此池上月 　　悠然松下風
魚驚頻出水 　　鶴唳遠侵空
來日長安陌 　　飛花處處同

상원일(上元日)에 아버님 뵈러
남쪽 고을로 가는 큰 형님을 삼가 전송하며
上元日 奉送伯氏趨庭南郡

오늘은 좋은 벗들이 모여서
명절날[246] 형님을 전송케 되었군요.
가시는 길에는 푸른 풀이 돋아나고
이어진 산마다 하얀 구름 가득하겠지요.
근심과 시름 속에 나만 홀로 남으니
아버님 소식을 정녕 전해주세요.
절기가 바뀌면 감회가 많으실 텐데
봄 오는 강가에는 기러기가 모이겠지요.[247]

玆辰會良友	佳節送夫君
去路生青草	連山滿白雲
憂愁成獨滯	消息到眞聞
時物應多感	江春鴈復群

---

246 명절날: 상원일(上元日)을 말함. 상원은 음력 정월 대보름으로써, 설날과 더불어 우리민족의 중요한 명절이었다. 이날 심익운의 형님인 심상운(沈翔雲)이 옥과 현감으로 계신 부친 심일진(沈一鎭)을 뵈러 떠나는 차에 이를 전송하고 있는 것이다.

247 봄~모이겠지요: 기러기는 형제와 가족을 뜻한다. 음력 보름에 서울을 떠나 옥과의 아버님을 뵙고 돌아오면 봄이 될 테니 그 때 형제가 다시 기러기처럼 모이자고 한 것이다.

이른 봄 서루(西樓)에서 한가롭게 바라보다가
西樓早春閑眺

흰한 누각[248]으로 맑은 경치 들어오는데
봄이 온 도성엔 구름이 멀리 뭉게뭉게.
인가에는 홀로 서 있는 버드나무
사직단 길에는 오래된 소나무 숲.
창 안으로는 남산이 들어앉았고
주렴 앞에서는 햇살이 저물어가네.
멍하니 날아 떠나는 새를 바라보자니
이별의 한이 이다지도 사무치는 걸까!

高閣延晴景　　春城起遠陰
人家孤柳樹　　壇路古松林
窓裡南山入　　簾前西日沈
坐看飛鳥去　　離別恨何深

---

248 흰한 누각: 심익운이 사직의 저택 곁에 세웠던 서루(西樓)를 말한 것으로 1758년에 낙성되었다. 백일문집의 〈서루기(西樓記)〉에 의하면, 서쪽으로 푸른 소나무가 울창하고 남쪽으로 남산의 안개 낀 풍경이 기오히며, 우러트고 내려다보면 궁궐이 보이는지라 임금을 사랑하는 마음이 절로 생기는 곳이라 묘사하였다.

중관(仲寬) 김재순(金在淳)[249]이 내 이웃에 살 때는

나랑 하루에도 두세 번씩 만났으며, 보지 못하면 문득 서로 편지를 보내 초청하기를 멈추지 않았다. 그런데 중관은 이를 자주 본다고 생각하였다. 이제 중관이 북산(北山: 북악산)의 집에 볼 일이 있어 서로 보지 못한 지가 겨우 며칠인데, 갑작스레 시를 지어 그 서글픈 마음을 표현하였다. 내가 중관에게 이르기를, "내가 그대와 서로 자주 보았어도 질리지 않았던 것은 서로가 좋아했기 때문이라오. 바야흐로 만나고 있을 적에는 그것이 얼마나 즐거운지를 알지 못하다가 서로 보지 못하게 되자 더욱 그리워 잊지 못하는 까닭은, 서로 좋아함이 지극하여 정을 어찌할 수 없기 때문일 것이오. 그런즉 서로 좋아하는 사람이라면 진실로 서로 만나야 되는 것이 아니겠소?"라고 하였다.

이에 문득 중관이 보내온 운을 사용하여 그 마음을 풀어본다

仲寬在吾鄰家時, 與吾一日再三見, 不見, 輒以書相招邀不已, 仲寬以爲數也. 今仲寬有事北山之舍, 不相見纔數日, 而仲寬遽有詩, 道厥悵懷. 余謂仲寬, "吾與子, 數相見而不厭者, 以相好故也. 方其見也, 不知其可樂, 而及其不見, 又思之而不能忘者, 此相好之至, 而情之不可已也. 然則相好者, 果不在相見乎?" 輒用其韻, 以廣其意.

---

249 김재순(金在淳): 1733~?. 본관은 안동, 자는 중관(仲寬), 1774년 생원시에 장원 급제. 부친은 김이진(金履晉)이다. 숙부인 준옹(蠢翁)·준재(蠢齋) 김이복(金履復)과 함께 심익운의 사직 저택에 자주 왕래한 인물이다. 당시 심익운의 사직 저택 북쪽으로 인왕산 청풍계에 안동김씨의 대저택이 있었으며, 북악산 아래쪽에도 그들 친족들이 분포되어 있었다.

서로 볼 때 너무 잦다 말하지 말게
자주 보면 정이 더더욱 친밀해지니.
그대가 북쪽 윗마을로 돌아가고부터는
서쪽 이웃하던 시절과 어찌 같으랴?
문을 닫아도 봄추위가 찾아오는데
시를 읊자하니 달빛만 새롭구려.
알겠나니, 보내온 시 속의 마음을
서로가 절반 되어 그리워하고 있음을.

相見莫言頻　　見頻情更親
自從歸北里　　何似接西隣
閉戶春寒入　　吟詩月色新
知君此中意　　一半爲思人

서쪽 이웃에게 화답하다
酬西隣

서쪽 이웃 무엇이 좋은가 하면
매양 왔다가 깊은 밤 돌아가는 것.
저절로 한가로운 날이 많으니
그 덕에 세상 수심이 사라지네.
주인과 손님, 누가 누구인지 몰라도
세상사 시비, 나는 잊으려 하네.
뜬 명성이야 외물에 불과하니
평소의 이 마음이 어긋나지 말기를.

何事西隣好   每來深夜歸
自然多暇日   因以少塵機
人或疑賓主   吾將忘是非
浮名知外物   莫遣素心違

더부살이 하던 중, 이른 봄의 소회
僑居早春有懷

골목길 외지고 하루는 길디긴데
쌀쌀한 도성이 이른 봄을 향해가네.
서쪽 마을에 숨어든 것 아니어서
일 없이도 남쪽 이웃을 찾아가네.
도를 배우는데 어찌 늦었다 꺼리리오
시를 읊자니 이따금 신령이 깃든 듯하네.
근래에 김학사 어르신은
잦은 병에도 태연자약하셨네.

巷僻如長日　　城寒向早春
非關隱西市　　無事走南隣
學道寧嫌晚　　吟詩或有神
近來金學士　　多病見天眞

봉록(鳳麓)[250]이 계시는 산속의 집에 쓰다
題鳳麓山居

오늘, 숨어사는 은자를 찾아가니
서궁(西宮)[251]의 시냇가 다리 근처.
매번 찾아왔지만 뵐 수가 없었음은
고요히 사시며 이웃을 두지 않았던 연유.
저물녘의 새들은 숲에서 재잘대는데
봄이 온 산은 사람에게 다가오는 듯.
거마(車馬)의 시끄러움이 저절로 적음은
풍진세상이 멀어서 그런 것은 아니라네.

今日訪隱淪　　西宮橋水濱

每來無所見　　幽處不爲隣

夕鳥多鳴樹　　春山如近人

自然車馬少　　非是遠風塵

---

250 봉록(鳳麓): 김이곤(金履坤: 1712~1774). 본관은 안동, 자는 후재(厚哉), 호는 봉록(鳳麓). 김상용(金尙容)의 후손이다. 1752년에 동궁 시직(東宮侍直)을 시작으로 벼슬길에 나아갔으나 1762년에 사도세자가 화를 당하자 관직을 끊고 살았다. 북악산 아래 거주하면서 시와 독서로 소일하였다. 1774년에 신계 현령(新溪縣令)에 제수된 적이 있다.

251 서궁(西宮): 일반적으로 덕수궁을 가리키지만 여기서는 창덕궁의 서쪽을 뜻하는 듯하다. 김이곤의 저택은 사직의 북쪽, 창덕궁의 서쪽, 백악산의 남쪽에 위치한 것으로 추정되기 때문이다. 이덕무의 『청비록(淸脾錄)』에도 백악산 아래 거주하였다고 적었다.

봉록(鳳麓)의 산속 집에서
예부(禮部) 김공(金公)[252]과 더불어 짓다
鳳麓山居 與金禮部作

봄이 되니 즐거운 일이 많아
날마다 숲속의 집을 찾아가네.
빈 동산으로 시냇물이 흘러들고
황폐한 터에는 밭들이 생겨나네.[253]
무릉도원 찾느라 골짜기 헤매는데
숲 너머로 마을 하나가 보이는구나.
이곳은 성시(城市)와 완전히 다른 곳
내쳐 앉아 찌든 마음을 풀어보네.

春來多好事　　日日到林居
澗水連空苑　　原田入廢墟
尋源迷洞壑　　隔樹見村閭
城市此爲異　　坐令塵意踈

---

252 예부(禮部) 김공(金公): 김상복(金相福: 1714~1782)을 가리킨다. 예부는 예조로서 당시
김상복이 예조판서였기 때문에 사용한 명칭이다. 김상복의 저택은 심익운의 사직 저택의
바로 위쪽 마을에 있었다고 하므로 김이곤의 봉록산거 아래쪽에 위치한다. 김장생의 후손인
김상복은 심익운 가문의 인척으로서 심익운의 심리적, 정치적 후원자였다.

253 빈~생겨나네: 빈 동산은 김이곤의 봉록산거를 말하는데 혹 인왕산 청풍계의 저택과
시냇물을 뜻하는 것일 수도 있다. 황폐한 터에 밭이 생긴다는 것은 임진왜란 이후 폐허가
되어 남아있는 경복궁 터에 점차 밭이 생기고 있음을 말한다.

금강산으로 유람 가시는
설대(雪岱) 어른[254]을 전송하며
送雪岱丈人遊楓嶽

예로부터 명산 좋기로 알려졌으니
길손의 마음 바빠진 이유를 알만하네.
잠시나마 서울을 지나가면서
제일 먼저 옛 벗을 찾아주셨네요.
푸른 숲은 하늘을 향해 솟아 있고
붉은 복사꽃은 연못가에 피어 있겠지요.
전날에 함께 놀다 이제 이별하려니
뒤돌아보며 그리움이 하염없네요.

舊識名山好　　深知客意催
暫過京洛去　　先訪故人來
綠樹天邊合　　紅桃池上開
前遊與今別　　回首思悠哉

---

254 설대 어른: 미상. 민창후(閔昌厚: 1684~1765)로 짐작되지만 확실치 않다.

봄날을 보내다가
여러 분들이 찾아 준 것에 감사하며
送春日 謝諸公見訪

우리 집은 궁성 북쪽에 있는데
봄이 되면 꽃구경하기 좋지요.
먼 길 가는 손님은 홀로 어디를 가시나?
여러 분들은 때맞춰 오셨는데.[255]
새들은 날아서 깊은 숲에 내려앉고
꽃잎은 떨어져 맑은 못에 흩어지네.
이곳도 한가로운 즐거움이 많거늘
어이해 알아주는 이가 적을까요?

我家宮北里　　遊賞及春時
遠客獨何去　　群公來不遲
鳥飛入深樹　　花落散淸池
只是多閑事　　何曾人少知

---

255 먼~ 오셨는데: 짐작건대 별대웅 민창후가 금상산 유람을 가는 상황에서 인근의 여러
사람이 심익운의 집에 모였던 것 같다.

봉록(鳳麓)의 새 거처에서
여러 벗들과 더불어 짓다
鳳麓新居 與諸益作

산 아래 청풍계(靑楓溪)[256] 계곡
개울 지나가는 곳은 모두 흰 모래.
수풀마다 아리따운 새소리 들리고
곳곳마다 철 지난 꽃송이가 보이네.
같은 마을에 명사들이 많다 해도
여러 공들이 이 집을 더 알아주네.
다만 가련키로는 살고 계시는 이곳에
질병과 청빈이 나날이 더해질까 봐.

山下靑楓谷　　溪行盡白沙

林林聞好鳥　　處處見殘花

名士多同里　　群公識此家

獨憐棲隱地　　貧病日相加

---

256 청풍계(靑楓溪): 인왕산 자락의 계곡으로 안동 김문의 경저가 있던 곳. 김상용과 김상헌
등의 위폐를 모신 사당이 있었으므로 서인계의 성지처럼 여겼던 곳이다. 봉록 김이곤이 이곳에
새 거처를 마련하자 친구들이 모였던 정황이 드러나 있다.

송란(松欄)²⁵⁷에서 밤 모임을 갖다.

모인 사람은 대은(岱隱) 민창후(閔昌厚), 영가(永嘉)

김이곤(金履坤), 단구(丹丘) 이윤영(李胤永), 자연(自然)

김상복(金相福), 배와(坯窩) 김상숙(金相肅), 준재(蠢齋)

김이복(金履復), 단구의 아우 건지(建之) 이운영(李運永)²⁵⁸,

그리고 우리 형님 심상운(沈翔雲)이다.

주인은 백고(伯高) 김종후(金鍾厚)²⁵⁹와 정부(定夫)

김종수(金鍾秀)²⁶⁰이다

松欄夜集. 會者, 岱隱·永嘉·丹丘·自然·坯窩·蠢齋
·丹丘之弟健之及余伯氏. 主人, 金伯高·定夫也.

---

257 송란(松欄): 소나무 난간. 짐작건대 김종수와 김종후의 저택에 있었던 소나무 아래 누각을 가리키는 듯하다. 이날 모인 사람들은 대부분이 서인(西人) 노론(老論) 계열의 명사들로서, 심익운이 정치적으로 연대감을 느꼈던 인물들이라 할 수 있다.

258 이운영(李運永): 1722~1794. 이윤영의 아우로서, 본관은 한산, 호는 옥국재(玉局齋). 형인 이윤영과 더불어 서지의 저택에서 거주한 적이 있으며, 단양을 오가며 고결한 산림처사의 삶을 살았다. 저서로 『옥국재유고(玉局齋遺稿)』가 전한다.

259 김종후(金鍾厚): 1721~1780. 본관은 청풍(淸風), 자는 백고(伯高), 호는 본암(本庵) 또는 진재(眞齋). 김종수(金鍾秀)는 그의 아우이다. 1776년 이후에 벼슬길에 나아가 관직생활을 계속했다. 저서로 『본암집(本庵集)』이 전한다.

260 김종수(金鍾秀): 1728~1799. 김종후의 아우. 자는 정부(定夫), 호는 진솔(眞率) 또는 몽오(夢梧) 1768년에 문과에 급제하여 내세학, 좌의정 등을 역임하였다. 정조는 윤시동·채제공과 더불어 김종수 3인을 탕평의 기둥이라 지목했다. 저서로 『몽오집(夢梧集)』이 있다.

이처럼 푸른 소나무가 좋으니
불볕더위도 얼마 가지 못하리.
인적이 드물어 마을 나서는 일 드문데
손님들 이르자 다투어 난간에 기대네.
처마 사이엔 이슬이 엉겨 방울지고
담장 위로는 떠가는 구름들이 보이네.
갠 날에는 우리 집 서루(西樓)도 보이는데
그 절반은 푸른 산굽이인가 싶다네.

有此碧松好　　方知朱暑殘
人閒稀出洞　　客至競憑欄
和露簷間滴　　連雲墻上看
西樓通霽望　　一半認靑巒

남루(南樓)에서 국지(國之)[261]를 보내며
南樓 送國之

슬프다, 남쪽 누대에서 바라보니
촌가의 밥 짓는 연기가 희미해라.
가련하다, 오늘 저녁은
또다시 옛 벗을 보내야 하다니.
시야 끝으로 기러기 울며 사라지고
마음 서글피 깃들었던 새도 떠나가네.
타향에 가면 쉬이 감상에 젖는 법
혹여 눈물로 옷을 적시지 않을는지.

怊悵南樓望　　村家煙火微
可憐今日暮　　又送故人歸
目斷鳴鴻去　　心愁棲鳥飛
殊方易爲感　　或恐淚沾衣

---

261 국지(國之); 이구영(李耉永: 1736－178/)으로 추정된다. 국지는 이구영의 자이다. 한산
이씨이며, 1753년에 진사시에 합격할 당시에 거주지가 서울로 되어 있다.

검중(黔中)[262]으로 들어가며
入黔中

서쪽으로 대악(岱嶽) 노인[263] 찾아뵈었다가
마침내 옛 진성(珍城)[264]을 지나게 되었네.
호남 땅에서 가을을 보내다 헤어지고
산중에서 하루가 다 가도록 걸어가네.
골짝에서 소리치니 봉우리 절로 메아리하고
나무가 흔들리니 새들이 서로 놀라는구나.
문득 생각나누나, 사립문 아래서
쓸쓸히 밤 등불을 밝혔던 일이.[265]

言尋西岱老　　遂過古珍城
湖外經秋別　　山中盡日行
谷呼峯自應　　林動鳥相驚
正憶衡門下　　蕭條夕火明

---

262 검중(黔中): 미상. 다만 전라도의 어느 지역으로 추정된다.

263 대악(岱嶽) 노인: 미상. 민창후(閔昌厚)로 추정된다. 심익운이 강화도에 살고 있는 민창후를 방문하여 함께 충청도를 거쳐 전라도에 이른 듯하다.

264 진성(珍城): 경상도 단성(丹城)의 옛 이름이지만, 여기서는 전라도 장성의 진원현(珍原縣)을 일컬은 것이 아닌가 한다.

265 문득~일이: 원문의 형문(衡門)은 나무를 가로로 걸쳐서 만든 소박한 문으로, 은자(隱士)의 집을 뜻한다

천자암(天子菴)의 두 그루 전단나무
天子菴雙樹

두 그루 향나무266 언제 심은 것인지
전단(旃檀) 수풀이 옛날부터 있었네.
들자 하니 향기가 백 리를 간다 하는데
와서 보니 푸르기가 천 길이나 되네.
계수 열매가 밤에 도리어 떨어지고
버들가지는 봄 되니 정말로 짙푸르구나.
고승이 설법 들기를 허락해주어
함께 앉아 맑은 그늘에 머무르네.

雙樹何年植　　旃檀古有林
空聞香百里　　猶見碧千尋
桂子夜還落　　楊枝春正深
高僧容聽法　　留與坐淸陰

---

266 두 그루 향나무: 전라도 순천 송광사의 천자암 뒤편에 있는 두 그루의 향나무이다. 수령이 800년을 넘는다고 하며 천연기념물로 지정되어 있다. 〈지산잡영(芝山雜咏)〉에서 그는 "일찍이 동쪽으로 단발령을 넘어 금강산을 구경 갔다가 바다에 배를 띄운 적도 있고, 남쪽으로 무등산 서석대(瑞石臺)에 이르러 구천동(九千洞)에 들어가 본 적도 있다."고 술회한 바 있다. 아마도 이 전후이 몇 작품은 부친이 옥와 현삼으로 재직 중인 시절에 전라도와 충청도 일대를 유람하며 지은 것으로 추정된다.

광한루(廣寒樓)
廣寒樓

이 날 밤 달이 보이지 않았다.
是夜月未明

천상의 누대[267]라 머물러 쉬기 좋건만
인간세상의 나그네는 갈 길이 급하네.
잠시 올라보니 꿈만 같아서
작별하려니 다시 망설여지는구나.
다리[268]는 필시 까치가 날아와 만든 것이겠고
산[269]은 응당 자라가 이고 온 것이겠지.
항아[270]는 저 혼자 떠 있는 것이 부끄러운지
얼굴을 가린 채 구름을 거두질 않네.

天上樓居好　　人間客路催
暫登如夢寐　　欲別更遲徊
橋是鵲飛處　　山應鰲戴[271]來
嫦娥羞獨影　　掩面不雲開

---

267 천상의 누대: 전라도 남원의 광한루(廣寒樓). 도가에서는 광한전(廣寒殿)이 달 안에 있는 궁전이라고 설명된다.

268 다리: 광한루의 오작교를 말한 것이다. 1461년에 남원부사 장의국(張義國)이 물길을 끌어와 광한루 앞에 은하수를 상징하는 연못을 파고 그 위에 오작교를 가설했다고 한다.

269 산: 광한루 앞의 연못 안에 있는 세 개의 섬을 말하는 듯하다. 삼신산(三神山)을 상징하는 것으로, 송강(松江) 정철(鄭澈)이 전라도관찰사로 부임하여 만든 것이라 한다.

270 항아: 불사약을 훔쳐 먹고 달나라로 도망갔다는 여인인데, 여기에서는 달을 뜻하는 여인으로 이해되고 있다.

271 규장각본에는 載로 충북대본에는 戴로 되어 있다.

262

한풍루(寒風樓) 차운
寒風樓 次韻

나그네 지나다 누각[272] 위에 오르니
사람의 그림자가 강물 속에 찍히네.
사월이라 오동 꽃에는 비가 내리고
집집마다 보리 이삭은 바람에 너울너울.
새 날아가 버리니 산은 더 고요해졌고
물고기 장난치니 연못이 모두 텅 비었네.
무릉도원 어디 있을까 찾아가려니
길이 시내 따라서 끝없이 이어졌구나.

客來坐樓上　　人影落江中
四月桐花雨　　千家麥穗風
鳥飛山轉靜　　魚戱境俱空
欲向仙源去　　緣溪路不窮

---

272 누각: 전라북도 무주군에 있는 한풍루(寒風樓). 남원의 광한루(廣寒樓), 전주의 한벽당
(寒碧堂)과 더불어 삼한(三寒)이라 불리는 누각이다.

구천동(九千洞) 네 굽이 차운

九千洞四曲 次韻

청산이 멀다는 것을 알고는 있었지만
정말로 혼자서 백운을 벗 삼고 있구나.
숲을 뚫고 들어가니 시냇가에는 꽃들이 지고
지팡이 짚고 걸어가니 골짝의 해가 넘어가네.
벼랑을 올려다보니 가슴 더욱 예스러워지는데
계곡물 바라보니 마음은 어찌 이리 느긋해지는지.
장구한 세월동안 구름 낀 산 저 바깥에서
세상 사람들은 부질없이 긴가민가 주저했네.

已知碧山遠　　眞與白雲期
穿樹溪花落　　扶藜洞日移
看崖心益古　　臨水意何遲
萬古雲山外　　世人空自疑

264

산을 나가며 차운
出山 次韻

물결이여, 무엇이 그리 급한가
가련쿠나, 내 갈 길도 이리 급급하니.
산을 넘으며 만 번이나 굽이돌았고
숲 너머로 천 번이나 돌아 나왔네.
이제 한번 저 세상으로 나가면
어느 때나 산속으로 돌아올는지.
신령스런 이곳이 여기서부터 끊어지니
저 멀리 흰 구름을 아득히 바라보네.

問水有底急　　憐吾行亦催
過山應萬折　　隔樹已千回
一向世間去　　何當山裡來
靈源從此別　　目斷白雲隈

금협(錦峽)[273]으로 가는 도중에
錦峽途中

아침 들어 금산에 비 내렸는데
날씨 개니 말을 몰며 기뻐하노라.
푸릇푸릇 신록은 산빛을 물들여가고
재잘재잘 화음은 새들의 정을 알겠네.
흥이 이나니 푸른 산속으로 들어가고
수심 가시니 하얀 구름이 피어오르네.
갈 길 남아 마음이 되려 다급해지는데
그대의 집까지 얼마나 더 가야 할까?

朝來錦峽雨　　並馬喜新晴
交翠看林色　　和鳴識鳥情
興隨靑嶂入　　愁破白雲生
前去吾猶急　　君家多少程

---

273 금협(錦峽): 전라북도 금산(錦山). 무주 구천동을 지나 북상하는 지역에 있다.

추운 밤
寒夜

수심에 잠겨 저녁 방아질을 대하는데
차가운 밤, 달빛이 솔 틈으로 쳐다보네.
죽지 못 하고 어진 군주를 그리워하니
남은 생애는 늙은 농부로 지내보려네.
산중에서 이제 호랑이 피하는 신세지만
옛날에는 천상에서 용을 탄 몸이었네.
동쪽 언덕에 지초(芝草)가 자라니
장차 녹리(甪里) 선생[274]처럼 살아야겠구나.

愁心對夕春　　寒夜月窺松
未死懷明主　　餘生託老農
山中今避虎　　天上昔騎龍
東嶺有芝草　　將追甪里蹤

---

274 녹리(甪里) 선생: 중국 진나라 말기의 은자인 상산사호(商山四皓)의 한 사람. 상산은 중국 섬서성(陝西省) 상현(商縣) 동쪽에 있는 산으로, 진(秦)나라 말기에 동원공(東園公), 하황공(夏黃公), 기리계(綺里季), 녹리선생(甪里先生)이 이곳에 은둔해 있었으므로 한꺼번에 상산사호(商山四皓)라 일긷느냐. 이틀은 지조(芝草)를 캐어 먹으며 살았는데, 후에 진을 멸망시킨 한의 고조(高祖)가 불렀으나 끝내 산에서 나오지 않았다고 한다.

장문궁(長門宮)의 원망[275]
長門怨

왕께서 저를 버리신 것이 아니라
제가 스스로 장문궁에 버려졌지요.
다만 박복한 제 운명이 가련할 뿐
평소에 성은(聖恩)이 야박했다 하리오.
궁궐에는 온통 가을빛이 한창인데
난실(蘭室)에서 눈물을 흘리고 있답니다.
어찌 다시 금옥(金屋)[276]을 생각하리이까
물러가라는 그때에 간장이 이미 끊겼으니.

君王非棄妾　　妾自棄長門
祗爲憐微命　　何常薄聖恩
桂宮秋一色　　蘭室淚雙痕
那復思金屋　　當時已斷魂

---

275 장문궁(長門宮)의 원망: 원문의 〈장문원(長門怨)〉은 악부(樂府) 곡조의 하나이다. 원래 이 노래는 한나라의 궁중인 장문궁(長門宮)으로 쫓겨난 황후를 위해 당시의 유명한 문인 사마상여(司馬相如)가 지은 〈장문부(長門賦)〉에서 유래한 것이다. 황제의 총애를 잃은 황후의 슬픔을 노래한 것이다.

276 금옥(金屋): 한나라 무제(武帝)가 어릴 적에 고종 사촌인 아교(阿嬌)를 좋아하였는데, 그 고모가 '나중에 아교를 아내로 삼으면 어떻겠느냐'고 묻자, 무제는 '아교가 나의 배필이 된다면 금옥(金屋)에 갖추어 두겠다' 대답하였다. 금옥은 금으로 된 궁궐을 뜻한다. 무제는 나중에 아교를 황후로 삼았지만 사랑이 식은 후에는 장문궁으로 유폐시켰다.

교외에서 지내며
郊居

빽빽한 숲속의 교외에서 지내니
이곳은 바로 오릉(五陵)[277]의 서쪽.
이웃 마을에는 민가가 적고
산 깊어 길을 찾아 헤매는데,
눈 속에서는 소가 홀로 가고
달빛 아래 새가 쌍으로 깃드네.
온종일 방아 찧고 나무나 할 뿐
개와 닭을 놀래킬 손님도 없네.

郊居萬木裡　　地是五陵西
隣曲茅茨少　　山深道路迷
雪中牛獨去　　月下鳥雙棲
日夕春樵外　　無能怪犬鷄

---

277 오릉(五陵): 경기도 고양시 덕양구 신도동에 있는 이른바 서오릉(西五陵)을 말한다. 숙종
과 인현왕후 등을 모신 왕릉 다섯이 모여 있는 곳이다. 그 서쪽 파주 지역에 심익운의 선산인
지산(芝山)이 자리잡고 있었다. 추정컨대, 지산(芝山)은 심지원(沈之源), 심익현(沈益顯) 등의
산소가 있는 장지산(長芝山)을 말한 것이 아닌가 한다. 오늘날의 파주시 광탄면 분수리에
있는 산이다.

삼수강(三秀岡)[278]에서
성안으로 돌아가는 치양(稚養)[279]을 전송하며
三秀岡 送稚養歸城中

높은 언덕에서 길손을 전송하니
북풍이 불어와 시름이 새삼스럽네.
저물녘 구름은 삼각산에 걸려 있고
추위 속의 나무들이 오릉 곁에 서 있구나.
들판이 가까워져 비로소 헤어진 후
다리에서 돌아보니 사람은 보이지 않네.
도성은 저 멀리서 가뭇가뭇
방문을 사양한다 벗에게 말하고 싶네.

送客高岡上　　北風愁思新
暮雲三角並　　寒樹五陵隣
野近初分馬　　橋回不見人
漢城遙在目　　寄語謝情親

---

278 삼수강(三秀岡): 삼수(三秀)는 지초(芝草)의 다른 표현으로, 지초가 일 년에 꽃이 세 번 피기 때문에 붙여진 이름이다. 삼수강은 따라서 지초가 자라는 언덕이라는 뜻이 된다. 심익운의 시 〈지산잡영(芝山雜詠)〉의 해설에 의하면, 선산이 있는 파주의 지산 언덕 한 곳을 삼수강이라 부르고 있다.

279 치양(稚養): 송이정(宋頤鼎: 1736~1762)으로 추정되는 인물. 백일문집의 〈송치양의 제문(祭宋稚養文)〉에 의하면 본관은 은진(恩津)으로 1762년 7월에 사망한 친구이다. 충청도에 거주한 서인계 인물로 짐작되나 신원을 알지 못하겠다. 지산으로 물러나 있을 때도 심익운은 송이정을 반가운 벗으로 상대하고 있다.

270

인일(人日)에 차운
人日 次韻

정월 인일(人日)[280] 일찌감치 따뜻해져
강물은 풀리고 시든 버들도 봄이 왔구나.
천지 만물마다 생기가 다시 돌고
사람도 혈족끼리 서로 친해지네.
도를 배우는 일은 바닷가 형님께 부끄럽고
몸 온전히 함은 바다 고을 아버님이 그립네.[281]
올해 들어 문득 못 뵌 지가 오래건만
말총 망건 쓰고 떠나지도 못하고 있네.

人日氣候早　　江淸衰柳春
乾坤復生意　　骨肉自相親
學道慚河[282]上　　全身憶海濱
年來覺疎放　　不着馬毛巾

---

280 인일(人日): 정월의 명절 중 하나로 음력 정월 7일을 가리킨다. 사람을 귀하게 여기는
날이라 하여 하루를 놀거나, 이날만큼은 가족이 함께 지내며 다른 곳에서 유숙하지 않는
풍속이 있었다.

281 도를~그립네: 1758년을 기준으로 삼건대 형 심상운(沈翔雲)은 임피 현감(臨陂 縣監)에,
아버지 심일진(沈一鎭)은 옥과 현감(玉果縣監)에 재직하고 있었다. 아마도 이 무렵의 이러한
상황을 반영한 표현인 듯하다.

282 규장각본에는 海로 충북대본에는 河로 되어 있다.

상원일(上元日)에 차운
上元日 次韻

긴 장대에 한 묶음 지푸라기를 묶어
아침햇살 성긴 울타리에 걸어두네.[283]
해마다 해마다 풍속이 이러하여
집이면 집마다 이렇게 하는구나.
농부들은 풍년이 들기를 바라고
나그네는 고향 돌아가길 염원하네.
생각나누나, 서쪽 교외 집에 갔던 날
처마 아래에서 제웅 너를 처음 보았지.

長竿一束藁　　朝日掛疎籬
風俗年年是　　人家處處爲
農夫望豊熟　　客子念歸期
憶到西郊宅　　檐間爾得知

---

283 긴~걸어두네: 아마도, 상원일 곧 음력 보름날에 행하는 제웅 버리기 풍속을 표현한
듯하다. 정월 대보름에 한 해의 나쁜 운이 든 사람의 형상을 만들어 제웅이라 하고, 울타리나
문에 걸어두었다가 후에 다른 곳에 버리면 액운이 사라진다고 믿었다. 제웅은 지푸라기로
만든 허수아비 모양이 일반적이다.

도중에 비바람이 심해져서 차운
道中風甚 次韻

강바람이 좋은 날씨를 어지럽히더니
강가의 비가 부슬부슬하다 개었네.
고기 노리던 해오라기는 사람에 놀라 날아가고
높이 뜬 기러기는 바람결 따라 날아가네.
꽃샘추위가 병든 이 몸을 파고드는데
석양에 나그네는 옷깃을 꼭 여미네.
언덕의 풀싹에도 생기가 보이나니
봄기운 불어준 것이 어찌 미미타 하랴!

江風迷起色　　江雨絶餘霏
窺鷺驚人去　　高鴻逐勢飛
春寒侵病骨　　日暮捲征衣
生意看原草　　吹噓力豈微

아침 일찍 정천(井泉)[284]에서 출발하며
井泉早發

나그네 길에는 눈보라를 조심해야 하니
해가 뜨고 나면 그제야 길을 떠나네.
들판의 이랑에는 까마귀가 먼저 내려와 앉았고
봄이 온 숲에는 꿩이 이미 아까부터 울고 있네.
고생고생 세상일에 끌려다녔고
갈팡질팡 지나온 삶이 부끄럽구나.
앞길이 어떠한가는 묻지를 말자
내일 새벽이면 금성(錦城)[285]에 닿으리니.

客行戒風雪　　日出始登程
野畝烏先下　　春林雉已鳴
艱難隨物役　　潦倒愧吾生
前路休相問　　崇朝到錦城

---

284 정천(井泉): 미상. 전라도 정읍현(井邑縣), 곧 오늘날의 정읍(井邑)이 아닌가 한다.
285 금성(錦城): 일반적으로 전라도 나주를 지칭하지만 여기서도 그런지는 확단하기 어렵다.
다음 작품인 〈공주에서 짓다(公州作)〉를 참조하여, 전라도에서 서울로 북상 중이라 가정하면,
금성은 금강(錦江) 주변의 어떤 지역이 될 가능성이 남는다.

공주(公州)에서 짓다
公州作

지방의 고을들이 도로를 함께 쓰는데
유독 이 고을만이 쓸쓸하고 쇠잔하구나.
지금 세상에선 공주 목사를 가벼이 여기지만
옛날로 치자면 제후에 해당하는 자리네.
나그네 길은 저 남쪽 나라로 뻗어있는데
올라서 조망하기는 북쪽 누대가 성대하구나.
재주 없는 몸에 신세가 또 막히었으니
충성스런 계책을 감히 바칠 수 있으랴.

藩蔽同諸路　凋殘獨此州
秖今輕牧伯　於古比公286侯
行旅通南國　登臨盛北樓
不才身又廢　未敢獻忠謀

---

286 규장각본에는 諸로 충북대본에는 公으로 되어 있다.

저물어 천안(天安)에 묵으며,
군수이신 김씨 아제께 드리다
暮宿天安 留贈主守金叔

날 저물어 고을의 관사가 반가우니
나의 여행이 와야 할 곳으로 왔구나.
관청이 가난해도 나그네를 재워주는데
읍이 작아 백성들이 굶주리고 있구나.
약밥과 과자로 나의 근심을 달래주고
땔나무와 꼴을 내어 말까지 먹여주시네.
참으로 고맙구나, 친척의 마음씨여
나그네 옷이 얇을까 봐 물어보시네.

日暮歡州館　　吾行知所歸
官貧留客宿　　邑小值民飢
藥餌寬憂病　　薪蒭及細微
更憐親戚意　　薄厚問征衣

죽은 아우²⁸⁷를 추모하며
追悼亡弟

천상으로 기린이 돌아갔고
세상에서 봉황이 사라졌네.
네 형은 죄와 허물이 많지만
내 아우는 범상치가 않았었네.
한 번의 죽음은 누구에게나 있다지만
남은 인생에 나 홀로 가슴이 아프구나.
어디서 왔다가 다시 어디로 가는가?
하늘의 뜻은 정녕코 모르겠구나.

天上麒麟返　　人間鸞鷟亡
爾兄多罪過　　吾弟不凡常
一死知皆有　　餘生獨自傷
何來復何去　　神意兩²⁸⁸蒼茫

---

287 죽은 아우: 심익운은 1761년 2월 17일에 8세의 아우 심영운(沈羚雲)의 상을 당했다. 시의
위문으로 짐작건대 천연두에 걸려 사망한 듯하다.
288 규장각본에는 相으로 충북대본에는 兩으로 되어 있다.

그 두 번째
其二

세상에 드문 특별한 이가 태어나
우리 가문이 이 아이를 얻었네.
모두들 놀랐지, 죽마 타는 어린 날에
스스로 두견 시를 지을 줄 알았으니.[289]
지금 세상에 그 누가 맞수가 되랴
옛사람이라야 응당 네 스승이 되었지.
좋은 싹도 피지를 못하게 하였으니
곡식이 맺히기를 어찌 다시 바라랴![290]

絶代生奇性　　吾家得此兒
皆驚竹馬日　　自解杜鵑詩
今世誰其敵　　古人應爾師
旣令苗不秀　　降穀復何爲

---

289 스스로~알았으니: 총명하여 어린 시절에 일찍이 두견새를 소재로 한 시를 지을 줄 알았
다는 뜻인데 구체적인 일화는 미상하다.
290 좋은⋯비리랴: 하늘이 이렇게 좋은 싹도 자라지 못하게 했으니 다른 어떤 곡물을 내려
준다 해도 소용이 없지 않겠느냐는 뜻으로 풀이한다.

그 세 번째
其三

천연두 질병이 언제 세상에 나왔나
치료법이 신령스런 경전[291]에도 빠져있네.
서쪽의 무당은 황당한 말만 전했고
동쪽의 의원은 약방문만 허비했네.
돼지의 심장은 공연히 피를 흘렸고
무소의 뿔도 끝내는 효험이 없었네.
통곡하며 네 얼굴을 씻기며 보니
끝끝내 생전의 네 모습이 아니구나.[292]

痘瘡自何世　　治法闕靈經
西鬼傳荒忽　　東醫費稱停
猪心空有血　　犀角竟無靈
慟哭開面日　　終然非汝形

---

291 신령스런 경전: 신령스런 고대의 의학서를 뜻하는 말로 보았다.
292 통곡하며~아니구나: 개면(開面)은 얼굴을 새롭게 단장한다는 뜻인데, 여기서는 장례를 치르기 잎 죽은 아우의 얼굴을 씻긴다는 뜻으로 보았다. 천연두로 사망한 까닭에 생전의 모습과 많이 달라져 보였다는 의미인 듯하다.

그 네 번째
其四

구름이 백 척 높이 피어오를 때
너를 데리고 홀로 누대에 올랐지.
넓은 들에 구름은 남쪽으로 흐르고
봄 온 강에 기러기는 북쪽으로 갔네.
사랑스러웠지, 네 씩씩한 걸음걸음
내 얼굴에 웃음꽃이 피게 했었네.
그런 일 어찌 다시 있을 수 있으랴
내 간장은 벌써 끊어지는 듯하구나.

雲華高百尺　　携汝獨登臺
野闊雲南去　　江春雁北廻
憐渠行步健　　令我笑顔開
此事那能再　　肝腸今已摧293

---

293 규장각본에는 催로 충북대본에는 摧로 되어 있다.

그 다섯 번째
其五

중춘의 날이라 이월 십칠일
이날 너의 목숨이 다했었구나.
끊어지려다가도 아직 정신이 남아있었고
돌아가려다가도 숨이 다하지 않았었는데,
"형님!" 하고 부르는 목소리가 흐느꼈고
"엄마!" 하고 이별하는 한이 사무쳤었네.
천 년이 가도 이 형의 눈물[294]은
바닷물에 길이길이 더해지리라.

仲春十七日　　是汝命終朝
欲絶神猶在　　將歸氣未消
呼兄聲更咽　　別母恨何遙
千載鴒原淚　　長添海上潮

---

294 형의 눈물: 원문은 영원(鴒原)의 『시경』, 「소아(小雅)」, 〈상체(常棣)〉에서 나오는 말료, 형제간의 우애를 뜻한다. "저 언덕에 할미새들, 급할 때는 형제가 돕네. 좋은 벗이 늘 있다 해도, 그저 탄식만 늘어놓을 뿐[鴒原在原, 兄弟急難. 每有良朋, 況也永歎]"이라 한 구절이 보인다.

그 여섯 번째
其六

하얀 관(棺)이 이른 아침에 나서는데
봄바람이 비를 몰아 지나가네.
다리에 와서는 움직이려 않으니
나를 기다리는 그 마음이 어떠했을까.[295]
잠시도 멀리 떨어지지 못했는데
어찌 영영 떨어질 수 있으랴!
집에는 부모님께서 계시는데
물줄기 흐르듯 눈물을 떨구시네.

素木平朝發　　春風吹雨過
臨橋不肯動　　待我意如何
未忍暫離遠　　胡爲相負多
高堂二親在　　垂淚若流波

---

295 다리에~어떠했을까: 관 안에 누운 아우가 나를 기다리려는 듯 다리를 넘어 나아가지
않는다는 뜻으로 보았다.

그 일곱 번째
其七

우리 집안 선조의 묘소가 있는
지산(芝山)의 봉우리에 너를 묻는다.
네 누나[296]와 무덤이 서로 가깝지만
이 형은 눈물이 얼굴에 가득하구나.
예로부터 모두가 이러했으니
지금 가면 언제나 돌아올거나!
죽고 사는 것은 백 년 안의 일,
우리 모두 이 산에서 함께 하겠지.

我家先祖墓　　葬汝芝峯間
爾姉塚相近　　其兄淚滿顔
古來皆若此　　今去何當還
生死百歲內　　只應同此山

---

296 누나: 심익운은 1759년 2월 17일에 10세 된 누이를 잃었고, 1761년의 같은 날인 2월 17일에 8세의 아우 상을 입었다. 2년 전의 누이를 이곳 지산에 매장했음을 알 수 있다.

이씨 형님 및 송씨 친구[297]와 함께 앞의 한강에서 배를 띄우고
同李兄宋友 汎舟前湖

선상 봉창(篷窓)[298]에 햇빛이 기우는데
노를 젓자니 강의 반쯤이 그늘져가네.
저 위로는 송(宋)정승 댁이 솟아 있고
옆으로는 김씨네 숲이 매달려[299] 있구나.
낭관(郎官)의 마음이 더욱 각별하니
나그네 흥취야 그 얼마나 깊으랴?
가슴에 새기세, 우리 비록 강가에 살지만
바다에 떠가려는 마음[300]을 보존해야 하는 것을.

篷窓隨日轉　　移棹半江陰
高出宋相宅　　側懸金氏林
郎官情更別　　客子興何深
須識臨湖住　　方存浮海心

---

297 이씨 형님 및 송씨 친구: 미상. 정황상 이명옥(李命玉)과 송이정(宋頤鼎)을 가리키는 듯
하다.

298 봉창(篷窓): 배 위에 대오리 등을 엮어서 햇살을 피하도록 덮고 창문처럼 기능하도록
했던 간단한 구조물.

299 매달려: 가파른 벼랑 밑에서 보니 마치 거꾸로 매달린 듯하다는 뜻이다.

300 바다에~마음: 세상에 도(道)를 세우려는 마음을 항상 가지고 있어야 한다는 뜻이다.
『논어』에 공자가 천하가 어지러움을 탄식하면서 "도가 행해지지 않으니, 뗏목을 타고 바다로
떠나고 싶다[道不行, 乘桴浮于海]"고 한 구절이 있다.

낚시터에서 도성으로 들어가는 벗을

전송하였는데 마음이 몹시 무료하여 계지(季贄)[301]가
보내온 시에 생각나는 대로 차운하여 짓다
釣臺送人入城中 懷甚無聊 湯次季贄寄示之作

올라가 굽어보니 곧 한강 가[302]인데
우리 묵었던 곳도 바로 강변이었네.
쉼 없는 강물은 바다로 흘러가고
떠나는 그대 배는 서울로 돌아가네.
친구 중에 누가 나를 찾아주려나?
생계를 꾸리자면 물고기나 잡을까.
넋 놓고 벗 그리운 시[303]를 읊조리나니
가련하게 여겨준 그대 마음이 고맙구려.

登臨即湖上　　寢處亦湖邊
赴海無停水　　歸京有去船

---

301 계지(季贄): 백일문집의 〈이계지의 제문(祭李季贄文)〉 및 유한준(兪漢雋)의 『저암집(著庵集)』 수록 〈계지 이명옥의 제문(祭李季贄命玉文)〉 등으로 보아 1762년 9월에 사망한 이명옥(李命玉)으로 확인된다. 이명옥은 김이곤(金履坤)과도 교유한 인물이다.

302 한강 가: 원문은 호상(湖上), 즉 호숫가로 되어 있지만, 심익운은 한강이 고여서 흐르는 곳을 호수라 표현하였다. 여기서는 지산이 가까운 곳, 행주산성 앞의 한강을 가리키는 듯하다. 그는 이곳을 서호(西湖)라 불렀다.

303 벗 그리운 시: 원문의 정운(停雲)은 도연명의 〈구름은 떠 있고(停雲)〉라는 시를 가리키는 듯하다. 도연명이 친구를 그리워하며 지은 4언시인데, 그 첫 구절이 "뭉게뭉게 구름은 떠 있고, 부슬부슬 비는 내리고(靄靄停雲, 濛濛時雨)"이다.

親朋誰枉駕　　生理或宜鮮
坐誦停雲句　　感君相爲憐

여성(汝成) 유한준(俞漢雋)[304]이
부쳐준 시에 화답하여
酬俞汝成見寄

물길은 툭 트인 삼강(三江)으로 이어지는데
오류거사(五柳居士)의 집에는 대문도 깊숙하오.[305]
푸르른 홰나무는 늘어져서 길을 가득 메우고
푸릇푸릇 풀들은 섬돌을 덮고 자라지요.
아직 성안에 들어가 약(藥)도 사지 못했거늘[306]
연못 속의 물고기를 그 누가 찾겠는가?[307]
일엽편주 물길은 막히지 않았으니
나귀 없어 못 간다[308]는 말은 하지 마시길.

---

304 유한준(俞漢雋): 1732~1811. 본관은 기계(杞溪), 자는 만청(曼倩)·여성(汝成), 호는 저암(著菴)·창애(蒼厓). 심익운의 사직 저택 윗마을에 거주하며 심상운, 심익운 형제와 교유하였다. 심상운과 동갑이다. 백일문집에 〈유한준의 문집 서문[俞汝成文集序]〉 등이 전한다. 1760년대에 심익운과 교분을 나눈 자취가 남아 있다. 저서로 『저암집(著菴集)』이 전한다.

305 물길~깊숙하오: 삼강(三江)은 한강의 세 구간 즉 한강(漢江), 용산강(龍山江), 서강(西江)을 가리키는 듯하며, 오류거사의 대문은 지산에 있는 심익운의 시골집을 표현한 것으로 보인다. 마당에 다섯 그루 버들을 심고 살았던 도연명에 견주어 자신을 은자로 표현하였다.

306 아직~못했거늘: 항주의 서호(西湖)에 은거한 은자 임포(林逋)가 도회의 성안으로는 일체 출입하지 않았다는 고사를 말하는 듯하다.

307 연못 속의~찾겠는가: 미상. 원문의 택리어(澤裡漁)는 혹 학철부어(涸轍鮒魚), 즉 수레바퀴 자국의 고인 물에서 헐떡이고 있는 붕어에서 가져온 말이 아닐까 짐작된다. 긴박한 구원을 요하는 절체절명의 위기 상황을 가리킨다.

308 나귀~못 간다: 중국의 한유(韓愈)가 위중행(衛中行)에게 준 편지의 한 구절, '황량한 시골에 사노라니 풀과 나무가 무성한데, 나가자니 닭나귀나 말이 없어 내왕을 끊었다[窮居荒涼, 草樹茂密, 出無驢馬, 因與人絶]'고 한 대목을 뒤집어 사용하였다. 나귀 없다는 변명을 말고 배편으로라도 지산에 방문해주기를 바란다는 뜻이다.

水接三江闊　　門深五柳居
綠槐垂滿徑　　青草長過除
未賣城中藥　　誰尋澤裡漁
扁舟路不隔　　莫謂出無驢

송이정(宋頤鼎)[309]의 묘소에 곡하며
哭宋稚養墓

가을바람은 들판의 풀 섶에 불고
가을비는 외로운 무덤을 적시는구나.
신세 망한 나를 누가 벗해 주었던가!
친한 사람으로 그대만 한 이가 없었네.
처음 왔을 때는 다시 볼 수 있을까 했는데
끝내는 소식도 전할 수 없게 되었구려.[310]
남은 인생 어찌 살까 묻지를 말자
지금의 처지도 차마 말할 수 없나니.

秋風吹野草　　秋雨濕孤墳
身廢那須友　　情親少似君
始來如或見　　及至竟無聞
莫問殘生事　　于今不可云

---

309 송이정(宋頤鼎): 앞에 나옴.

310 처음~되었구려: 지산에 유폐된 자신을 송이정이 찾아주었을 당시, 다시 만나자는 기약을 남겼으나 결국 사별하게 되었음을 말한 것이다.

중춘에 지산(芝山)으로 돌아가며 짓다
仲春歸芝山作

내 몸과 세상이 서로 어긋났으니
전원으로 어찌 돌아가지 않으랴!
날이 개이자 말을 타고 나서는데
더뎌진 햇살에 새들이 날아가는구나.
들판에는 아직 꽃과 버들이 드물지만
산중에는 나물과 고사리가 풍족하네.
서쪽 밭에 밭갈 때가 다가왔으니
살아갈 방도가 그르쳐진 건 아니네.

身與世相違　　有田何不歸
初晴騎馬出　　遲日見禽飛
野外稀花柳　　山中足蕨薇
西疇耕候早　　生理未全非

느낀 바를 읊다
感吟

국철(國喆)³¹¹의 운을 사용하였다   用國喆韻

아픈 마음에 차마 말도 할 수 없는데
이렇게 한스러워도 또 봄은 오는구나.
이월이라 청명의 절기 다가오는데
어려서 죽은³¹² 아이들 무덤이 가까이 있네.
떠났던 새들도 때 되면 돌아오고
시든 풀들도 비 지나면 파릇파릇.
인간의 생애가 저 새와 풀만도 못하니
하늘이 정녕코 나를 저주하는 것이리라.

傷心未忍說   此恨又逢春
二月淸³¹³明近   三殤塚土隣
去禽時至見   衰草雨過新
生世不如彼   天應憎是人

---

311 국철(國喆): 미상.

312 어려서 죽은: 원문의 삼상(三殤)은 장성하기 전에 죽는 것을 말한다. 16세부터 19세 사이에
죽는 것은 장상(長殤), 12세부터 15세 사이에 죽는 것은 중상(中殤), 8세부터 11세 사이에
죽는 것은 하상(下殤)이라 하였다. 하상에는 상복조차 입지를 않았다. 여기서는 음력 2월
17일에 죽은 아우[8세]와 누이[10세]의 무덤을 보고 감회가 생긴 것이다.

313 규장각본에는 晴으로 충북대본에는 淸으로 되어 있다.

정향꽃이 떨어지다
丁香花落

바람이 불자 꽃잎들 떨어져
내 창문 안으로 날아드네.
안타까워라 정향꽃314도 같이
저녁 뜨락에 떨어져 날리네.
진흙탕에 더럽혀짐을 어쩌지 못하다니
지난날에 봄비가 함뿍 적셔주었거늘.
어찌 저 복숭아 오얏꽃과 더불어
까불대며 이 봄 시절을 다투리오.

花落被風吹　　飛來入戶帷
丁香亦可惜　　庭際晚離披
不避塵泥辱　　曾霑315雨露私
安能與桃李　　飄蕩競春時

---

314 정향꽃: 라일락. 여기서는 8세에 죽은 아우 등을 은유한 것으로 보인다.
315 규장각본에는 添으로 충북대본에는 霑으로 되어 있다.

잠자는 것의 맛
睡味

잠자는 맛을 아는 이 적을 텐데
내가 이제 잠의 시를 지어보겠네.
개인 봄날은 깔개에 먼지 날려서 좋고
비오는 가을에는 문을 닫아야 제격이네.
하물며 혼자 시름겨운 객이 되어
바야흐로 오월 여름날을 당해서랴!
서쪽 창가에 탁자 하나만 놓아두는데
날이면 날마다 북풍316이 불어오네.

睡味少人知　　吾今作睡詩
春晴拂席好　　秋雨掩門宜
況作孤愁客　　方當五月時
西窓容一榻　　日日北風吹

---

316 묵풍: 시원하다 못해 북풍이라 표현한 것은 심리적으로 한겨울처럼 춥고 시리게 느껴진
다는 말뜻이다.

친족 심기(沈坧)[317]의 만포당(晩圃堂)에 쓰다
族人坧晩圃堂詩

무예를 배웠으나 제때를 못 만났고
유학을 익혔으나 공부 또한 엉성했네.
전원에는 그나마 살아갈 땅이 있으니
나무를 심었다 해도 어찌 책이 없으랴!
한유(韓愈)도 가난할 때 약초밭을 일구었고
소식(蘇軾)도 늙어서는 채소밭을 가꾸었네.
만일 능히 이 즐거움을 알 수 있다면
정녕 호젓한 그대 삶이 부끄럽지 않을 걸세.

學武時難遇	爲儒事亦疎
田園猶有[318]地	種樹豈無書
韓子貧行藥	蘇翁老灌蔬
如能知此樂	眞不媿幽居

---

317 심기(沈坧): 미상. 파주의 지산 근처에 살았던 일족으로 보인다.
318 규장각본에는 見으로 충북대본에는 有로 되어 있다.

충주에서 역사를 회고하며
中原懷古

중원(中原)에서 옛 자취 회고하니
나그네의 한은 가을 들어 더 깊어지네.[319]
저녁 새는 탄금대(彈琴臺)로 날아내리고
농부들은 달천(㺚川) 가에서 밭을 일구네.[320]
계사년(癸巳年) 슬픔은 말할 것도 없는데
어느덧 세월은 신년(申年)이 되었네.[321]
임경업 공의 사당[322]이 남아 있어
그 영령만이 홀로 쓸쓸하여라.

中原懷古迹　　客恨况秋天
鳥下琴臺夕　　人耕㺚水田
未論悲巳歲　　忽覺値申年
尙有林公廟　　英靈獨颯然

---

319 중원~깊어지네: 중원(中原)은 충주를 가리킨다. 1764년과 1765년 가을에 그는 합천 군수로 나가 있는 형님 심상운을 방문하면서 인근 고을을 기행하였다. 이 시는 영남으로 향하는 도중에 충주의 탄금대 인근에서 지은 것으로 보인다. 임진왜란에 대한 회상을 담은 회고시이다.

320 저녁~일구네: 탄금대는 충주의 남한강 가에 있는 유적지로서 임진왜란 당시 조선군이 집결했다가 패한 곳이며, 달천은 그 앞을 흘러서 남한강으로 합류하는 강물의 이름이다.

321 계사년~되었네: 계사년은 1593년 임진왜란 직후의 해를 가리키며, 신년(申年)은 1764년 갑신년(甲申年)을 뜻한다.

322 사당: 임경업의 충절을 기린 충렬사(忠烈祠)를 말한다.

요유합(窅有閤)[323]에서
<진주잡시(秦州雜詩)>[324]의 운을 사용하여
가을날의 느낌을 읊다
窅有閤[325] 秋懷 用秦州雜詩韻

'요유(窅有)'는 '폐사(閉思)'라 부르기도 한다.

窅有 一名閉[326]思

나그네 처지라 병이 많이 따라서

열흘이 지나도록 나가 노닐지 못했네.

깊은 뜰에서 느릿느릿 걸어도 보고

높은 누각 올라와보니 시름이 새록새록.

할미새 우는 밤에 부슬비가 내리고

기러기 떠나는 날에 가을 하늘은 높구나.

잡념을 끊는 일은[327] 내 복이 아니지만

잠시 머물다 간들 해가 되진 않으리.

---

323 요유합(窅有閤): 가야산 해인사에 속한 어느 건물의 숙소 이름으로 추정된다. 요유(窅有)는 아득하고 아스랗게 보이는 모양을, 합(閤)은 건물의 본채에 딸린 부속 공간이나 방을 말한다. 참고로, 폐사(閉思)는 아무 생각도 하지 않고 끊어버림을 뜻한다.

324 <진주잡시(秦州雜詩)>: 두보(杜甫)의 <진주잡시(秦州雜詩)> 20수로서 심익운의 두보 시의 운자(韻字)를 그대로 사용하고 있다. 두보의 이 시는 759년에 두보가 진주에 도착하여 지은 작품으로, 도착 경위, 유람과 감회, 관직을 그만두려는 심정 등이 표현되어 있다. 당시 전란에 휩싸인 시국을 걱정하는 마음도 섞여 있다.

325 규장각본에는 閤으로 충북대본에는 閣으로 되어 있다.

326 규장각본에는 鬧으로 충북대본에는 閉로 되어 있다.

327 잡념을~ 일은: 원문의 폐사(閉思)는 생각을 끊는다는 뜻과 함께 폐사합(閉思閤)이라는 거처 이름을 겹쳐 표현한 것이다.

爲客從多病　　　經旬不出遊
庭深行步倦　　　樓逈上來愁
疎雨鶺鴒夜　　　高天鴻雁秋
閉³²⁸思非我事　　　未害小時留

---
328 규장각본에는 閑으로 충북대본에는 閉로 되어 있다.

그 두 번째
其二

고을이 이다지 먼 곳에 있지만
당시에는 궁궐이 있던 자리였네.
용이 날아갔던 곳은 쓸쓸해졌고
새가 지나는 하늘은 아득하구나.
천년의 지난 유적이 어렴풋한데
구월이라 서글픈 바람이 불어온다.
누운 채로 흥망의 일을 곱씹다보니
아침 창가로 동녘 해가 떠오르는구나.

院君此遯野　　當日有遺宮
蕭瑟龍飛處　　滄茫鳥過空
千年迷往蹟　　九月見悲風
臥念興亡事　　朝窓日上東

그 세 번째
其三

강마을에 비 내리는 날이 많아
갓 개자 언덕의 모래를 씻어가네.
가을바람은 큰길가의 나무에 불고
산자락에는 아전들의 집이 들어있네.
새벽 누대에서는 구름 이는 걸 보기 좋고
저녁 창가에서는 지는 햇살이 아름답구나.
음식과 찬을 배불리 먹을 수 있으니
나머지 일들이야 더할 나위가 없겠네.

江郡多時雨　　初晴洗岸沙
秋風官道樹　　山色吏人家
樓曉看雲起　　窓明愛日斜
盤飧容再飽　　餘事不須誇

그 네 번째
其四

예악(禮樂)은 군자다움을 갖추었고
문장(文章) 또한 한때에 빼어났건만,
끝내는 세상에 버려졌던 처지라
늦가을 오기도 전에 벌써 서글퍼지네.[329]
문을 닫음은 허물 반성하자는 뜻 아니었는데
누대에 오르는 것이 이리 늦을 줄 몰랐었네.
임금님과 아버님을 그리워하는 마음에
밤만 되면 돌아가는 꿈부터 먼저 꾼다네.

禮樂須君子　　文章亦一時
遂爲當世棄　　不待暮秋悲
閉閣非思過　　登樓却怪遲
君親孤念在　　歸夢夜先之

---

329 끝내는~서글퍼지네: 1759년에 대과에 급제한 직후부터 1763년 복권될 무렵까지 사람들
의 손가락질을 받으며 헤매었던 일을 가리키는 듯하다.

그 다섯 번째
其五

내 많은 변고를 당한 이래로
어느덧 다섯 해가 넘었구나.
다시금 가을 해가 짧아질 때 되어
매번 저녁 구름이 길어지는 것을 보네.
기러기를 좇아 높은 고개를 넘었고
명마도 고달프게 먼 길을 거쳐 왔지.
마음속에는 오직 일편단심이 남아
밤이면 홀로 북쪽을 아득히 바라보네.

自我遭多故　　居然五載强
又當秋日短　　每見暮雲長
過嶺隨鴻雁　　臨途倦驪騟
惟餘寸衷在　　獨夜望蒼蒼

그 여섯 번째
其六

어스름에 풀벌레들 울어대고
첫추위에 제비는 막 떠나가네.
잠을 못 이뤄 견디기 어려운데
더구나 꿈길마저도 희미하구나.
관에서 주는 음식이야 넉넉하지만
집에서 편지 오는 날은 드물구나.
길손의 심정이 답답하게 묶인 듯
그 누가 이내 근심을 풀어주려나.

薄暮虫多響　　初寒燕始歸
未堪眠睡少　　況復夢魂微
官食留時足　　家書到日稀
客情如結束　　誰與解愁圍

그 일곱 번째
其七

가을 햇살이 산자락에 반쯤 걸치자
가을바람이 문틈으로 스며드네.
이런 때는 북녘 대궐이 그리운데
어찌하여 남쪽 변방에 머물러 있나.
초승달은 지더라도 다시 나오겠지만
외로운 구름은 한번 가서 돌아오지 않네.[330]
홀로 가기(歌妓) 붙들고 이야기 나누니
한바탕 근심스런 얼굴을 펼만 하여라.

秋日半御山　　秋風入戶間
此時懷北闕　　何事滯南關
纖月行當出　　孤雲去不還
獨留歌妓語　　一爲破愁顏

---

330 초승달~않네: 고운(孤雲)은 외로운 구름이라는 뜻 이외에 고운(孤雲) 최치원을 겹쳐서
사용한 것이며, 섬월(纖月)은 초승달이라는 뜻 이외에 심익운이 이날 마주하고 있는 기녀의
이름인 듯하나. 기녀는 다시 무를 수 있지만 해인사에 머물렀던 최치원은 만나 볼 수 없다는
뜻이다.

그 여덟 번째
其八

절기는 완연한 가을이 되어
먼 타향에도 중양절[331]이 돌아왔네.
문득 홀로 날아가는 새를 보고서
고향을 지나오지 않았나 생각해보네.
붉게 물든 단풍은 산마다 어여쁜데
노오란 국화꽃이 여기저기에 피었구나.
높은 데 오르자 이내 마음 물렁해져
혹 다른 이가 불쌍해할까 염려되네.

節序三秋晚　　天涯九日回
忽看孤鳥去　　疑自故園來
赤葉山山好　　黃花處處開
登高心事嬾　　或恐使人哀

---

331 중양절: 음력 9월 9일. 가족이나 벗들이 한데 모여 음식을 나누어 먹기도 하고 산에 올라
함께 구경도 하는 전통 명절이다. 국화전을 부치기도 하고 국화를 꺾어 머리에 꽂기도 했다.

그 아홉 번째
其九

담 모퉁이 대나무를 벗하노라니
세밑에 홀로 꼿꼿하게 서 있구나.
타향에서도 그 빛깔을 바꾸지 않아
도리어 옛 고향의 푸르름 그대로네.
이슬 맺힌 댓가지는 개인 날도 빗방울 달고
댓잎 속의 반딧불은 새벽 별이 반짝이는 듯.
긴 휘파람을 여기에서 불어 보나니
들판에서 부는 것과 다를 것이 없구나.

我隣墻角竹　　歲晩獨亭亭
不改他鄕色　　還如故里靑
露條晴帶雨　　螢葉曉翻星
長嘯於斯得　　何殊在野坰

그 열 번째
其十

읍지를 보니, 신라의 왕거인(王巨仁)[332]은 대야주(大耶州)에
은거한 사람이라고 한다.
邑志 新羅巨仁大耶州隱者云

백두산은 곤륜산과 비슷하여
온갖 산자락이 거기서 갈려나왔네.
산맥은 팔도의 지맥을 열었고
물길은 온 강의 시원이 되었네.
이곳은 옛날 신라에 속한 땅
전해오길 은자의 고을이라 하네.
우두산(牛頭山)[333]이 백 리에 서려있는데
수려한 풍경이 관청의 문으로 모여드네.

長白似崑崙　　由來枝葉繁
山開八州脉　　水發萬川源
是處新羅地　　相傳隱者村
牛頭蟠百里　　秀色在官門

---

332 왕거인(王巨仁): 신라 시대에 진성여왕의 실정을 비방한 글이 나돌자 그 용의자로 대야
주(大耶州: 합천)의 왕거인을 붙잡아 처벌하였다고 한다. 왕거인은 이 때 자신의 억울한 심정을
감옥의 벽에 시로 썼다고 한다.
333 우두산(牛頭山): 가야산은 우두산(牛頭山)이라고도 부른다. 해인사를 품고 있는 산이다.

그 열한 번째
其十一

새벽에 누대 모퉁이에 올라
내키는 대로 오르락내리락 해보네.
기러기들은 이제 막 변방으로 날아가고
솔개는 절반이 진흙밭을 걷고 있는데,
별빛은 큰 산마루 북쪽으로 드리웠고
달빛은 뭇 봉우리 서편으로 떨어지네.
새벽과 저물녘이면 봉화를 알리는데
부디 전쟁의 북소리[334]는 울리지 말기를.

五更樓上角　　隨意弄高低
寒鴈初飛塞　　炎鳶半跕泥
星垂大嶺北　　月落衆峯西
昏曉祇相報　　休令間鼓鼙

---

334 북소리: 원문의 고비(鼓鼙)는 군중에서 사용하는 큰 북과 작은 북을 뜻하는 어휘이다.

그 열두 번째
其十二

동쪽으로 황둔협(黃芚峽)[335]이 뻗어나가고
서쪽은 적계산(赤界山)[336]의 샘물로 이어졌네.
맑디맑은 저 부자수의 물결에
서글프고 한스럽게 내려오는 옛날이야기.
세상이 혼란하여 평화로운 곳 땅 없고
시대가 위태로워 변방에 수자리를 두었네.
남쪽 땅에 와서 읍지(邑誌)를 체험해보니
한 해가 저무는 시절, 마음이 서글퍼지네.

東下黃芚峽　　西連赤界泉
淸冷父子水　　哀怨古今傳
世亂無安土　　時危有戌邊
南遊徵地誌　　歲暮爲悽然

---

335 황둔협(黃芚峽): 경남 합천군의 남쪽 5리 즈음에 황둔진(黃芚津)이 있다. 남강을 흘러
동쪽으로 초계군 경계에 들어가는 물길을 가리키는 듯하다.
336 적계산(赤界山): 경남 거창군에 위치한 산.

그 열세 번째
其十三

가생(賈生)337은 본래 나라를 걱정하였는데
정씨(鄭氏)338만이 홀로 명가가 되었었구나.
젊은 날에 임금과 뜻 맞길339 꿈꿨었는데
그 전해에 소인들의 헐뜯음340을 당했네.
사람들이 훌륭한 인재를 버리는데
내 어찌 쓸모없이 박처럼 매달리랴!341
남녘 땅 나그네는 근심이 사무치건만
무심한 국화는 저 홀로 어여쁘구나.

---

337 가생(賈生): 전한(前漢)의 문제(文帝) 때에 최연소 박사가 되어 황제의 총애를 받았던
신하이다. 관제를 개혁하다가 고관들의 시기를 받아 장사왕(長沙王)의 태부(太傅)로 좌천되
었으며 훗날 33세에 울분을 안고 죽었다.

338 정씨(鄭氏): 미상. 다만 이 시가 지어진 합천을 기준으로 볼 때 초계 정씨(草溪)鄭氏)
가문에서 지조를 빛낸 정온(鄭蘊: 1569~1641)이 아닐까 짐작된다. 그는 문과에 급제했으나
광해군의 폐모살제(廢母殺弟)에 항거하여 격렬한 상소를 올렸고 결국은 제주도 대정으로
유배되었다. 남명 조식의 제자로서 절개가 강한 인물이었다.

339 뜻 맞길: 원문의 어수(魚水)는 물고기와 물이 만나듯 군주와 신하가 뜻이 잘 맞는다는
뜻이다.

340 헐뜯음: 원문의 역사(蜮沙)는 중국 남방의 강물 속에 산다는 독충을 말한다. 이 독충은
사람의 그림자가 물속에 비추면 독기나 혹은 모래를 쏘아 사람을 병들어 죽게 한다고 알려져
있다. 참소를 통해 남을 해하려는 자들을 은유한다.

341 사람들이~매달리랴: 기재(杞梓)는 기나무와 재나무처럼 좋은 목재를 뜻하는데 흔히 훌
륭한 인재를 상징한다. 박처럼 매달린다는 것은 『논어』에서 공자가 "내가 어찌 뒤웅박처럼
매달린 채 먹지도 못하는, 그런 사람이 되겠는가[吾豈匏瓜也哉, 焉能繫而不食!]"에서 나온 말
로, 제 역할을 못하는 사람을 뜻한다.

賈生本憂國　　鄭氏獨名家
少日懷魚水　　前年犯蜑沙
人方棄杞梓　　吾豈繫匏瓜
百慮南州客　　無心戀菊花

그 열네 번째
其十四

우임금의 공[342]은 구주(九州)를 나눈 것이요
요임금의 책력[343]은 하늘을 분별한 결과였네.
하늘나라로 치면 이곳은 신선의 나라라 하겠고
인간세계로 치면 이곳은 복지(福地)라 소문났네.[344]
천년의 옛 도읍 대야군(大耶郡)은
백 리에 걸쳐 도원의 샘물이 흐르는 곳.[345]
고운의 자취를 따라 떠나고 싶지만
임금님[346] 그리는 마음은 어찌할거나!

禹功曾別土　　堯曆亦分天

天上仙階在　　人間福地傳

千秋大耶郡　　百里武陵泉

欲逐孤雲去　　其如念日邊

---

342 우임금의 공: 중국을 아홉 개의 주(州)로 나누고 강을 만들어 육지의 물을 바다로 흘러가게
하였다는 전설을 말한다.
343 요임금의 책력: 요임금이 해와 달과 별의 운행을 계산하여 달력을 만들고 이를 제후들에게
나누어 주었다는 전설을 말한다.
344 하늘나라~소문났네: 수려하고 살기 좋은 이곳 합천이, 요임금의 구주에 들지 않는 천상의
세계요, 우임금의 달력에 없는 복된 땅이라는 말이다.
345 천년의~곳: 대야군은 대가야를 가리키는 것으로 합천을 뜻한다. 도원의 샘물은 원문의
무릉천(武陵泉)을 번역한 것인데, 가야산 해인사 계곡을 흐르는 수려한 시내를 가리키는 듯하
다. 최치원의 유적이 남아 있는 이곳은 홍류동(紅流洞) 등 무릉도원을 연상시키는 지명이 많다.
346 임금님: 원문의 일변(日邊)은 도성의 부근 혹은 제왕의 곁을 뜻하는 말이다.

그 열다섯 번째
其十五

초승달은 하늘 끝에서 나지막한데
숲 사이로 보이는 깜빡깜빡 별빛들.
매단 등불은 밤 자리를 비추고
뿔피리 소리는 가을 산을 울려대네.
진흙탕 같은 내 신세 지금은 천하지만
구름 위 저 하늘로 꿈이 홀로 돌아가네.
평생 임금님께 보답할 뜻을 품어
소맷자락에 눈물 자국이 맺혔어라.

初月低天末　　疎星隱樹間
懸燈虛夜席　　吹角響秋山
泥滓身今賤　　雲霄夢獨還
平生報君志　　衣袂淚痕斑

그 열여섯 번째
其十六

신령스런 망아지는 잡아둘 수가 없고
사나운 매는 마침내 무리를 떠나기 마련이지.³⁴⁷
지는 해는 천 겹 봉우리에 걸려있고
가을 하늘은 만 리 구름이 흘러가네.
사람들 모두 비범한 재주를 가지고 싶어 하나
육안으로 어찌 그걸 분간할 수 있으랴.
기린과 봉황 또한 달아나버렸으니
그 신령스러움을 임금님이 듣질 못하네.

神駒非取力　　　鷙鳥竟離群
落日千重嶺　　　秋空萬里雲
凡才皆欲奪　　　肉眼詎能分
麟鳳亦飛走³⁴⁸　　　爲靈君不聞

---

347 신령스런~마련이지: 신령스런 망아지[神駒]는 하루에 천리를 달릴 수 있다는 망아지로서
빼어난 인재를 가리킨다.
348 규장각본에는 步로 충북대본에는 走로 되어 있다.

그 열일곱 번째
其十七

잠자리 누웠어도 새벽인 걸 알겠더니
창문 발 사이로 몇 줄기 햇빛 쏟아지네.
까마귀는 울어대며 나무 위로 날아들고
참새는 지저귀며 담장에 내려앉네.
병으로 누워있자니 문을 열기 시름겹고
시를 읊느라 방을 나서기도 귀찮아지네.
오늘 아침 거울 보며 탄식했노라,
긴 나그네살이에 백발이 길어졌구나.

枕席知[349]秋曉　　窓簾射日光
鴉鳴上樹木　　雀噪下庭墻
臥病愁開閤　　吟詩嬾出堂
今朝鏡中歎　　華髮客來長

---

349 규장각본에는 如로 충북대본에는 知로 되어 있다.

그 열여덟 번째
其十八

돌아갈 날 가까운 걸 이미 알고 있지만
쉽게 돌아가지 못할까 또다시 시름겹네.
산천은 어찌 저다지 험준하고 막혀 있나!
출세하여 수레 타는 일이 어찌 꼭 영광스러우랴.
저녁 하늘에 구름은 북으로 흘러가고
가을 풍경 속 기러기는 남으로 날아가네.
모두들 제 고향으로 돌아가는 것 같은데
나는 정령위 같은 처지 될까 두렵구나.350

已識歸期近	還愁未易歸
山川何險阻	車馬豈光輝
暮空雲北去	秋色雁南飛
遼城到皆是	身恐似丁威

---

350 모두들~두렵구나: 원문의 요성(遼城)은 요동성으로서 한(漢) 나라 정령위(丁令威)의 고
향이다. 정령위는 영허산(靈虛山)에서 도를 닦아 신선이 되었다가 천 년이 지난 후에 고향으
로 날아와 요동의 화표주(華表柱) 위에 앉았지만, 고향 사람들은 이미 죽고 성곽만 그대로였
다고 한다. 심익운이 영남에서의 기행을 마치고 서울로 돌아가더라도 자신은 정령위처럼
되고 싶지는 않다고 표현한 대목이다.

그 열아홉 번째
其十九

저 하늘 저 끝으로 도성이 아득한데
세로(世路)는 촉땅 가는 길처럼 험난코 험난하네.
잎사귀가 무성해 바람에도 떨어지지 않고
꽃은 철늦게 피어 이슬이 이제야 마르는구나.
나그네 처지 되어 저문 가을을 맞자니
임금님 생각나 밤에 추우실까 걱정이네.
외로이 시름겹다 부질없이 흥이 이는데
늦가을 풍경이 시단(詩壇)으로 들어오네.

天外秦城遠　　人間蜀道難
葉稠風不落　　花晚露初乾
作客當秋暮　　懷君念夜寒
孤愁兼漫興　　物色入詩壇

그 스무 번째
其二十

나아갈까 물러날까 모두가 내 몫이지만
욕이 될지 영화가 될지 누가 나중을 알리요!
세상을 피하다 보니 애초부터 친구가 없었고
집안을 전하려 하여 뒤늦게야 아들을 보았네.
북으로 돌아감에 조도(鳥道)를 피해야겠고[351]
남으로 올 때는 곤지(鯤池)를 생각했었지.[352]
오동나무에 깃든 봉황에게 말하노라,
"날씨가 차가워지니, 무성한 가지도 조심하여라."[353]

行藏皆我事　　寵辱復誰知
避世初無友　　傳家晚有兒
北歸違鳥道　　南下想鯤池
爲語棲梧鳳　　天寒愼碧枝

---

351 북쪽으로~피해야겠고: 원문의 조도(鳥道)는 새나 다닐 수 있는 위험하고 아슬아슬한
길을 뜻한다. 경남 합천에서 북쪽 한양으로 돌아가는 길에 조령(鳥嶺)을 지나야 하는 상황을
의식하여 표현한 듯 보인다. 험난한 세상사를 피하고 싶다는 속뜻이 담겨 있다.
352 남으로~생각했었지: 『장자(莊子)』, 「소요유(逍遙遊)」에 나오는 곤(鯤)은 거대한 호수에
사는 크기를 가늠할 수 없이 큰 물고기인데, 변화하여 날개를 달면 붕(鵬)이라는 새가 되어
날갯짓 한 번에 구만리를 날아간다고 한다. 한양에서 영남으로 내려올 때는 곤어가 봉새가
되는 듯한 호쾌한 기상이 있었다는 뜻으로 이해된다.
353 오동나무에~조심하여라: 신비한 새인 봉황은 오동나무에 깃들어 산다고 한다. 푸른
오동나무 가지에 깃든 봉황은 귀한 새가 제 자리를 얻었음을 뜻한다. 하지만 겨울이 오면
잎이 시들고 위험이 닥칠 수 있으니 조심하라고 당부하면서, 은연중 정치적으로 복권된 자신의
처지를 겹쳐 표현하고 있다.

가릉(嘉陵)으로 부임하는 아사(亞使)

이계(李㵐)와 사군(使君) 홍성(洪晟)을
보내며 뒤늦게 소급하여 시를 짓다.[354]
김성순(金聖循)[355]이 전에 썼던 운을 사용하였다
追賦送李亞使㵐洪使君晟赴嘉陵 用金聖循前韻

누각에서 가을날 놀이가 성대한데
강 물결이 굽은 난간을 휘돌아 가네.
허공을 뚫고 갈 듯 노랫소리 퍼지고
자리를 스치나니 춤사위 옷자락이 서늘하네.
남쪽 하늘에는 문창성[356]이 초롱초롱하고
동쪽 강물에는 지는 해가 둥그렇구나.
이제 가릉으로 떠나가시면
쓸쓸히 이 한해도 저물어가겠네.

---

354 가릉~짓다: 가릉(嘉陵)은 가릉군(嘉陵郡)으로서 지금의 경기도 가평을 가리키는 듯하다. 아사(亞使) 이계(李㵐: 1725~?)의 아사는 감영(監營)이나 유수부(留守府)에 속한 도사(都事)나 경력(經歷) 등의 직책을 가리키며, 이연은 1762년에 문과에 급제하여 훗날 도승지, 대사헌 등에 오르는 인물이다. 사군(使君) 홍성(洪晟: 1702~1778)은 1723년에 문과에 급제하여 훗날 승지를 역임하고 1772년 기로소로 든 인물이다. 사군은 사또를 가리키는데 1764년경에 가평 군수로 임명된 사실은 확인하지 못하였다.

355 김성순(金聖循): 미상.

356 문창성: 문창성(文昌星)은 문운(文運)을 맡은 하늘의 별자리.

樓閣秋遊盛　　江波帶曲欄
憑空歌板響　　拂席舞衣寒
南紀文星錯　　東流落日團
嘉陵從此去　　蕭瑟歲將闌

마이령(馬伊嶺) _{차운}
馬伊嶺 次韻

자인 현감 정미백(鄭美伯)[357]과 동행하다.
與慈仁宰鄭美伯 同行

북쪽으로 마이령(馬伊嶺)[358]을 오르니
가야산에는 가을 기운이 청명해라.
바람 부는 숲에는 장차 잎이 지려하고
서리 내린 벌판에선 곡식을 걷기 시작하네.
시절의 풍경은 재촉하듯 바뀌는데
사람의 삶에서는 이별이 가볍구나.
구름산이 지금부터는 더 좋을 터
그대와 더불어 동행하게 되었으니.

氣가 望으로 된 데도 있다 氣一作望

北上馬伊嶺　　伽倻秋氣淸
風林將落葉　　霜野始收秔
物色相催急　　人生一別輕
雲山從此好　　與子且同行

---

357 정미백(鄭美伯): 미상.
358 마이령(馬伊嶺): 가야산에서 북상하는 길에 넘어가는 고개인 듯하다.

길을 가다 우연히 읊조리다
路上偶占

세상을 피해 세상을 바로잡으려는 것이
고운(孤雲)이 마음먹은 본래 뜻이었으리.
그 사람은 사라진지 이미 오래인데
지금 나는 어디를 찾아가는 것일까!
깊은 골짜기에는 부는 바람이 세차고
빽빽한 수풀에는 하루 종일 그늘이 졌네.
누군들 낙엽처럼 떨어지지 않겠는가!
길을 따라가다가 슬픈 노래 읊조리네.

避世思扶世　　孤雲本此心
其人死已久　　今我去何尋
峽束來風急　　林森度日陰
誰能不搖落　　緣道有悲吟

그 두 번째 차운
其二 次韻

빈객을 맞이하여 주인으로 삼아주니
이 지역 담당관 되어 선비들을 뽑았네.[359]
여행 중에 형님 뵙기는 쉬웠으나
유람 중에 그대 얻기는 어려웠네.[360]
가야산 수천 봉우리가 빼어나고
합천 대가야가 백 리에 널찍해라.
말 등에서 시 지으며 출발을 서두르는데
읊조려본 후에 시구가 비로소 편안해지네.

延賓爲地主   試士以州官
羈旅資兄易   遊行得子難
千峯象王秀   百里大耶寬
馬上詩催發   吟過字始安

---

359 빈객을~뽑았네: 이 구절로 미루어 당시 정미백이 합천 지역에 파견되어 선비들의 사마
시(司馬試) 업무를 맡았던 듯하지만 확단하기 어렵다.
360 여행~어려웠네: 이 시는 정미백의 시에 차운한 것이므로 여기서의 그대는 정미백을
가리키며, 형님은 합천에 와서 뵙게 된 형님 심상운을 일컫는다.

이연서원(伊淵書院)[361]에서
伊淵書院

'청'자를 얻었다.

得青字

시내 따라 자라난 버드나무를 벨지언정
서원의 곁 푸른 나무는 해치지 마라.
신령스런 영령은 지각이 어둡지 않고
죽어버린 간적(奸賊)은 비린내가 여전하네.
소나무가 드리운 땅을 제대로 얻었고
대나무 빼곡한 문을 여러 개나 달았어라.
천년 동안 의기와 절조가 나란하여
남쪽 하늘 별빛이 지금도 반짝이네.

欲斬緣溪柳	休令傍院青
英靈知不昧	死賊聞猶腥
好得松垂地	多留竹滿扃
千秋並志操	南紀尙瞻星

---

361 이연서원(伊淵書院): 합천에 있었던 서원으로 박소(朴紹: 1493~1534)를 배향한 곳. 박소는
심녕씰의 문인으로서 중종 대의 사림 중 한 사람인데, 김안로 등의 훈구파를 공격하다가
외가가 있는 합천으로 낙향하여 후학을 길렀다 한다.

붉고 하얀 국화꽃
紅白菊

이때에 거리의 서쪽에 우거하였다.[362]

時寓巷西

황색이 중앙임은 만고의 이치라
황색 국화 이 때문에 칭송받았지.
그런데 어찌하여 이 한 방 안에
붉은 국화 하얀 국화가 잇따라 피었나.
자식은 어미를 닮기 마련인데
희고 붉은 꽃이 피었으니 벗이 될 만하네.[363]
본래 같은 뿌리에서 피어났지만
색깔이야 그대로 따를 필요 없겠지.

萬古黃中理   寒花此以稱
如何一室內   紅白兩相仍
子母應傳序   西南可得朋
本來同寄寓   方色未須憑

---

362 이때에~우거하였다: 심익운은 아들 심낙우가 병을 앓거나 혹은 서울에 전염병이 돌면
서대문 부근의 어느 마을[西衢]에 세 들어 살곤 했다. 이 시와 다음 시 〈세 들어 살면서〉에서도
1765년 무렵, 천연두를 피해 서항에 세 들어 산 정황이 보인다.

363 자식은~만하네: 황색 국화꽃 줄기에서 서쪽을 뜻하는 하얀색과 남쪽을 뜻하는 붉은색의
꽃이 다채롭게 피었음을 말한 것이다.

세 들어 살면서
寓居

성안에 사는 은자라고 말할 만하니
세상과의 자취를 끊어내기 딱 좋구나.
집을 빌려 그대와 들창문을 나눠 쓰고
계절은 바뀌어 가을에서 겨울로 가네.
문 앞의 버들가지는 쓸쓸하고 스산한데
처마 닿은 소나무는 푸르고 서늘하네.
친척과 다르다고 따질 것이 뭐 있나
그대가 유독 못난 나를 아껴주시니.

城裡堪稱隱　　人間合絶蹤
借居分戶牖　　交節及秋冬
蕭瑟當門柳　　蒼涼接屋松
何論異親戚　　君獨愛疎慵

그 두 번째
其二

시속의 처방에, '측간에 불 질러라' 크게 외치고 측간에 횃불을 던지면
천연두가 그 집에 침범하지 못한다고 하기에, 나도 따라 시도해보았다.
俗方大呼焚厠, 投火於厠, 痘不犯其家, 余亦試之.

민간의 금기에 측간 태우기 전해오는데
더부살이 집을 얻으니 서대문의 바로 곁.
정말로 재앙을 피할 수 있을까마는
마마가 신령이 된지 오래되었네.[364]
굽은 가지에는 편히 살 새들 없으나
깊은 연못에는 물고기가 살 수 있네.[365]
백년이나 된 집에 의탁하게 되었으니
떠돌이 신세에 감히 사양을 하오리까.

方禁傳焚厠　　僑居得接閭
果然灾可避　　久矣痘能神
曲木無安羽　　溟池有字鱗
百年門戶託　　棲屑敢辭頻

---

364 마마가~ 오래되었네: 마마가 신령스럽다는 것은 호오를 지닌 사람처럼 달래면 좋아하고
위협하면 물러간다는 뜻이다. 역기서는 횃불로 위협했으니 물러가지 않겠는가 하고 생각해
본 것이다.

365 굽은~ 있네: 화살에 상처를 입어본 새는 굽은 나무만 보아도 놀라기 때문에 굽은 가지에
서 편히 살 수가 없지만, 북쪽의 아득한 호수인 북명(北溟)일지라도 곤어(鯤魚)와 같은 거대
한 물고기가 살 수 있다고 한 것이다. 곡목은 자신의 사직 저택을, 명지는 세 든 집을 비유한
것으로 보인다.

그 세 번째
其三

여러 공들과 서쪽 산기슭에 올랐다.
與諸公登西麓

어릴 적부터 와서 놀던 곳이라
서쪽 언덕 오르자니 곳곳이 역력하네.
허씨 집의 우물은 물이 다 말랐고
임씨 댁 정원은 꽃도 없이 텅 비었네.
여염의 집들은 바뀐 곳이 많구나
세월은 날아가듯이 흘러가버렸어라.
동쪽으로 바라보니 우리 집이 저곳,
푸른 소나무가 사당의 문에 붙어있네.

童時遊戲處　　歷歷陟西原
水涸許家井　　花空任叟園
閭閻多改易　　歲月動飛翻
東望吾廬是　　蒼松接廟門

그 네 번째
其四

고서들이 좌로 우로 쌓여 있어서
천 년의 역사를 굽어보고 우러러보네.
적적하게 문은 항상 닫혀 있나니
혼곤히 대낮에도 또한 잠을 잔다네.
기지개 켜자 눈동자가 갑자기 밝아지고
뺨을 괴느라 주먹 하나를 말고 있다네.
유독 남쪽 창문의 햇살이 사랑스러움은
아침햇살 석양빛이 내 앞에 있어서이네.

古書堆左右　　俛仰幾千年
寂寂門常掩　　昏昏晝亦眠
舒身眸乍豁　　拄頰手孤拳
獨愛南窓日　　朝曛在我前

그 다섯 번째
其五

우서(虞書)[366]를 읊은 것이다.

虞書

옛날에는 사람들마다 성현이었기에
그때의 역사가 지금은 경전이 되었네.
없애고 남김은 공자께서 해주셨고
의심스런 곳은 주자께서 깨우치셨네.
비음(非飮) 이전에는 맹세도 없었으나
모궁(茅宮) 이후에는 형벌이 생겨났네.[367]
성대의 음악이 다시 일어나는 듯하니
짐승들도 또한 신령스러울 수 있겠네.[368]

在昔人皆聖	于今史亦經
删從孔氏得	迷許晦翁醒
菲飮前無誓	茅宮後有刑
簫韶如復作	鳥獸也能靈

---

366 우서(虞書): 『서경(書經)』의 편명으로서 〈요전(堯典)〉, 〈순전(舜典)〉, 〈대우모(大禹謨)〉, 〈고요모(皋陶謨)〉, 〈익직(益稷)〉 5편으로 구성되어 있다. 태평성대를 상징하는 요·순·우 시대의 이상적인 정치가 서술되어 있다.

367 비음~생겨났네: 비음(非飮)은 별 볼일 없는 검소한 음식을, 모궁(茅宮)은 띠 풀로 만든 허름한 집을 뜻한다. 요·순·우 임금 시절에는 제왕이라 해도 검소한 음식을 먹고 허름한 집에 살았으나, 정사에 정성을 다하여 이상적인 시대를 만들었다고 한다. 맹세[誓]는 신령이나 타인 앞에서 굳게 약속하는 행위를 말한 것이며, 형벌이 생겨났다는 것은 비로소 인류사에 범죄가 발생했음을 가리킨다.

368 성대이~있겠네: 순(舜)이 소소(簫韶)의 음악을 만들어 연주하자 봉황이 찾아와서 춤을 추었다는 내용이 「우서(虞書)」, 〈익직(益稷)〉에 나온다.

치존(稚存) 송양정(宋養鼎)³⁶⁹의 댁에서
여성(汝成) 유한준(俞漢寯)³⁷⁰과 모여 짓다
稚存宅會汝成作

당나라 사람의 운을 사용하였다.

用唐人韻

서쪽 마을의 북쪽 창문 아래,

유월³⁷¹이라 귀가할 생각도 잊었네.

멋진 우리 집 정원과도 멀지 않은데

그릇된 세상사에 마음 써서 뭐하랴!

소나무 녹나무는 집집마다 좋고

말과 수레는 방문하는 일이 드무네.

매미들 노래 소리를 누운 채 듣노라니

맑은 바람이 저녁노을을 보내주는구나.

---

369 송양정(宋養鼎): 1740~1772. 김이곤(金履坤)의 사위. 『백일시집』에는 심익운이 김이곤과
교유한 여러 편의 시가 확인된다. 송양정은 본관이 은진(恩津)으로 증조부가 송상기(宋相琦)
이다. 1771년에 문과에 급제하였다.

370 유한준(俞漢寯): 1732~1811. 심익운보다 두 살 위로 심익운의 형인 심상운과 동갑이다.
『백일문집』에 실린 〈유한준의 문집 서문(俞汝成文集序)〉을 보면, 유한준은 사직의 북쪽이자
북악산 아래쪽에 거주하며 자신의 형제와 친분을 나누었다고 하였다. 심익운의 문집에는
그와의 교유를 확인해 주는 자료가 적지 않으나 현전하는 유한준의 문집에는 심익운에 대한
대부분의 정보가 말소되어 있다.

371 유월: 음력 6월이라 날씨가 선선해져서 모임이 아주 좋다는 뜻이다.

西家北窓下　　六月可忘歸
不隔吾園勝　　焉知世路非
松楠比屋好　　車馬及門稀
臥聽群蟬響　　清風送夕暉[372]

남쪽지방으로 가며 읊조리다
南行口號

새벽에 성곽 남쪽 길을 나서는데
북녘 바람에 가을 기러기가 우누나.
이내 신세 세상에 버림받을 만하니
명예를 높이고자 떠나는 것 아니라네.[373]
처자에 대한 걱정은 별로 많지 않으나
군신의 의리를 어찌 피할 수 있으랴?
임금 계신 궁궐이 멀어지면 멀어질수록
낮이고 밤이고 돌아가는 꿈이 바빠질 테지.

曉出郭南路　　北風秋雁號
身應從世棄　　去不爲名高
妻子憂猶少　　君臣義敢逃
五雲京闕遠　　日夕夢歸勞

---

373 이내~아니라네: 심익운은 전년인 1764년에 이어 다음 해인 1765년에도 형님이 합천
현감으로 있는 영남을 다녀왔다.

마음을 달래며³⁷⁴
慰懷

나무 장기짝 서른두 알,

위태로운 상황을 잘도 면하네.³⁷⁵

다만 어미의 생사만을 물을 뿐

이 아비의 슬픈 마음을 어이 알랴.

눈앞에 너들 두고 한바탕 웃어보지만

내 죽은 뒤엔 자손이 번성키를 바라노라.

네 걱정에 글을 다듬기 어려우니

이제부터는 시도 줄여 나가리라.

木棊三十二　　累致不傾危

但道母生死　　焉知爺喜悲

眼前一時笑　　身後萬孫期

念汝難雕刻　　從今少作詩

---

374 마음을 달래며: 작품을 지은 동기와 정황이 모호하다. 다만 내용을 통해, 1766년에 아내를 잃은 상황에서 1763년에 낳은 아들 심낙우를 보살피다가 지은 시로 추정된다. 아들을 향한 축원이 담겨 있다.

375 나무~면하네: 장기는 상희(象戲)라고도 일컬어졌던 놀이로 한 편당 16개, 두 편이 합 32개의 장기 알을 사용한다. 원문의 경위(傾危)는 나라가 위태롭거나 기울어짐을 뜻한다. 장기 놀이에서 상대편의 왕을 잡으면 이기게 되는 상황을 표현한 것이다.

송양정, 유한준과 함께 지어
침랑(寢郎)인 이구영(李耉永)에게 주다[376] 차운
與稚存汝成同賦 寄國之寢郎 次韻

생원은 진사와 같은 등급인데
첫 벼슬로는 능관(陵官)을 높이 치네.
번을 드는 일은 삼 일마다 바뀌고
귀가해서는 한 달에 반이 한가롭네.
듣자니 그대가 이 직분을 맡아
말을 타고 추위에 길을 나선다지.
머리 하얀 식당의 늙은이도
이제는 알겠지, 침랑 뽑기 어렵다는 걸.[377]

生員如進士　　初仕重陵官
番戶三朝遞　　歸家半月閑
聞君趨職事　　騎馬出風寒
頭白食堂老　　方知郎選難

---

376 송양정~주다: 송양정과 유한준은 앞에 나옴. 국지(國之) 이구영(李耉永: 1736~1787)은
이윤영과 같은 집안의 인물이자 김상숙(金相肅)의 사위이다. 서울에 거주했으며 후에 공조
정랑과 마전 군수 등을 역임하게 되나, 현재 시점에서는 침랑(寢郎), 즉 종묘(宗廟)나 능침(陵
寢)의 참봉(參奉)으로 근무하는 중인 듯하다.

377 머리~걸: 짐작건대 이구영이 성균관 유생으로 있다가 생원시에 합격하여 침낭(寢郎)에
인선된 듯하다. 머리 하얀 늙은이는 성균관의 식당에서 일하는 노비 신분의 노인일 듯하다.
원문의 낭선(郎選)은 본래 육조(六曹)의 낭관(郎官)을 뽑는 일을 가리키는데 여기서는 침낭
(寢郎)을 농담 삼아 비유한 듯하다.

대옹(岱翁)이 묵성자(默成子)와 함께

연봉(蓮峰)을 유람하였는데 운암(雲巖)[378]이 특히 빼어나므로
그곳에 집을 지어 살자며 시를 지어 약속을 삼았다.
나 또한 여기에 차운하였다[379]

岱翁與默成子, 遊蓮峰, 雲巖殊奇絶, 謀欲置屋, 詩以證之,
余亦次韻.

들자 하니 삼청(三淸)[380]의 구비구비에
삼나무 계곡 하나가 깊이 숨어 있다네.
옛날에는 하늘에 제사 지내던 곳이요
지금은 운암이 그 자리에 서 있다네.
묵성자는 가슴속에 옛 기풍 많으신데
대옹은 그 모습이 평범한 듯 보이네.
그곳에 띠풀 집을 꼭 지어야 하나요?
저는 벌써 온갖 근심이 사라졌는데.

---

378 운암(雲巖): 충북 단양 사인암(舍人巖) 일대의 수려한 계곡. 앞의 연봉(蓮峰)은 단양의
도담삼봉(嶋潭三峰)을 가리키는 듯하다.

379 차운하였다: 심익운은 칠언고시 〈운암에서 지은 긴 시에 차운하여[雲巖長句次韻]〉를
짓기도 하였다. 여기서 대옹은 심익운이 매우 따랐던 노인 민창후(閔昌厚)로 짐작되며, 묵성
자는 앞의 칠언고시에도 등장하는 이언묵(李彦默: ?~1771)이 아닌가 한다.

380 삼청(三淸): 옥황상제가 거주한다는 천상의 신선계를 뜻하는 말로 운암의 수려함을 비유
한 것이다.

聞說三清曲　　深藏一壑杉
昔時祭天處　　是日得雲巖
靜者心多古　　先生貌若凡
茅廬何必有　　萬慮此焉芟

묵성자(默成子)[381]의 삼품설(三品說)을
부연하여 차운하다
次韻廣默成子三品說

얼굴 정도만 아는 사귐
面交

예로부터 흔하디 흔한 사귐으로
소육과 주박의 면교(面交)를 든다네.[382]
염량(炎涼)한 세상에는 변덕스런 기후가 많고
불길한 일 앞에선 점괘 따라 서로가 다투지.
이익을 챙길 때는 조정과 저자를 가리지 않고
함께 잘나갈 때는 지역도 출신도 따지지 않네.
임공(任公)에게는 오래된 손님이 있어서
뼈가 담긴 글로서 세태를 꾸짖었다네.[383]

---

381 묵성자(默成子): 앞에 나옴.

382 소육과~든다네: 전한 시대에 소육(蕭育)과 주박(朱博)은 절친한 사이로서 서로가 서로를 추천하여 높은 벼슬에 올랐다고 한다. 하지만 훗날에 서로 틈이 갈리자 서로를 원수로 삼기에 이르렀다고 한다.

383 임공~꾸짖었다네: 남북조 시대의 임방(任昉)은 많은 빈객(賓客)을 두었던 인물인데 그가 죽은 뒤에는 떠돌아다니는 그의 아들을 돌보아주는 사람이 없었다. 이에 식객 중 한 사람이 있던 유준(劉峻)이 〈광질교론(廣絶交論)〉을 지어 평소 임방과 친하게 지냈던 사람들 그리고 세상의 가벼운 벗 사귐을 비판했다고 한다. 〈광절교론(廣絶交論)〉은 이전의 주목(朱穆)이 지은 절교론(絶交論)을 확대하여 쓴 글이라는 뜻이다.

今古滔滔者　　蕭朱是面交
炎凉多變候　　凶咎各爭爻
罔利無朝市　　同亨匪野郊
任公有舊客　　著論托深嘲

마음이 통하는 사귐
心交

옛날 현인에게도 보기 어려운 사귐으로
관중(管仲)과 포숙(鮑叔)의 심교(心交)를 치네.[384]
아버지는 다르지만 친하기가 형제 같았고
점을 치지 않았어도 믿음이 괘효(卦爻)처럼 맞았네.
천하를 한번 바르게 해서 주(周) 문명을 지켜냈고[385]
세 번 목욕하여 제나라의 교외에서 맞이했었네.[386]
그분들 덕에 문명을 누릴 수 있으니
멋모르는 조무래기들아 비웃지 마라.

昔賢難可見	管鮑乃心交
不父親兄弟	非占信卦爻
一匡屛周國	三釁逆齊郊
爾德吾能享	兒童莫浪嘲

---

384 관중~치네: 관포지교(管鮑之交)를 말한다. 포숙아(鮑叔牙)는 가난한 관중(管仲)이 위기에 처할 때마다 그를 변론해주었고, 나중에는 그를 추천하여 제나라 환공(桓公)이 춘추시대 최초의 패자(霸者)가 되도록 하였다.

385 천하를~지켜냈고: 『논어』에서 공자가 말하기를 '관중이 아니었다면 우리는 지금 오랑캐와 같은 옷을 입었을 것'이라고 하여 관중의 덕을 예찬한 대목이 있다. 공자는 관중이 이적을 방어하여 중국 문명의 맥을 보존하게 되었다고 본 것이다.

386 세 번~맞이했었네: 포숙아가 관중을 제나라 환공에게 추천하면서 예우를 갖추어달라고 청하자, 환공이 세 번 목욕한 다음에 교외에 나가 관중을 맞이했다는 고사가 있다.

영혼이 통하는 사귐
神交

마음도 한가지요 좋아함도 한가지인 사귐으로
금경(禽慶)과 상장(尙長)[387]의 신교(神交)를 치네.
함괘(咸卦)와 항괘(恒卦)[388]의 뜻을 항상 지키고
손괘(損卦) 익괘(益卦)[389]의 효사(爻辭)를 깊이 알았네.
원거(爰居) 새처럼 어찌 잔치를 받고자 하며[390]
소·돼지 새끼로 어찌 교사(郊祀)를 치르리요?[391]
손을 잡고 오악(五嶽) 명산의 밖에서 노니나니
속된 세상 사람들이 어이 조롱할 수나 있겠는가!

---

387 금경(禽慶)과 상장(尙長): 후한(後漢)의 은자인 금경과 상장을 말한다. 상장은 학식이
매우 높은 인물이었으나 자식들을 결혼시킨 후에 북해(北海)의 친구인 금경과 함께 오악(五
嶽) 등 중국의 명산을 두루 구경하면서 여생을 마쳤다고 한다.

388 함괘(咸卦)와 항괘(恒卦): 함괘의 괘상(卦象)은 음양(陰陽)이 서로 교감하여 잘 어울리는
상이고, 항괘(恒卦)의 괘상은 강유(剛柔)가 질서 정연하여 영원불변하는 상이라 한다. 음과
양, 굳셈과 부드러움이 서로를 보완하듯 서로가 조화로운 관계를 뜻한다.

389 손괘(損卦) 익괘(益卦): 두 개의 효사는 흥망성쇠가 고정된 것이 아니라 순환함을 나타
낸다. 『주역』 64괘 중에서 익괘(益卦)가 손괘(損卦)의 바로 다음에 위치함으로써 '손(損)'이
극에 이르면 익(益)이 뒤따라 나온다'는 뜻을 포함하고 있다. 세상살이의 변화를 잘 알아서
대처한다는 의미이다.

390 원거(爰居)~하며: 여기서의 계거(鷄鷗)는 원거(爰居)라는 바다 새를 가리킨다. 『장
자』에 '원거(爰居) 새가 노(魯)나라의 동문(東門) 밖에 날아와 앉자 사람들이 그 새를 길조로
알고 종묘에서 모셔다가 온갖 잔치를 다 올렸으나 원거 새가 어찌할 줄 모르고 근심하다고
굶어 죽었다는 고사가 있다. 자신에게 어울리지 않는 과한 대접이 오히려 해가 될 수 있음을
말한 것이다.

391 소·돼지~치르리요: 교사(郊祀)는 나라가 주관하여 들판에서 지내는 큰 제사인데 이때의
희생(犧牲)으로는 백마나 암소 등의 귀한 동물을 쓴다. 돼지새끼처럼 하찮은 동물로서는
교사를 감당할 수 없듯이, 작은 재주를 가지고 큰 소임을 맡았다가는 오히려 해가 될 수
있다는 뜻이다.

同心復同好　　禽尙卽神交
不廢咸恒義　　深知損益爻
鷄鵃安事饗　　狁犢詎希郊
携手五嶽外　　世人那得嘲

칠석날에 쓴 시 두 수
七夕 二首

대옹(岱翁)[392]의 시에 차운하여
次岱翁

하필이면 오늘이 다시 칠석날이요
이른 가을까지 맞았으니 어떠신가요?[393]
하늘의 은하수는 영원히 그대로인데
함께 한 그 세월이 머문 직 있었나요?
뵙지를 못하다 마침내 서로 만났는데
시름이 없어졌다 다시 시름이 생기네요.
읊어주시는 당신의 시 한 수에
내 두 눈은 눈물이 줄줄 흐르는구려.

何必復玆夕　　其如當早秋
天河長自在　　歲月豈曾留
不見終相見　　無愁且有愁
得君詩一詠　　令我涕雙流

---

392 대옹(岱翁): 미상. 민창후(閔昌厚)로 짐작된다.

393 하필이면~어떠신가요: 칠석은 하늘의 은하수에서 견우와 직녀가 1년 만에 한 번 만났다가 다시 헤어지는 날이다. 심익운이 가을날의 상심까지 환기되는 이 칠석에 대옹을 만났다가 다시 이별하게 된 정황을 표현한 것이라 보인다.

묵성자(默成子)의 시에 차운하여
次黙成

은하수는 본래가 하얀빛이니
반짝이는 저곳이 은하수가 아닐까요?
견우는 마침내 어떻게 건널 수 있었을까요?
까치들은 제절로 받쳐줄 데도 없었는데.
알고 있죠, 하늘에는 하소연하기가 어려움을,
어찌 알리요, 은하수에 빌어볼 수 있을지를![394]
부질없이 이별의 눈물만을 남겨두어
가을마다 사람의 옷깃을 적시게 하는구려.

河漢由來白　　輝光似也非
牽牛竟何用　　飛鵲自無依
已判天難問　　焉知星可祈
空留離別淚　　秋至濕人衣

---

394 알고~있을지를: 하늘에 하소연하여 서로 만나게 해 달라 청하기는 어렵지만, 혹 은하수에
빌면 일 년에 한 번이라도 만날 수 있을까 기대하는 심정을 표현한 것이다.

묵성자의 시에 차운하여 대악 어른께 보이다
次黙成韻 示岱翁

처음 알게 된 북쪽 거리 집에서나
전에 묵었던 성 서쪽의 누대에서나
간 곳마다 주인·손님의 처지 잊고서
오직 어른만이 마음대로 오고 갔지요.
칠석날 은하수엔 견우성과 직녀성이 만났고
가을날 초승달은 돌 연못에 비쳤었지요.
허둥댄 세월 길었다고 탄식하지 마세요,
함께 했던 일 모두가 성말로 그윽했으니.

新知巷北宅　　舊宿城西樓
所至忘賓主　　惟君任去留
雙星銀浦夕　　初月石池秋
莫歎棲棲久　　眞成事事幽

봉록(鳳麓)과 대악 어른이

내가 세 들어 사는 집에 모여
나의 벗 김일원(金一元)[395]의 시에 차운하였다.
일원도 그 자리에 있었다

鳳麓岱翁會于寓舍, 次金友一元韻, 一元亦在坐.

금경과 상장의 교우를 어찌 쉬 말하리오?
백아와 종자기의 교유도 거문고에 있지 않았네.[396]
세상을 벗어난 사귐은 일찌감치 알고 있었지만
눈앞에서 그 벗을 찾을 수 있을 줄은 몰랐었지요.
산속의 어르신은 뵌 지가 오래되었고
시냇가의 어른은 사신 곳이 그윽하다네.
그대와 꽃나무 아래서 술 마시며
둘이 남아 가을 구름을 마주하고 있네.

禽尙那論易　　牙期不在琴
早知象外友　　難向眼前尋
山叟來時遠　　溪翁坐處深
與君花下酌　　留與對秋陰

---

395 김일원(金一元): 미상. 일원은 그의 자(字)로 보인다.

396 금경과~않았네: 금경(禽慶)과 상장(尙長)은 마음과 기호가 같았던 신교(神交)의 사귐을
말한 것이며, 백아(伯牙)와 종자기(鍾子期)의 교유도 거문고를 매개로 했으되 그 이전에 마음과
마음이 통하는 사귐이었다고 말한 것이다.

묵성재(默成齋)[397]에서의 밤 모임
黙成齋夜集

우환어린 세상에 살아갈 날 얼마랴만
어울려 따르나니 마음이 느긋해지네.
도성의 분주한 거리로 따라 와서는
이경(二更)[398]의 저녁부터 앉아있는데,
주갈(酒渴) 들면 술 내오라 소리를 치고
시 지으면 종이에 옮기기도 귀찮아지네.
장생(蔣生)이 갔던 길[399]을 놓치지 않고
양웅(揚雄)이 살던 곳[400]을 다시 찾게 되었네.

憂患身無幾　　追隨意有餘

來從九陌裡　　坐自二更初

酒渴嗔難得　　詩成疲屢書

不迷蔣生逕　　重過子雲居

---

397 묵성재(默成齋): 묵성자(默成子)의 서재. 묵성자는 이언묵(李彦默)으로 추정된다.
김이곤의 『봉록집(鳳麓集)』에서도 교유가 확인되는 인물이다.

398 이경(二更): 밤 9~11시.

399 장생~길: 후한 시대의 장후(蔣詡)는 집 앞의 대나무 아래로 세 갈래 길을 만들어 놓고
오직 친구 몇 명만 사귀었다고 한다. 후한의 애제(哀帝)가 불러 곤주의 자사(刺史)를 맡았으나
왕망(王莽) 정권이 들어서자 곧 벼슬을 버리고 고향으로 돌아갔다고 한다.

400 양웅~곳: 후한 시대의 양웅은 자가 자운(子雲)인데, 오직 학문만을 좋아하였던 까닭에
집안에는 책만 가득하고 좋아했던 술도 제대로 갖추어두지 못했다고 한다. 여기서는 묵성자의
집을 가리킨다.

五言絶句

雨後社壇作

深松影亂石古泉聲砕松泉兩無心但使來者爲

杏湖

칠언율시 七言律詩

江村三日雨秋水復幾許入如白鷗立牛似黃狗去

又

舡重水力急不能安所舍齋聲汲碗去更向淺渚下

심공유(沈公猷)[401]가 숙직을 서는 곳에서 원계손(元繼孫)[402] · 심염조(沈念祖)[403] 등 여러 사람들과 함께 짓다

沈士遠直盧 同元子承沈伯修諸人作

봉록(鳳麓)[404]도 그 자리에 계셨다

鳳麓亦在坐

쌀쌀한 뜰, 말에서 내리니 서리들도 드문데
궁궐 서쪽 가장자리라 새 몇 마리만 나는구나.
궁궐에 해가 지니 푸른 이내가 쫙 깔리고
삼청동(三淸洞) 돌아보니 하얀 구름이 돌아가네.
고인(高人)은 동구 밖에 나와 한 해 저묾에 놀라건만
재자(才子)들은 누대에 올라 저무는 노을에 감탄하네.
대궐 곁에 살면서도 큰 은자(隱者)[405] 되셨으니
당신이 벼슬에 연연하는 사람 아님을 알겠구나.

---

401 심공유(沈公猷): 1724~?. 본관은 청송이며, 사원(士遠)은 그의 자. 1747년에 진사시에 급제한 사실 및 1776년 예천 군수, 1777년 광주(光州) 목사 등의 경력이 확인된다.

402 원계손(元繼孫): 1733~1772. 본관은 원주(原州), 자는 자승(子承), 호는 환범재(換凡齋). 판돈녕부사(判敦寧府事) 원경하(元景夏)의 아들이자 형은 우의정을 역임한 원인손(元仁孫)이다. 1756년에 진사(進士)에 급제 한 후에 현감 등을 역임했다.

403 심염조(沈念祖): 1734~1783. 본관은 청송이며, 자는 백수(伯修), 호는 함재(涵齋). 심공헌(沈公獻)의 아들이다. 1756년에 진사시에 합격했고, 1776년에 문과에 급제했다.

404 봉록(鳳麓): 김이곤(金履坤).

405 은자(隱者): 여기에서는 경복궁 서쪽의 인왕산 자락에서 거주하고 있는 김이곤(金履坤)을 가리키는 듯하다.

寒庭下馬吏人稀　　禁苑西邊數鳥飛
雙闕晚看青靄合　　三清回望白雲歸
高人出洞驚殘歲　　才子登樓歎落暉
爲傍金門成大隱　　知君非是戀朝衣

내가 오래전부터 강호(江湖)에 살고 싶은

마음이 있었으나 끝내 세상일 탓에 뜻을 빼앗긴 채 올해로
스물다섯이 되었다. 대악(岱岳) 노인[406]이 나의 이런 마음을 알고 매번
나를 위해 산에 사는 즐거움을 말해주시어 나로 하여금 품은 뜻을
잊을 수가 없게 하였다. 이에 이 시를 짓는다

僕久有江湖之想, 遂爲人事所奪, 今年半五十矣. 岱岳老
人知余此意, 每爲余言山居之樂, 使余不能忘于懷也, 乃
作此篇.

지난밤 가을바람이 작은 누각에 불어와
뜰의 오동나무 낙엽 지고 비가 막 개었네.
여러 선비 와서 앉아 푸른 산봉우리를 보는데
멀리서 온 손님[407]은 누대 올라 흰 머리를 슬퍼하네.
어원(御苑) 밖 옅은 구름은 저자로 이어져 있고
성곽 따라 지는 햇살은 언덕 숲에 가득하구나.
이상도 해라, 밤들어 창가에서 잠이 들면
꿈결마다 맑은 강 배 위에 내가 있으니.

昨夜秋風入小樓　　庭梧葉落雨初收
群公來坐看靑嶂　　遠客登臨悲白頭
苑外輕雲連市陌　　城邊落日滿林丘
夜來頗怪窓間夢　　夢在淸江江上舟

---

406 대악(岱岳) 노인: 미상. 민창후(閔昌厚)로 짐작된다.
407 멀리서~손님: 민창후는 강화도에 거주하면서 심익운의 사직 저택을 왕래했다고 한다.

빗속에서 생각나는 대로 쓴 시 두 수
雨中漫成 二首

빈 뜨락 흐르는 물이 시든 이끼 적시는데
궂은비는 계속되다 저녁 들어 쏟아붓네.
잡초는 너풀너풀 여름 지나도 남아있고
외로운 꽃은 고요히 가을 들어 피어나네.
까치들 처마에 깃들어 무엇보다 어여쁜데
아이가 손님 온다 알려주니 더더욱 기쁘구나.
대문 앞의 거마 탄 사람에게 이르노니
진흙탕길이 뒤범벅이라 탓하질 마오.

空園流水浸殘苔　　苦雨連陰晚更催
惡草支離經夏在　　孤花寂寞入秋開
獨憐烏鵲依人宿　　更喜兒童報客來
寄語門前車馬者　　泥塗分半莫相猜

352

이끼에 지는 가을비 소리를 드러누워 듣는데
밤이 되자 빗방울 소리가 근심을 재촉하누나.
만상이 어둑어둑, 날 저물었음을 알겠지만
그리운 마음 또렷또렷, 누굴 향해 펼쳐지나?
솔숲에서 세찬 눈발이 일어나는 듯하다가
다시금 대숲에서 폭포가 흐르는 듯하네.
귓가에 다가들 와서 온갖 감회 자아내니
꿈결의 넋도 어지러워 더욱 마음 쓰이누나.

臥聞秋雨落庭苔　　入夜淋浪愁共催
萬象沈沈知已晦　　孤懷耿耿向誰開
乍疑急雪松間起　　却訝飛泉竹裡來
總向耳邊成百感　　夢魂撩亂轉生猜

지산(芝山)으로 영영 돌아가고자
예조판서 김공(金公)을 이별하며
大歸芝山 留別金禮部

오늘 아침 이별에 슬퍼하지 마세요
아득한 세상사는 본래 알 수 없으니.
제 마음은 임금께 보답하리라 했건만
다시금 지적 받고 태평시대와 이별하오.
조정의 크나큰 일은 공께서 아직 계시고
촌부의 깊은 근심일랑 제가 스스로 알 일.
말을 세워두고 시 지으니 시가 너욱 쓰라린데
저녁 바람이 비를 몰아 서지(西池)[408]를 지나네요.

今朝離別莫傷悲　世事悠悠本不期
自擬寸心酬聖主　還將一指謝明時
朝廷事大公猶在　畎畝憂深我自知
立馬題詩詩更苦　晚風吹雨過西池

---

408 서지(西池): 이 시는 1760년을 전후하여 서울의 사직 저택을 버리고 파주의 지산으로
물러날 때, 자신을 후원해왔던 인척인 예조판서 김상복(金相福)에게 바친 것이다. 서지(西池)
는 서대문 바깥의 공원으로 연꽃이 유명했던 곳이다.

석천(石川)에서 짓다
石川作

도성문 한번 나서자 온갖 걱정이 들썩이는데
묻노니, 너는 세상에서 무엇을 구하자는 건가?
도(道)는 벗에게 있으니 궁한 뒤에야 드러나고
마음은 군친(君親)께 맺혀 죽어도 그치지 않으리.
안개 황량한 옛집에서 늠름한 나무가 늙어가고
밤비 내리는 산속에서 자줏빛 지초가 가을일세.[409]
유독 어여뻐라, 울타리 바깥의 저 시냇물이
만 번을 꺾여도 끝내 바다로 흘러듦이여![410]

一出都門翻百憂　　問渠於世更何求
道存朋友窮方見　　念結君親死未休
故宅荒煙喬木老　　空山夜雨紫芝秋
獨憐籬外潺湲水　　萬折終應入海流

---

409 황량한~가을일세: 사직 저택에서 자라는 오래된 소나무와 선산이 있는 지산에서 자라는
영지를 소재로 삼고 있다. 소나무는 추위를 견디는 늠름함을, 영지는 은거하는 사람의 지조를
상징한다.

410 유독~흘러듦이여: 제자인 자공이 스승인 공자에게 '물을 보면 무엇을 배울 수 있느냐고
여쭌 대목이 『순자(荀子)』에 나온다. 공자는 이에 '시냇물은 만 번을 굽이쳐 흘러도 반드시
동쪽으로 가나니 이는 의지가 있는 것과 같다(其萬折也必東 似志)'고 답하였다. 심익운은 공자가
말한 시냇물을 석천(石川)에 의탁하여 임금을 향한 충심을 은유한 것 같다.

입춘일에 운호(雲湖)[411]로 돌아가며
큰 형님께서 새로 지으신 시에 차운하다
立春日歸雲湖 奉次伯氏新作

호수에 봄이 오니 떠났던 자식이 돌아오고
호수에 눈 내리자 기러기 짝지어 날아가네.
이제 보니, 기러기는 시절 변화를 잘 알건만
되레 이상타, 인간들은 옳다 그르다 시끌시끌.
지난번 떠날 제는 골육의 정이 사무쳤는데
지금 돌아가면 부모님 뵐 수 있어 다행이네.
나그네 마음은 봄풀처럼 생기가 솟아
초가집 처마 비치는 햇살이 보기 좋구려.[412]

湖上春隨遊子歸   湖邊雪落雁雙飛
卽看禽鳥知時節   却怪人生有是非
昔去每愁懷骨肉   今來且喜慰庭闈
客心春草同生意   愛向茅簷看日暉[413]

---

411 운호(雲湖): 미상.

412 나그네~좋구려: 이 구절은 당나라 시인인 맹교의 〈유자음(遊子吟)〉을 점화한 것이다.
이 시의 끝 구절은 '한 치의 풀과 같은 자식의 마음으로는, 봄날 햇볕 같은 어머님 사랑을
갚기 어렵다[難將寸草心, 報得三春暉]'는 내용으로 되어 있다.

413 규장각본에는 輝로 충북대본에는 暉로 되어 있다.

섣달 그믐날 밤 _{차운}
除夕 次韻

지난날들 슬프고 다가올 날도 가련한데
섣달 밤 타향에서 등 하나만 걸려 있네.
마음에 예악이 있으나 천고에 부질없고
발길이 산천을 돌았으나 십년이 가버렸네.
바다 위의 신선들도 백골 된 이가 많고
도성 안의 고관들도 장수한 자 거의 없네.
차라리 푸른 담쟁이 아래로 돌아가
형과 아우 김매며 논밭이나 일굴까나.⁴¹⁴

去日堪悲來日憐　　他鄕今夜一燈懸
心存禮樂空千古　　跡遍湖山已十年
海上神仙多白骨　　洛中卿相少華顚
不如歸去碧蘿下　　弟耨兄耘共薄田

---

414 차라리~일굴까나: 원문의 벽라(碧蘿)는 은자가 숨어사는 사는 곳을 뜻한다. 이 시 역시
심상운, 심익운 형제가 정치적으로 곤경에 처한 1760년 전후의 상황을 반영하고 있다.

회포를 풀어내며 _{차운}
遣懷 次韻

강기슭 풀이 돋아 봄기운이 꿈틀대니
파릇파릇 고향 생각도 샘솟듯 일어나네.
대숲에서는 어떤 이가 황산 향해 떠나고
호수 속엔 하늘이 태양 아래 그늘져있네.
북궐의 임금 그리워 두 줄기 눈물 흘리며
남방의 객이 되어 온갖 근심 시름겹구나.
멀리서도 아른아른, 인달방(仁達坊)⁴¹⁵ 서쪽 우리 집
처마와 나란한 교목들이 절로 무성해졌겠네.

江岸草生春不禁　　靑靑似起故園心
竹林人向黃山去　　鏡水天低白日陰
北闕戀君雙淚盡　　南方爲客百憂深
遙憐仁達坊西宅　　喬木連檐自作林

---

415 인달방(仁達坊): 사직(社稷)이 속한 한성부의 서쪽 지역인데 심익운의 저택이 있던 곳이다.
심익운에게 이 집은 늠름한 교목들이 자라는 곳으로 회상되곤 한다.

행호(杏湖) 가에 세 들어 살며
송이정(宋頤鼎)[416]이 보내온 시에 차운하다
杏湖僑居 次稚養寄示韻

날마다 강가 나가 하루 종일 보내며
강변 초가집엔 울타리도 안 만들었소.
앞 물결은 뒷 물결과 끝내 합쳐 흐르는데
오고 가는 배들은 빠르기 비교해 무엇하리.
자고로 형체 있으면 매인 데가 있다는데
지금 나는 기쁜 일도 슬플 일도 없구려.
추위 속 매화 하나가 차츰차츰 꽃을 피워
숨어 사는 나와 함께 세밑을 보내자 하오.

日日臨江十二時　　江邊茅屋不爲籬
前波後水終須合　　去棹來帆莫較遲
自古有形皆有累　　秪今無樂又無悲
寒梅一樹垂垂發　　留與幽人歲暮期

---

416 송이정(宋頤鼎): 심익운과 친분을 나눈 동년배의 인물로서, 심익운이 쫓기듯 물러난
지산까지 방문한 적이 있다. 『백일문집』에 〈제송치양문(祭宋稚養文)〉(1762년 7월)이 실려 있다.

운화(雲華)[417]에서 대악 어른께 드리다
於雲華 贈岱隱

호숫가에서 만나 뵈니 어느덧 다시 가을
지난날 겪은 일이 반나마 아마득하네요.
눈 나빠진 저로서는, 심안(心眼)으로 보려 하는데
이가 빠진 어른께서는, 혀가 부드럽길 바라는군요.[418]
해는 동녘 맡에서 솟아 하늘가로 사라지고
물은 서쪽 끝을 향하다 바다로 흐르는데,
어쩌다 이 하늘 아래 나그네 되고 말았으니
즐겁다 시름겹다 따져 말해 무엇하리오.

湖上相逢又一秋　　向來人事半悠悠
目盲我欲存心視　　齒缺君當慕舌柔
日出東隅天際沒　　水從西極海中流
偶然爲客乾坤內　　何用紛紛樂且憂

---

417 운화(雲華): 미상. 행호 부근으로 추정되나 확단할 수 없다. 친분이 깊었던 대악 민창후(閔昌厚: 1684~1765)와 만났다가 헤어진 상황에서 지은 것으로 보인다.

418 눈~바라는군요: 심익운은 1760년 전후의 정치적 곤경에 처하여 시력이 매우 상했던 듯하다. 이에 비해 대악 노인은 치아가 빠져서 혀가 부드러웠다는 것인데, 이는 한유(韓愈)의 시에 나온 구절, "치아가 빠진 뒤로는, 부드러운 혀를 좋아하게 되었네[自從齒牙缺, 始慕舌爲柔]"를 점화한 것이다.

360

즉흥적으로 짓다
卽事

성에 가득 꽃이 피고 성에 가득 봄기운인데
매일매일 봄바람 불어 사람을 미치게 하네.
봄빛 어린 동문 너머로 먼 길은 가물가물하고
향내 나는 도성 길에서는 가벼운 먼지 달라붙네.
평자(平子)[419]의 늦은 귀향을 나는 싫어했고
한강(韓康)[420]의 저자 출입을 괴이타 여겼는데,
아득히 그리워지네, 서쪽 교외 산자락의 우리 집
바위는 불붙고[421] 시내는 푸르러 좋은 시절이 한창이리.

滿城花柳滿城春　　日日東風惱殺人
色映靑門迷遠道　　香飄紫陌逐輕塵
尙嫌平子歸田晩　　却怪韓康入市頻
遙憶西郊山下宅　　巖紅溪綠弄芳辰

---

419 평자(平子): 후한 시대 장형(張衡)의 자(字). 그가 지은 〈귀전부(歸田賦)〉가 유명한데 심익운은 그의 귀향이 늦었다고 본 것이다.
420 한강(韓康): 후한의 인물로, 30년 동안이나 장안(長安)의 저잣거리에서 약을 팔며 숨어 살았는데, 어느 날 이름이 알려지자 패릉(覇陵)의 산속으로 숨어서 조정의 부름을 받지 않았 다고 한다.
421 불붙고: 바위에 진달래꽃 등이 붉게 피어 있다는 뜻이다.

자연상공(自然相公)[422]이 지으신
'궁궐에서 매미를 읊다'의 시에
삼가 화답하여
奉和自然相公禁苑詠蟬之作

가을날 대궐에서 매미 울음소리 듣자 하니
높은 버들 성긴 오동이 한 빛으로 이어졌네.
묻노라, 숲속에서 밤이슬 마시며 사는 삶이
어떠한가, 궁원(宮苑)의 하늘 향해 노래하는 그것과.[423]
붕새의 뒤에서는 낮게 날며 뒤처지고
참새 앞에 있다 보면 위태로움이 잇따르네.
상국(相國)의 맑은 시는 조심하라는 뜻 겸했으니
다른 사객(詞客)들의 말 놀림과 어찌 같다 하리오.

이에 앞서 주상께서 통신사[424] 일행을 부르시고, 제술관과 서기에게 명
하여 '선(禪)'자 운으로 매미 시를 지어 바치라 하셨다. 先此, 上引見通信
士一行, 命製述官書記, 用蟬字韻, 各賦蟬詩以進.

---

422 자연상공(自然相公) 당시의 우의정인 김상복(金相福)은 호가 자연(自然)일 뿐만 아니라
자신의 저택에 자연합(自然閤)이라는 별도의 방을 두었다.
423 묻노라~그것과: 매미에게, 산속에서 사는 것과 궁궐에서 사는 것이 서로 어떠하냐고
비교해서 묻는 표현이다.
424 통신사: 일본으로 파견하는 사신을 가리키는데, 여기서는 1763년의 계미(癸未) 통신사를
뜻한다.

禁城秋日聽鳴蟬　　高柳疎梧一色連
借問林中餐夜露　　何如苑裡噪晴天
卑飛久落大鵬後　　危事相隨黃雀前
相國淸詩兼愼戒　　寧同詞客但翩翩

눈이 어두침침해진데다 다시금 귀까지 먹어
不特目暗 兼復耳聾

작년부터 이미 오른쪽 눈이 멀었는데
요사이 들어 왼쪽 귀도 잘 안 들리네.
꽃가지에 부연 안개가 긴 듯해도 원망 못하고
소나무에 맑은 바람 부는지 긴가민가하네.
남아 있는 시각 청각으로 한가로이 소일하고
반만 남은 귀와 눈으로 자연의 솜씨에 참여하네.
이제까지 잘못 쓴 글도 다 덮어두었으니
이내 심장 부질없이 누굴 위해 애쓰리오.

右眸已自前年暗　　左耳偏於近日聾
不忿花枝障薄霧　　每疑松樹過淸風
分留視聽除閑事　　牛把聰明與化工
捴被從前文字悞　　謾勞肝腎爲誰功

늦봄에 지산을 그리워하며
暮春 有懷芝山

내 천성은 끝내 산천에 살아야 마땅한데
우연히 성시로 들어와 버려둔 집을 청소하네.
몹쓸 나무 베어내도 뿌리는 아직 남아있고
예쁜 꽃나무 보살펴도 잎이 아직 피지 않네.
아이들이랑 함께 놀며 담소를 즐기나니
손님 맞아 갓과 의관을 매만질 일도 없구나.
내일 아침엔 약을 캐러 떠나가야 할 텐데
늦봄의 지산(芝山) 농가에 단비가 내리겠지.

野性終宜山澤居　　偶來城市埽遺廬
斬除惡木根猶在　　護養嘉花葉未舒
且逐兒童爭笑語　　不勞賓客整冠裾
明朝賣藥吾當去　　春晚農家穀雨初

문경 새재
鳥嶺

충주 남쪽으로 가면 비로소 산이 많아지는데
험준한 산길이 구불구불 구름과 숲 사이로 났네.
하늘이 이 철옹성 만들어 여러 고을을 버텨주고
지세가 영호남을 나누어 겹겹 성문이 든든하네.
당시에는 양 창자처럼 험난하다는 말 못 믿다가
이제야 새도 날기 어려운 길임을 바야흐로 알겠네.
왜적들 백년이나 이 땅에 붙어있도록 했는데
아무 일 없었다는 듯 사신들이 이곳으로 돌아오네.

忠原南下始多山　　棧閣崎嶇雲樹間
天作金湯控列郡　　地分湖嶺壯重關
當時不信羊腸險　　今日方知鳥道難
卉服百年容內附　　尋常此處使臣還

성주에서 형님[425]을 만나 함께 합천으로 가다가 귀소원(歸巢院)에 이르러 사흘간 비에 갇히다
星山會伯氏 同赴陜郡 至歸巢院 滯雨三日

다 왔으니 진흙길에 막혔다 한탄치 맙시다
비바람 속에 나란히 팔 베고 길 위에 있네요.
산이 트였으니 그나마 기러기가 오갈 수 있고
시내가 깊으니 들오리가 건너갈 수 있겠구려.
비바람은 숲에 몰아쳐 가을기운 으스스하고
빗소리는 처마를 두드리며 밤도 깊어가네요.
어찌하면 내일 아침에 구름 한번 흩뜨리고
태양을 붙들어 하늘 길로 나갈 수 있을까요.[426]

旣來莫恨滯泥塗　　風雨聯床且在途
山豁猶能通旅雁　　溪深終解渡飛鳧
吹殷林藪兼秋慄　　聲急茅簷與夜徂
安得明朝雲一散　　太陽扶出上天衢

---

425 형님: 심상운(沈翔雲)을 가리키는데, 1764년 7월 이후부터 그는 합천 군수(陜川郡守)로 재직하고 있었다.

426 어찌하면~있을까요: 이 구문은, 정치적 금고 상대를 빗이나 군왕을 보필하며 당당히 살 수 있기를 바라는 마음을 표현한 것이다.

함벽루(涵碧樓)[427] 차운
涵碧樓 次韻

누각의 아침 햇살이 잔치자리 비추는데
가기(歌妓)가 적벽부(赤壁賦)를 우리말로 부르네.
세상에서 사람들 만나면 반가운 이가 적건만
우리 집서 관료가 나옴은 형님이 빼어나서지.[428]
수려한 물가에는 풀빛이 무성하고
굽은 난간 앞에는 강물 빛이 일렁일렁.
가을 들어 형제가 서로 만나 해후하니
창공이 수면에 담겨 강물 속에 비치네.

江樓朝日上華筵　　歌妓新翻赤壁篇
世路逢人靑眼少　　吾家爲吏白眉賢
萋萋草色芳洲上　　漾漾波光曲檻前
摠向高秋成邂逅　　碧空涵影鏡中傳

---

427 함벽루(涵碧樓): 경남 합천에 있는 누각인데 그 앞에 남강(南江)이 돌아서 흘러간다.
428 우리 집~빼어나서네: 형님이 합천의 군수로 있음을 표현한 구절인데, 군수의 권한에
따라 함벽루에서 연회를 즐기고 있는 상황이다.

아버님께서 지으신,
'섣달그믐 날 지산으로 가는 길에 느낀 소감과 죽은 내 누이를 애도한' 시에 차운하다
伏次家君 '除夕芝山路中有感兼悼亡妹'之作

해마다 세상에선 설 명절 돌아오는데
그 누가 올해에도 때맞도록 하였을까?
시간은 유수(流水) 같아 온다 한들 뭐 기쁘며
인생은 부운(浮雲) 같아 죽음인들 슬플 것 없네.
지초 자란 산언덕은 갈수록 가까워지고
연꽃 핀 무덤은 멀어질수록 그리워지네.429
부모님 마음은 세월 따라 바뀌지 않으니
눈물이 새로 지은 시에 반나마 드리워있네.

歲歲人家作歲時	誰敎此歲不常遲
去同流水來何喜	生若浮雲死莫悲
芝草山原行欲近	蓮花塚土430遠多思
慈情未逐年光改	淚入新詩一半垂

---

429 지초~그리워지네: 부친은 가족과 딸(심익운의 누이)의 무덤이 있는 파주의 지산으로 가는데 자신은 멀리서 그저 그리워할 뿐임을 말한 것이다.
430 규장각본에는 上으로 충북대본에는 土로 되어 있다.

입춘일에 어떤 도둑이 창을 뚫고
방에 들어와서 두 물건을 훔쳐서 갔다.
4운으로 장난삼아 짓는다
立春日, 有盜穴窓入室, 竊二物而去, 戱爲四韵.

집안에 두 물건이 아침엔 분명히 있었는데
저물기도 전에 어떤 놈이 담 구멍을 내었을까?
침상 맡에 보관한 한(漢)나라 요강이 없어졌고
시렁에 둔 도연명의 말총 두건을 잃었구나.[431]
오줌을 갈겨놓았으니 소행이 고약하다만
골칫거리 없애주니 분란이 해결되었네.
이 또한 금년에는 운세 좋을 조짐이니
새해 송축하는 글로 번거로울 일 없겠네.

室中二物朝猶在　　阽穴何人不待曛
虎子牀邊亡漢器　　馬鬃架上失明巾
溺溲任地堪流惡　　纏束除頭可解紛
也是今年徵象好　　不煩新作頌春文

---

431 침상~없어졌네: 요강처럼 생긴 골동품 하나와 도연명처럼 쓰고 다녔던 두건 하나가
없어졌다는 뜻이다.

치재(恥齋) 김상직(金相直)[432]과 함께 짓다
恥齋同賦

한(閑)자의 운으로 짓다 閑字

참으로 떠나지 못해 청산을 져버렸으나
어찌 다시 여염의 마을에 매여 살리오?
한쪽 눈마저 침침해지니 병을 어찌할 길 없고
흰머리 비로소 보이니 얼마나 희끗희끗한지.
사람들 두려웠다가 슬슬 대하기 쉬워지지만
세상을 피하다 보니 바야흐로 처세가 어렵네요.
척박한 땅과 낡은 집이라도 갖는다면
이내 몸 어디라 한들 한가롭지 않으리오.

眞成不去負靑山　　胡復棲棲里閈間
隻眼欲昏無那病　　二毛初見幾何班
畏人轉覺逢人易　　避世方知處世艱
使有薄田兼老屋　　此身隨處可爲閑

---

432 김상직(金相直): 1716~?. 김원택(金元澤)의 삼남 중 둘째로 김상복의 아우이자 김상숙의 형이다. 『백일문집』의 〈김자화자설(金子華字說)〉은 심익운이 김상직의 아들을 위해 써준 글인데, 김상지이 어려서 심익운 가에서 지란 적이 있다고 희었디. 김상직은 3세 때 모친[沈廷輔의 딸을 잃고 외조모의 슬하에서 자랐다. 그와 심익운은 매우 친밀한 사이여서 주 시문을 주고 받았다. 『치재유고(恥齋遺稿)』가 전하고 있다.

세검정(洗劍亭)
洗劍亭

이곳 세검정을 못 와본지 이미 십년
다시 와보니 바위와 시내 여전히 좋구나.
삼가 들으니 어가(御駕)가 머물렀던 곳이요
다시 말하길 장군이 잔치를 연 곳이라 하네.[433]
계곡 입구 맑은 안개는 난간 너머 몽롱한데
산머리에 지는 해는 처마 앞에 다가와 있네.
성안에 한번 들어서자 먼지가 옷에 가득하니
안타깝구나, 시내가 저잣거리가 떨어져 있는 것이.

不到玆亭已十年　　重來依舊好巖泉
恭聞聖主紆仙蹕　　復道將軍設舞筵
谷口晴烟迷檻外　　山頭落日在簷前
城中一入衣塵滿　　猶恨淸流隔市廛

---

433 삼가~하네: 미상. 인조반정 당시 이귀(李貴)와 김류(金瑬) 등 반정의 핵심인물들이
이곳 세검정에 모여 광해군의 폐위를 의논하고 칼을 갈아 씻었다고 한다. 인조반정과 관계가
있는 구문인 듯한데 구체적인 고사는 미상하다.

우연히 읊다
偶吟

저 신선 상자평(尚子平)[434]을 보지 못했나?
세상에서는 혼인이 제일 중요한 일이라네.
가문은 노씨와 이씨가 제일로 성대하고[435]
향촌에는 주씨와 진씨가 예부터 유명하네.[436]
세력 잃자 편지 왕래도 바라기 어려운데
이따금씩 봉황이 짝짓는 소리를 듣게 되네.[437]
아들딸 많이 낳은 것이 끝내 누가 되어
어느덧 여섯 해를 서울에 붙들려 있구나.

不見仙人尙子平　　世間婚家最關情
家門盧李斯爲盛　　村巷朱陳古有名
勢去難憑鴻鴈信　　時來好得鳳凰鳴
多生男女終爲累　　六載居然滯漢城

---

434 상자평(尚子平): 후한 때의 상장(尚長)으로 자평은 그의 자. 자녀들을 모두 결혼시킨
후에 오악(五嶽) 등의 명산을 유람하며 여생을 마쳤다고 한다.

435 가문은~ 성대하고: 중국 산동 지역의 명문가인 최(崔), 노(盧), 이(李), 정(鄭) 가문에서
따온 듯하다. 『고금사문유취(古今事文類聚)』에, 산동의 최·노·이·정 네 가문이 문벌만을 믿
고 혼례에 많은 돈을 요구하자 당 태종이 이들의 매혼(賣婚)을 금지시키며 새롭게 씨족 족보
를 만들게 했다는 고사가 실려 있다.

436 향촌에는~ 유명하네: 중국 서주(徐州) 고풍현(古豐縣)에서 주씨(朱氏)와 진씨(陳氏)가
혼인하며 화목한 촌락을 이루었다 한다. 백거이의 시 〈주진촌(朱陳村)〉이 있다.

437 세력~ 되네: 쇠락한 처지가 되자 왕래하던 편지도 끊겼는데 이따금 주변에서 자식들
결혼 소식이 들려온다는 뜻인 듯하다. 이 시는 자식들의 혼례를 시상으로 삼고 있다.

자연상공(自然相公) 김상복 어르신을 모시고
서루(西樓)[438]의 벽에 쓰인 시에 차운하여
陪自然相公 次西樓壁上韻[439]

뜻밖에 공을 따라 이 누대에 올라서
바둑판 돌 치웠다가 새로이 다시 두네.
하늘에선, 별들이 삼태성을 포위한 듯하고
세상에선, 백척간두에 오른 듯 위태롭네.[440]
연못에는 산들바람 불어 연꽃이 또렷한데
궁원(宮苑)에는 가랑비 내려 숲이 그윽해졌네.
초췌한 채 주인 행세하기 지금 부끄러우나
사람들에게 붙들려 잠시 쉬는 중이라오.

忽漫從公上此樓　　樓中棋局散初收
乾文星壓三台角　　世事竿登百尺頭
曲沼微風荷的的　　上林疎雨樹幽幽
秪今憔悴羞爲主　　苦被傍人得小留

---

438 서루: 심익운의 저택에 만든 누대. 심익운 부자가 매우 아꼈던 공간으로, 주변인을 초청
하여 연회를 열던 곳이다. 이 시가 지어지는 1764년 무렵에, 김상복은 우의정의 직책을 맡아
당시의 영의정 홍봉한과 같이 심익운 가문의 복권을 주도했다. 따라서 1764년 전후에 이루어진
김상복의 방문은 심익운에 대한 위로와 축하의 의미가 담겨 있는 듯 보인다.

439 규장각본에는 이 이하 몇 수의 배치 순서가 충북대본과 다르다. 여기에서는 충북대본의
순서를 따른다.

440 하늘에선~위태롭네: 하늘의 별자리 모습과 인간사의 귀추에 의탁하여 바둑판의 형세
를 비유적으로 묘사한 것이다.

매화가 피었기에 재미삼아 짓다
梅發戲題

서쪽 집 매합(梅閤)에서 두 그루가 피어난 후
동쪽 집 마당에서 한 떨기가 막 피어났다네.[441]
피었다 짐은 다 같으니 누가 낫다 할 것 없고
영고(榮枯)를 비교해봤자 이 또한 못난 일일세.
열매는 당신이 솥 요리하는 데 간이 되고[442]
향기는 내가 서화 감상하는 데 벗이 되리.
화분 깨뜨린 일은 정말로 심심해서 그런 것,
나는 보았지, 앞마을의 다섯 번째 집[443]에서.

相公之季弟坏窩翁, 作梅說, 言'盆梅非性, 拔而植之地'云.

상공[김상복]의 막내 동생인 배와 어른[김상숙]이 '매설(梅說)'을 지으시
면서, '화분 속의 매화는 본성대로 길러진 매화가 아니므로 뽑아서 땅에다
심는다'고 하였다.

---

441 서쪽~피어났다네: 매합(梅閤)은 매화를 보호하기 위해 만든 별도로 만든 실내의 공간인데
여기서의 서쪽 집은 심익운 자신의 집을 말한 듯하다. 동쪽 집 마당에 핀 매화는 김상숙의
뜰에 핀 매화를 가리킨다.

442 열매는~되고: 원문의 정내(鼎鼐)는 『서경』에 출전을 둔 고사로, 원래는 재상(宰相)을 뜻한
다. 매실을 양념 삼아 음식 맛을 좋게 하듯이 재상이 나라를 잘 다스림을 은유한 것이다. 여기서
는 은연중에 김상숙의 형님인 김상복이 우의정의 직책을 수행하고 있음을 암시하고 있다.

443 다섯 번째 집: 김상숙의 저택을 가리키는 표현이다.

西舍閣中雙樹後　　東家屋裡一花初

終同開落誰爲得　　暫校榮枯亦已疎

結子擬君調鼎鼐　　生香配我玩圖書

陶盆打破眞無事　　不見南隣第五居

세한정(歲寒亭)[444]에서 우연히 짓다 차운
歲寒亭 偶題 次韻

눈도 침침하여 평소에 세상일을 끊었는데
이 정자에 한 번 오니 눈과 귀가 환해지네.
석양이면 서울의 수많은 집들을 굽어보며
초여름엔 두 소나무 소리를 누워서 들으리라.
때마침 여러 공들이 왔다가 주인인 양하니
알겠구나, 재자(才子)들이 명성을 다투는 듯.[445]
예서는 공무(公務) 따위로 괴롭히지 맙시다,
몸은 성안에 있어도 마음은 산림에 있나니.[446]

昏瞆尋常絶世情　　茲亭一到覺聰明
夕陽俯瞰萬家色　　初夏臥聽雙樹聲
遂有群公來作主　　懸知才子競留名
是中公事莫相逼　　心在山林身在城

---

444 세한정(歲寒亭): 김상복의 아우 김상직(金相直)이 1765년 무렵에 사직 근처에 있는 자신의
저택 북쪽에 세운 정자이다. 세한정이라는 이름은 『논어』의 "한 해의 날씨가 추워진 다음에
야 소나무가 뒤늦게 시듦을 알게 된다[歲寒然後知松柏之後凋也]"는 말에서 따온 것이다. 김상
직은 이를 기념하여 〈세한정기(歲寒亭記)〉를 지었으며, 심익운 또한 그의 요청에 따라 같은
제목의 〈세한정기〉를 짓기도 했다.

445 때마침~다투는 듯: 세한정을 방문한 여러 문인들이 의기양양 주인인 듯 즐기면서 한편
으로는 시를 지어 실력과 명성을 겨룬다는 뜻으로 이해된다.

446 예서는~있나니: 세한정이 성시(城市) 안에 있으나 산림(山林)의 정취가 가득하므로
조정의 일이나 공무 따위는 이야기를 말자는 뜻이다.

죽은 아내의 상일(祥日)[447]이 이미 지났지만 애도하는 마음으로 짓는다
亡室祥日已過 悼念而作

유월(六月)하고 칠일(七日)도 금방 지나가는데
휑한 사랑에 홀로 앉으니 그리움만 짙어가네.
아들 가르치기 어려운데 딸까지 가르쳐야 하고
아비 노릇하기도 부족한데 하물며 어미 노릇까지.
증삼이 다시 장가들지 않은 건[448] 어쩔 수 없었다 해도
장자가 태평하게 노래한 일[449]은 어찌 그랬단 말인가.
근심과 슬픔 탓에 몸뚱이가 곧 늙는 듯
귀밑머리가 만 가닥이나 희어지려 하는구나.

六月七日暫而過　　獨坐空堂思轉多
教子猶難兼教女　　爲公未足況爲婆
曾參不娶非得已　　莊叟之歌無奈何
若使憂愁身便老　　鬢邊應得萬莖皤

---

447 상일(祥日): 심익운의 아내는 1766년 6월 7일에 몰하였다. 이 시는 아마도 사망 후 1년째 지내는 소상(小祥) 이후에 지은 것으로 추정된다.

448 증삼이~건: 효자로 유명했던 공자의 제자 증삼(曾參)은 새어머니에게 올릴 야채를 아내가 잘 익혀서 봉양하지 않았다는 이유로 내쫓고는 그 뒤에 장가를 들지 않았다고 한다.

449 장자가~일: 장자(莊子)의 아내의 상을 당했으면서도, 삶과 죽음은 한 가지라면서 악기를 연주하고 노래했던 일을 말한다.

형님이 중구일(重九日)에 합천군의 산에 올라 쓰시고 부쳐주신 시에 뒤 미쳐 차운하다
追次伯氏九日郡中登高寄示之作

살면서 마음 맞는 일은 만나기가 어려운 법,
가난 탓에 벼슬했으니 관리 노릇 힘드시지요.
조령 너머 네 해를 저 먼 곳에 묶여 계시고
합천에서 중양절 날 홀로 산에 오르셨군요.
국화꽃도 오늘 아침에는 피어있지 아니한데
오늘 밤 울고 가는 기러기⁴⁵⁰를 어찌 견디실까!
이 아우는 가을 들어 근심이 뼈에 사무치니
이제는 흰머리 뽑아줄 아내가 없어서랍니다.

人生適意事難遭　　不仕家貧作吏勞
嶺外四年猶滯遠　　郡中九日獨登高
菊花不爲今朝發　　鴻雁那堪此夜號
少弟秋來愁到骨　　無人更鑷鬢邊毛

---

450 기러기: 여기서는 안항(雁行)처럼, 형제의 우정을 뜻하는 말로 쓰였다.

형님이 9월 13일에 성주(星州)의 사또와 함께 강가의 누대에서 조망한 시에 뒤미쳐 운하다
追次伯氏九月十三日同星山使君江樓眺望之作

강 누각에 높이 오르니 조망이 다시 시원컨만
천애(天涯)에서 고개 돌려 하냥 고향 바라보셨네.
두 사또의 일산(日傘)이 바람 앞에서 마주 서니
곱게 단장한 한 여인이 월궁(月宮)에서 내려온 듯.
모래 벌의 가을 풀은 머나먼 길로 이어져 있고
절간의 저녁 안개는 높은 누대를 감싸주네.
허리 굽혀 남쪽 고을 봉급을 사양하진 못했으나[451]
마음만은 그래도 북두성의 국자[452]에 가 계시는구나.

江閣如登眼復開　　天涯可但首空回
雙携皁蓋風前立　　一色紅粧月下來
秋草芳洲連遠道　　暮烟蕭寺羃高臺
不辭腰折南州米　　猶自心懸北斗杯

---

451 허리~못했으나: 동진(東晉)의 처사 도잠(陶潛)이 팽택(彭澤) 지역의 관리가 되어 나갔다가 거드름을 피우는 다른 관리의 횡포에 못 이겨 자리를 내놓고 탄식하기를, '오두미(五斗米)의 하찮은 녹봉 때문에 시골의 소인에게 허리를 굽힐 수 없다'고 한 뒤에 고향으로 돌아갔다고 한다.
452 북두칠성의 국자: 북두칠성이 마치 술을 퍼 담는 국자 모양으로 생긴 데서 유래한 표현인데, 여기서는 호쾌하게 술을 마신다는 의미도 겸한 듯하다.

묵재(默齋)에서 대옹(岱翁), 육이(六以), 일원(一元)과 모여 위응물(韋應物) 시의 운을 뽑아 짓는다[453]

默齋 會岱翁六以一元 拈蘇州韻

제가 평소 나들이 드물다고 괴이타 마시라
어느 분이 끌었기에 이 옷차림 갖추었나?
거리 뚫고 마을을 지나 해 질 무렵 도착하여
술 따르고 시를 읊느라 밤중에도 귀가치 않네.
이미 가을은 끝나가고 다시 겨울이 시작되니
어찌 지금은 옳고 지난날은 글렀다고 말하랴.
삶이란 즐거운 모임 뒤에 이별이 따르는 법
서로 헤어져 어느 밤에는 그리움이 더하리라.

대옹(岱翁)과 육이(六以)는 내일 아침이면 남쪽 지방으로 돌아갈 참이다.
岱翁六以 明朝南歸

不怪尋常出戶稀	有誰牽挽理巾衣
穿街度巷昏方至	酌酒吟詩夜未歸
已看秋終冬又始	那論今是昨還非
人生歡會兼離別	一夕相思兩地違

---

453 묵재 짓는다: 묵재(默齋)는 묵성자(默成子) 이언묵(李彦默)의 서재로 추정된다. 육이
(六以)와 일원(一元)은 미상. 다만 대옹과 육이는 심익운보다 연상의 인물로 충청도 지역이
고향인 인물이라 짐작된다.

月夜同諸公作

石園屬清夜
幽賞歷諸公
愛比池上月
悠然松下□
魚驚頻出□
氏安陌飛花
慶慶同

오언절구 五言絶句

上元日奉送作氏趨庭南郡

玆辰會良友
佳節送夫君
去路生青草
連山滿白雲
爰愁成獨滯
消息到真聞
時物應多感
江春鴈復□

비 온 뒤의 사직단에서 짓다
雨後社壇作

깊숙한 사직단에 솔 그림자 흔들흔들
오래된 바위틈에 샘물 소리는 졸졸졸.
솔이나 물이나 무심키는 마찬가진데
찾는 이들은 어여뻐 어쩔 줄 모르누나.

壇深松影亂　　石古泉聲碎
松泉兩無心　　但使來者愛

행호(杏湖)[454]에서, 빗속에 갈 길이 막혀
杏湖 滯雨

강촌에 사흘 동안 비가 오니
가을 강물 얼마나 불었을까?
사람은 백로처럼 서 있는데
송아지가 누렁이처럼 뛰어가네.

江村三日雨　　秋水復幾許
人如白鷺立　　牛似黃狗去

---

454 행호(杏湖): 행주산성 앞쪽의 한강 지대. 심익운이 사직의 저택과 파주의 지산을 왕래할
때 들르는 곳이자 한때는 세를 얻어 거주한 곳이다.

다시
又

배야 무겁건만 물살이 급해
어디도 머물러 있기 어려울싸.
어영차! 함성 맞춰 닻을 당기더니
다시금 얕은 물가 향해서 가네.

舡重水力急　　不能安所舍
齊聲汲碇去　　更向淺渚下

다시
又

물 따라 내려가기는 참말 쉽지만
거슬러 올라가기는 정말로 어렵네.
나아가고 물러남이 이와 같나니
난 어찌하면 저 순리를 따를까나!

下水苦易退　　上水苦難進
進退有如此　　吾寧從其順

다시
又

조수 빠지자 푸른 절벽이 드러나고
물가의 언덕 위에 고깃배가 덩그러니.
시골 사람 하나 빗속을 걷는데
도롱이 걸치고 어디로 가는 걸까?

潮落靑岸出　　漁舟在岸上
村人雨中去　　披簑欲何向

다시
又

강 버들이 바람 따라 흔들흔들하는데
줄기는 짧아도 정취는 어이 그리 긴고!
오늘 아침에는 가을비가 내려
배를 매는 사내조차 보이질 않네.

江柳隨風動　　絲短意何長
今朝秋雨裡　　不見繫舟郞

388

다시
又

강가에 날마다 날마다 비가 내려
강마을 사람들 오도 가도 못하네.
탁류 강물에 이끼 낀 절벽이 잠겼는데
검은 구름 사이로 흰 갈매기가 날아가네.

江上雨連夜　　江村人未歸
浪黃靑岸沒　　雲黑白鷗飛

다시
又

밝아진 창으로 달이 막 떠오르고
푸릇한 섬으로 조수가 갓 돌아오네.
강변 구름 걷혔건만 물기가 촉촉하여
물새들 깃털 젖어 날아가기 버겁구나.

窓白月初出　　島靑潮始歸
渚雲晴亦重　　江鳥濕難飛

물염정(勿染亭)455에서,
국지(國之)456를 기다렸지만 오지 않았다
勿染亭 待國之不至

높은 정자가 푸른 절벽 끌어안았는데
그 아래로 차가운 시내가 흘러서 간다.
친구는 왜 이다지 오지를 않나
서글피 난간머리에 기대어 기다리네.

高亭抱積翠　　下有寒溪流
故人殊未至　　怊悵倚欄頭

---

455 물염정(勿染亭): 전남 화순군 동복에 있던 정자인데, 일명 화순 적벽(赤壁)으로 유명한 곳이다. 옛날에는 이 길을 거쳐 광주, 담양, 옥과 등을 경유하는 길이 있었다. 부친이 옥과 현감으로 나가 있을 때 심익운이 이곳을 유람한 것으로 추정된다.

456 국지(國之): 이구영(李耈永: 1736~1787)으로 심익운이 친밀감을 가졌던 인물이다. 그와 수창한 시가 적지 않다. 이구영의 아내가 죽자 심익운이 〈영인 김씨 묘지명(令人金氏墓志銘)〉을 써준 바 있다. 여기서 영인 김씨의 아버지는 김상숙이므로, 이구영은 곧 김상숙의 사위가 된다.

서봉사(瑞峯寺)⁴⁵⁷
瑞峯寺

산에 오르며 흰 구름 바라보니
옛 절은 어느 쯤에나 있는 걸까?
산을 내려가며 옛 절을 묻고서
다시 흰 구름이 속으로 들어가네.

上山望白雲 　　古寺在何許
下山問古寺 　　更入白雲處

---

457 서봉사(瑞峯寺): 전남 담양의 무등산 기슭에 자리한 절. 동복 물염정에서 창평을 거쳐
옥과로 가는 길에 들를 수 있는 사찰이다.

목동이 소를 타고
牧童騎牛

땔감 팔고 돌아오는 목동이
황소 등에 돌아앉아 탔구나.
때마침 겨울 강에 눈은 내리는데
목청껏 노래하며 쉬지도 아니하네.

牧童賣柴歸　　倒騎黃牡牛
正値寒江雪　　高歌不知休

송광사(松廣寺)[458] 다리에서
대악(岱岳) 어른을 전송하고
松廣寺橋 送岱翁

다리 아래 흘러가는 시냇물은
동으로 흐르다 서쪽으로 흐르다.
오늘 예서 어르신과 이별하자
벌써 훌쩍 조계산을 지나셨는가.

橋下流離水　　一東復一西
今朝與君別　　忽已過曹溪

---

458 송광사(松廣寺): 전남 순천의 조계산(曹溪山) 서쪽에 위치한 사찰(寺刹).

바람
風

산속의 바람이 나뭇잎에 불어와
잎이 지니 바람 다시 서늘하구나.
간밤에 바람 불었는지 알고 싶으면
아침 일찍 나무 끝을 보면 되리라.

山風吹木葉　　葉落風更寒
欲知夜來風　　明朝樹梢看

새벽
曉

집 서쪽에서 닭이 울자
집 동쪽서도 닭이 우네.
이불을 끌어안고
밝은 햇살이 하늘에서 비쳐오누나.

鷄鳴在屋西　　鷄聲在屋東
擁衾時未起　　白色生虛空

치양(稚養) 송이정(宋頤鼎)⁴⁵⁹이 오니 기뻐서
喜宋稚養至

그대가 구름 사이에 뜬 달이면
나는 산꼭대기에 쌓인 눈이네.
서로 비춰주며 서로 빛나는데
텅 빈 산에 조각구름도 사라졌네.

君似雲間月　　我如山上雪
相照兩相白　　山空片雲絶

---

459 송이정(宋頤鼎): 1736∼1762. 심익운이 매우 친밀하게 여겼던 벗.

지산(芝山) 잡영(雜詠)
芝山雜咏

아울러 기록해둔다 並記

내가 사는 곳은 지산(芝山)의 남쪽에서 오(五) 리쯤 되는 곳인데 소박하고 좁아서 바위나 샘물, 숲이나 골짜기와 같은 특별한 경관은 없다. 하지만 나는 틈이 나면 아이 여럿을 데리고 지팡이를 짚고 나선다.

내 집으로부터 동쪽으로 돌아 북쪽으로 작은 계곡을 지나 구불구불 올라가는데 이곳을 일러 '위이곡(逶迤谷)'이라 이름 지었다. 이 계곡을 다 지나고 나면 조금 높은 언덕에 이른다. 다시 북쪽으로 가면 백십 보쯤 되는 언덕이 있는데 꺾어 들어 조금 동쪽으로 가면 봉긋 솟아 짐승이 머리를 돌리고 보는 것 같은 모양을 하고 있다. 이곳을 이름 지어 '동산(東山)'이라 하였다. 소나무 여덟아홉 그루 작은 바위 한두 개가 놓여 있다. 그 위에서 곧장 동쪽으로 삼각산과 인왕산이 바라보이는데 삼각산은 서쪽으로 뻗어 오릉(五陵)의 우거진 솔숲을 이룬다. 동산으로부터 솔숲을 들여다보면 그 소나무의 가지 수를 헤아릴 수 있을 듯하다. 동산을 내려오면 조그맣고 평평한 언덕을 지나게 된다. 언덕의 동쪽으로 백여 걸음을 가면 언덕은 끝이 나고 바위가 나오는데 우뚝하여 절벽 같기도 하고 가파른 것이 바위 같기도 하다. 자를 세운 듯 병풍처럼 보이고 너비가 넓어서 누대 같기도 하다. 이곳을 이름 지어 '삼수강(三秀岡)'이라고 하였다. 언덕을 내려오면 평지가 나온다. 남쪽으로 2, 3백 보를 가면 긴 도랑이 길가를 따라 구불구불 흐르는데 이곳이 '석계(石溪)'이다. 다시 약간 꺾어서 서쪽으로 가다가 다시 남쪽으로 1리쯤을 가면 작은 방죽이 있는데 이곳이 '계피(鷄陂)'이다. 마을 사람들이 말하길, '방죽 안에 큰 물고기는 살지 않지만 장어, 가물치, 메기 등은 그물로 잡을 수 있다'고 한다. 계피로부터 북쪽으로 꺾어 다시 장(張) 장군의 동산을 지나면 조그만 비탈이 나온다. 비탈의 그늘에 밤나무 서른 마흔 그루가 있는데 이곳을 이름 지어 '율구(栗丘)'라 하였다. 비탈 위에 앉아서 우리 집을 바라보면 소리를 질러 말할 수 있을 것 같다. 걸음으로 채 삼백 보가 안 되어 우리 집에 이를 수 있다. 집 동쪽으로 칠나무 수십 내지 수백 그루가 있는데 이곳을 일러 '칠림(漆林)'이라 이름 지었다. 내가 이곳에 이르면 쉬어 간다.

산을 동산(東山)이라고 하는 것은 위치를 따른 것이며, 골짜기를 위이곡(透迤谷)이라고 하고 산등성이를 삼수강(三秀岡)이라고 한 것은 계곡[谷]의 형세와 언덕[岡]의 모양을 따랐기 때문이다. 삼수강에서의 삼수(三秀)라고 한 것은 세 산[삼각산, 인왕산, 동산]이 빼어나기 때문이다. 어떤 사람은 말하기를, 이것은 모두 지산(芝山)의 아래에 있으므로 '심곡위이(深谷透迤)'[460]와 '영지삼수(靈芝三秀)'[461]의 뜻을 취한 것이라고들 말한다. 시내를 '석계(石溪)'라 하고 방죽을 '계피(鷄陂)'라고 한 것은 마을사람들의 말을 따른 것이며, 언덕을 '율구(栗丘)'라 하고 숲을 '칠림(漆林)'이라한 것은 심은 나무에 따른 것이다. 이것은 모두 내가 억지로 이름 붙인 것이니 어찌 멋진 경치라고 할 것이 있겠는가?

나는 일찍이 동쪽으로 단발령을 넘어서 금강산을 구경 갔다가 바다에

---

460 심곡위이(深谷透迤): 상산사호(商山四皓)가 지어 불렀다는 〈지초의 노래[紫芝歌]〉에 "아득히 높은 산이여, 깊은 계곡이 구불구불[莫莫高山, 深谷透迤]"이라 한 표현이 보인다. 이 노래는 〈채지가(採芝歌)〉, 〈채지조(採芝操)〉, 〈사호가(四皓歌)〉라고도 하는데 은자의 마음을 담고 있다.
461 영지삼수(靈芝三秀): 주자(朱子)가 젊은 시절 운당포(篔簹鋪)를 지나다가 그 벽면에 쓰여 있는 구절, 즉 "빛나는 영지는 일 년에 꽃이 세 번이나 피는데, 나는 유독 어찌하여 뜻만 있고 이를 이루지 못하나[煌煌靈芝, 一年三秀, 予獨何爲, 有志不就]"를 보고 무척 동감했다고 한다.

배를 띄운 적도 있고, 남쪽으로 무등산 서석대(瑞石臺)에 이르러 구천동(九千洞)에 들어가 본 적도 있다. [구천동에서] 시내를 따라 3일쯤을 가다 보면 그곳에 맑은 연못 아홉 구비가 차례로 나오는데 불그스름한 절벽과 푸릇한 벼랑에 거북이나 용과 같은 괴이한 모습들이 천태만상으로 펼쳐져 있었다. 그때는 스스로 생각하기를, '이와 같은 경관이 아니라면 족히 볼거리가 되지 못한다'고 여겼다. 돌아와서 보니 먼 곳은 오륙백 리나 되고 가까운 곳이라고 해도 삼백 리나 되었다. 세월이 흐를수록 기억은 더욱 희미해지고 눈은 침침해지며 마음은 가물가물 잊어간다. 매번 한 번씩 생각이 이를 때마다 꿈결 같은데, 이미 깨고 나면 다시 내가 체험했던 일이 아닌 것 같다.

이제 들판의 방죽과 언덕의 바위는 밭 가는 자들이 발을 씻는 곳이오 나무꾼이 짐을 내려놓고 어깨를 쉴 수 있는 곳이다. 그런데 나는 아침저녁으로 그곳에서 소요하고 노래하고 시를 읊으며 홀로 자적하고 있다. 가깝고 친근한 것이 비록 못나 보이지만 반드시 천한 것은 아니요, 멀고 소원한 것이 비록 멋져 보이더라도 족히 귀한 것만은 아니지 않겠는가? 아아! 어찌 다만 이것뿐이겠는가? 마침내 시를 지어 그것을 기록해둔다.

余所居, 在芝山之南可五里, 朴野狹隘, 無巖泉林壑之觀. 余暇時, 與數童, 杖而行.

自吾舍暫東, 而北穿小谷, 邐迤而上, 名曰逶迤谷. 谷盡得小高阜. 又北行, 阜可百十步, 折而稍東, 隆然獸首顧也. 名曰東山, 有小松八九, 小石一二. 其上直東, 見三角華山, 三角山西走, 爲五陵萬松. 自東山, 望之松栢, 枝可數也. 下東山, 行小平阜, 阜東走百餘步, 阜盡有石, 屹然似壁, 嶢然似巖, 尺立爲屛, 丈廣爲臺, 名曰三秀岡. 自岡而下, 爲平地. 南行三二百步, 有長溝, 雜流道左, 此石溪也. 又小折, 而西又南, 行一里餘, 有小陂, 此鷄陂也. 村人云, 陂中無⁴⁶²大魚, 有鰻鱺鮎鰦, 可網而取也. 自陂北折, 而還歷張將軍園, 有小阪. 阪之陰, 有栗三四十株, 名曰栗丘. 坐阪上, 望吾家, 可呼而語也. 行不三百步, 至吾家. 舍東有漆十百株, 名曰漆林, 余至而息焉.

山曰東山, 以地也, 谷曰透迤, 岡曰三秀, 谷以形, 岡以觀也. 三秀者, 三山秀也. 或曰, 此皆芝山之下, 取'深谷透迤, 靈芝三秀'之意也. 溪曰石, 陂曰鷄, 因俗也, 丘曰栗, 林曰漆, 取材也. 此皆吾所爲强名之也, 烏足以爲美觀哉?

余嘗東遊嶺外金剛, 汎舟于海, 南至無等瑞石, 入九千洞中. 緣溪行三日, 其地有澄潭九曲, 丹壁翠崖, 龜龍詭異萬狀. 方其時, 自以爲不如是, 不足以爲觀也. 及歸, 而遠者五六百里, 近者猶三百里, 歲月愈久, 記識愈疎, 目昧昧而心忽忽忘之. 每一念至如夢, 旣覺不復爲吾有也.

今焉, 野中之陂, 原上之石, 耕者之所濯足, 樵者之所息肩, 而吾方日夕焉, 逍遙乎其間, 一嘯一咏, 自以爲適, 豈非近且親者, 雖愚不必賤, 遠且疎者, 雖賢不足貴歟? 嗟乎! 豈獨是乎哉? 遂爲詩以記之云.

---

462 규장각본에는 有로 충북대본에는 無로 되어 있다.

위이곡(逶迤谷)
逶迤谷

구불구불 또 구불구불
동구 나와 찬[寒] 산 오르네.
지팡이 짚고 살랑살랑 가볼까
오가는 길을 물을 사람도 없으니.

逶迤復逶迤　　出谷上寒山
杖策自兹去　　無人問往還

동산(東山)
東山

동산(東山)에서 도성 서쪽 바라보는데
도성은 흰 구름 속에 감겨져 있네.
구름이 오거나 구름이 가거나
이 서글픔 누구 향해 말할 수 있으려나.

東山看西城　　城在白雲處
雲來與雲去　　怊悵向誰語

삼수강(三秀岡)
三秀岡

삼수강 언덕에서 삼각산이 바라보이고
삼수강 아래는 오릉(五陵)으로 가는 길.
산 마을 저무는 해는 아쉽지 않으나
영지가 쇠해 시들까 저으기 걱정되네.

岡上三峯色　　岡下五陵道
不惜山日暮　　但恐靈芝老

석계(石溪)
石溪

장마 때는 어깨만큼 올랐다가
가을 오면 무릎에도 차지 못하네.
그래도 바다로 쉬지 않고 흘러흘러
끝내는 큰 강물과 짝이 되어 가는구나.

潦時可過肩　　秋來不沒膝
猶得赴海去　　終與江河匹

계피 (溪陂)
鷄陂

방죽의 두께는 한 섬들이 못 되지만
방죽의 깊이는 대체 몇 길이나 되려나?
개구리나 맹꽁이쯤은 길러준다 하더라도
나쁜 교룡 만들 생각은 하지를 말지어다.

陂廣不滿石	陂深復幾丈
秪堪蛙黽請	莫作蛟龍想

율구 (栗丘)
栗丘

밤나무 언덕에서 밥 짓는 연기 바라보니
푸릇푸릇 송백(松栢)들이 치렁치렁 얽혀있네.
사람은 사립문을 향해서 돌아가는데
저녁노을이 산허리쯤에 물들어 있구나.

栗丘望烟火	蒼蒼松栢亂
人向柴門去	夕陽在山半

칠림(漆林)
漆林

칠 숲에 밤 들어 달구경을 하는데
고요해진 수풀 위로 달이 떠오른다.
솔숲인지 대숲인지 무성도 하구나
그렇구나! 이곳은 인간세상 아니로다!

漆林夜見月　　月上群木靜
莫辨松篁色　　已覺非人境

밤의 강가에서
江夜

달밤에 밀물이 차츰 올라오자
나룻배가 물결 따라 흘러가는구나.
고요히 노 젓는 소리 들리는가 싶더니
벌써 봉정(鳳汀)⁴⁶³ 맡을 지나가누나.

弦夜潮初上　　行舟逐水流
暗聞柔櫓響　　已過鳳汀頭

---

463 봉정(鳳汀): 한강의 어느 물가로서 봉황이 내려 앉아 살만한 곳이라는 뜻이다. 구체적인
위치는 확정하지 못하겠지만 압구정 근처의 동호(東湖)에서 이 지명이 이따금 발견된다.

예조판서 김상복 어른과 함께
자루가 부서진 그림부채를 읊다
同金禮部 題折柄畵扇

자루 부러진 부채가 이미 망가졌는데
먼지를 떨어내니 그림은 그래도 볼만하네.
어르신은 지금 청운(青雲) 위에 계시거늘
어찌해 버려진 물건[464]을 가련히 여기시는지.

折柄扇已廢　　拂塵畵可別
君今青雲上　　那能憐棄物

---

464 버려진 물건: 여기서는 망가진 부채를 가리키지만 속으로는 신세가 곤란하게 된 자기
자신을 은유한 것이다. 곤경에 처한 자신을 버리지 않고 보살펴 주서서 감사하다는 뜻이
담겨 있다.

여성(汝成) 유한준(兪漢雋)이 소장한 화첩을 읊다
題兪汝成所藏畵帖

희끗한 석벽은 꿰맨 자국 하나 없고
그 아래로 푸르른 강이 흘러서 가네.
아득히 아득히 배 타고 가는 사람
저 파란 하늘 속으로 들어가는구나.

蒼壁一無縫　　下揷江流碧
遠遠舟中人　　去入靑天色

曰一詩集

七言絕句

칠언절구 七言絕句

送宋稚養之湖中

月秋風起漢戍桐江水綠雨初晴愁心一半憑君

公看取津頭

喪兒後初出湖上悲悼殊甚詩以志之

江草青青燕子飛江風颯颯滿人衣去年初識西湖

誰道今朝掩淚歸

호서(湖西)로 가는 송이정(宋頤鼎)을 보내며
送宋稚養之湖中

칠월 가을바람이 도성에서 일어나자
방금 개인 비에 동강(桐江)465이 푸르르다.
수심이 반나마 일어 그대 따라 가고파
나루터 이는 물결을 넋 놓고 바라보네.

七月秋風起漢城　　桐江水綠雨初晴
愁心一半憑君去　　看取津頭波浪生

---

465 동강(桐江): 한강의 마포에서 서강 사이를 흐르는 지역. 송이정이 고향인 호서[충청도]로 가기 위해 마포에서 배를 타고 하류로 향한 듯하다.

아이를 잃은 후 한강 호수 가에 처음 나오니,
슬픈 마음 울컥하여 시를 지어 적어둔다
喪兒後初出湖上 悲悼殊甚 詩以志之

강변의 풀은 푸릇푸릇 제비는 날아오고
강 위의 바람은 살랑살랑 옷자락에 가득하네.
지난해 처음으로 서호[466] 가는 길을 알았는데
누군가 말하겠지, 오늘은 눈물 흘리며 가더라고.

江草靑靑燕子飛　　江風颯颯滿人衣
去年初識西湖路　　誰道今朝掩淚歸　(제1수)

어진 딸이 못난 아들보다 못하라는 법 없으니
우둔한 이 아비는 평소 딸아이를 의지했었네.
딸아! 너처럼 총명한 아이가 조금 더 살았다면
집안을 부지 못할까 이리 걱정하진 않았겠지.

惡男未必勝賢女　　愚父平生仗此兒
似汝聰明如有壽　　不愁門戶不扶持　(제2수)

---

466 서호: 여기서는 파주 근처의 한강을 가리키는 것으로 추정된다. 작품 끝의 설명에 "서호의
집에서 기록한다記于西湖之舍"는 기록이 보인다.

해를 이어 요절한 아우와 누이를 곡하나니
이월 중춘 십칠 일과 같은 달의 열흘날.
가련쿠나 너희들, 같은 달 같은 날에[467]
산봉우리 두 무덤이 죽어서 이웃 되었네.

弟妹連年哭夭頻　　仲春十七與初旬
憐渠同月仍同日　　雙塚山頭死作隣 (제3수)

집 양편의 저 약초밭과 저 꽃밭을
어디인들 네가 놀지 않은 곳 있었던가!
마음 아파 책도 차마 펴보질 못하겠으니
햇볕에 책 말리는 날이면 또 네가 생각날 테지.

藥圃花園屋左右　　閑居何處不從行
傷心未忍開書帙　　曬日他時憶爾擎 (제4수)

---

467 같은 달 같은 날: 이 작품의 끝의 설명에 "1759년 2월 10일에 열 살 된 누이를 잃었고
1761년 2월 17일에는 여덟 살 된 아우를 잃었고 이번해인 1762년 2월 10일에는 내 딸을 여의
었다."는 기록이 보인다.

딸을 다섯이나 얻었는데 오직 둘만 남았고
사이에 아들 하나 얻었건만 이내 죽고 말았네.
아들 낳고 딸 키우기를 더는 바라지 않으니
남은 생애에 다시는 애끊는 일 없기를.

多生五女惟存二　　間得一男旋又亡
不願産男兼育女　　餘年無復斷肝腸 (제5수)

내 셋째 딸 작덕(芍德)이는 한 달 동안 마마를 앓다가 죽었다. 처음 아이가 생겼을 때 그 어미가 작약 꿈을 꾸었다. 태어나서는 유순하고 침착하여 섣불리 화내거나 기뻐하는 일이 없었다. 세 살 때 동생이 생겨 젖을 끊었는데도 울지 않았다. 언젠가는 여종 아이와 놀다가 여종 아이가 잘못하여 그 이마에 내려온 머리카락을 잘랐다. 어미가 누가 그랬는지 물었지만 끝내 말하지 않았다. 내가 그 언니를 시켜 말하지 않은 이유를 천천히 물으니 답하기를 "말하지 않기로 약속했기 때문에 말하지 않은 것이에요." 라고 하였다.

나는 기묘년[1759년] 2월 10일에 열 살 된 누이를 곡했고 신사년[1761년] 2월 17일에는 여덟 살 된 아우를 곡했고 이번 해[1762년] 2월 10일에는 내 딸을 곡했다. 한 언덕에 올망졸망 세 명의 아이들이 묻혔으니, 아! 또한 기구하도다. 나는 연이어 네 명의 남녀 아이를 잃었는데 다섯 살짜리가 가장 오래 산 것이었다. 게다가 그 자질이 총명하였으므로 슬픔도 가장 클 수밖에 없었다.

아아! 사람들이 아들이나 딸을 낳고자 하는 것은 자식들로 인해 즐거워할 수 있기 때문인데, 내가 지금 슬퍼하기에도 겨를이 없는 것은 어찌 된 일인가? 임오년 [1762년] 4월 11일에 서호(西湖)의 집에서 쓰다.

余第三女芍德患痘一月而死. 始兒之生也, 其母有芍藥之夢. 生而柔順沈靜, 無暴怒疾喜, 三歲有弟, 斷乳而不啼. 嘗與小婢戲, 婢誤剪其頂髮垂者. 其母問誰所爲, 終不言. 余使其兄, 自以其意, 徐問之, 答曰: "許以不告, 故不言也." 余於己卯二月十日, 哭十歲妹, 於辛巳二月十七日, 哭八歲弟, 於今年二月十日, 乃哭吾女. 纍纍然一丘三殤, 吁亦異矣. 余前後哭四男女兒, 年五歲最長. 又以其才性聰悟, 故悲之最甚. 嗟乎! 人之欲生男女, 以其可樂也, 今余悲之不暇, 何哉? 壬午四月十一日, 記于西湖之舍.

감호정(鑑湖亭)[468]에서
빈양(濱陽) 사또와 이별하며
鑑湖亭 留別濱陽使君

뉘 댁의 정자가 언덕 위에 서 있는가
언덕의 아래 봄 강물은 깊고도 푸르네.
사또께서는 용문산 풍경을 사랑하시어서
조각배로 십리나 나와 나를 배웅하시네.

誰家亭子在岸上　　岸下春江深復淸
使君自愛龍門色　　十里扁舟送我行

---

468 감호정(鑑湖亭): 빈양(濱陽) 곧 경기도 양근(陽根: 오늘날의 양평)의 서쪽 8리쯤에 있던
누정이다. 여기서의 빈양 사또는 김상숙(金相肅)을 가리키는데 그는 1762년 현재 양근 군수를
지내고 있다.

낙우(樂愚)가 태어나서
樂愚生

7월 27일 삼경 오점(五點)인데 실은 8일 자시(子時)이다.
七月二十七日 三更五點 實八日子時

서른에 아들 낳아 늦은 것은 아닌데
총명하게 보이지만 준골은 아니로구나.
못난 아기 데려다 용모와 관상을 살피려
한밤에 등불을 들고 가만히 비춰본다.

三十生男不是遲　　男生聰慧未云奇
且將愚魯看皮相　　夜半還須取火知

전겸익(錢謙益)이 지은 '동파(東坡)의
세아시(洗兒詩)에 반박하여'라는
시의 운으로 장난삼아 짓다[469]
戲用牧齋反東坡洗兒詩韻

동파 옹이 총명함을 싫어했던 것은 아니요
목재 노인도 특별히 무식한 사람은 아니었지.
욕 안 먹고 영예도 없는 그 정도면 되었지
아들이 어찌 모두 다 공경(公卿)에 올라야 하는가.

치절생(痴絶生)의 어구는 『철경록(輟耕錄)』[470]에 보인다.
痴絶生, 見輟耕錄.

坡翁未是惡聰明　　牧老殊非痴絶生
無咎無譽斯可矣　　生男何必盡公卿

---

469 전겸익~짓다: 전겸익(錢謙益: 1582~1662)은 명나라 말기에서 청나라 초기에 활동했던
문인이자 정치가로서, 조선 후기 문인들에게 많은 영향을 끼친 인물이다. 그의 문집 『초학집
(初學集)』에 〈동파의 세아시에 반박하여[反東坡洗兒詩]〉가 실려 있다. 목재(牧齋)는 그의 호
이다.
470 『철경록(輟耕錄)』: 원나라 말기 청나로 초기의 문인인 도종의(陶宗儀)가 지닌 수필 성격
의 책으로 원나라 시기의 이런저런 일과 역사를 적어두었다.

▶소동파가 쓴 세아시(洗兒詩)⁴⁷¹를 반박하여
: 목재(牧齋) 전겸익(錢謙益)의 시
反東坡洗兒詩 牧齋

소동파는 아이 낳고 총명할까 겁냈다지만
나는 어리석기 짝이 없어 일생을 그르쳤네.
우리 아들은 똑똑하고 재치 있길 바라니
천지를 치달리는 높은 공경(公卿)이 되었으면.

坡公養子怕聰明　　我爲痴獃誤一生
還願生兒償且巧　　鑽天驀地到公卿

---

471 소동파가 쓴 세아시(洗兒詩): 송나라의 문호 소식(蘇軾: 1037~1101)이 쓴 〈아이를 씻기
먼시 깅빈십아 쓰다(洗兒戲作)〉를 가리킨다. 『소농파시집(蘇東坡詩集)』에 실려 있다. 세아시
(洗兒詩)는 한 돌이 된 아이를 씻겨주는 세아의 풍속을 배경 삼아 쓰는 시이다.

►아이를 씻기며
: 동파(東坡) 소식(蘇軾)의 시
洗兒 東坡

자식 키우는 사람마다 총명하기를 바란다만
나는 총명 때문에 일생을 그르친 사람이구나.
바라건대 내 아들은 바보스럽고 어리숙하되
곤경도 없고 재난도 없이 공경(公卿)이 되었으면.

人皆養子望聰明　　我被總名誤一生
惟願孩兒愚且魯　　無災無難到公卿

　낙우(樂愚)가 태어나자 내가 이미 동파(東坡)의 시어[愚]를 뽑아서 아이
의 이름을 짓고 또 그 뜻을 넓혀 시를 지었다. 동파의 시와 내가 그 시를
취하여서 이름을 지은 것은 대개 마음에 사무친 바가 있어서 그런 것이다.
근래에 낙우가 깜짝깜짝 놀라는 병이 있어서 거리의 서쪽 집을 빌려 살았
는데, 할 일 없이 전겸익의 『초학집(初學集)』을 읽어나가던 중에 동파에
반대하는 시가 있었다. 그 말이 격앙되어 있는데다 그 뜻이 더욱 다급한지
라 읽어보면 사람으로 하여금 탄식을 자아내게 한다. 특히 이상한 것은,
저 두 분처럼 통달한 역량과 학식으로도 한결같이 세상에서는 불우했다는
점과, 그러면서도 아무런 의심 없이 공경(公卿)의 벼슬에 집착하여 시를

쓰는 데까지 이르렀다는 점인데, 왜 그랬던 것일까?

무릇 사람들이 자식을 아끼는 것은 자기 자신을 아끼는 것보다 더 하기 때문에 자기가 비록 똑똑하지 않다고 해도 그 자식이 똑똑하기를 바라고 자기 자신이 현달하지 못하여도 자식만큼은 현달하기를 바란다. 그러나 이것은 평범한 사람들의 일반적인 심정이지 통달한 선비의 높은 식견은 아닌데 저 두 분조차도 오히려 여기에서 벗어나지 못하셨구나! 무릇 사람이 현달하고 현달하지 못함은 하늘에 달려있어서, 그 자식이 현달하기를 바라는 것도 진정 망령된 짓이요, 방치한 채 비웃고 마는 것은 더더욱 망령된 짓이다. 그렇게 때문에 나는, 허물도 없고 영예도 없으면 그런대로 괜찮겠다고 생각한 것이다.

척숙(戚叔)이신 배와(坯窩) 김상숙(金相肅) 어른 댁도 산달을 다 채워 가신다 하므로[472] 이 시를 지어 나의 마음을 남겨둔다. 음력 8월 하순에 지산(芝山)에 병든 조카가 재배하고서 쓴다.

余於樂愚之生, 旣取東坡詩語以名之, 又爲詩以廣其意. 坡之詩及余之取其詩爲名, 蓋有激而云也. 比因愚驚病, 寓巷西舍, 漫閱虞山初集, 有反東坡詩, 語愈激而意愈急, 讀之使人太息. 獨怪夫二公, 以彼才氣通達, 一不遇於世, 而斷斷於公卿, 至發於詩歌, 何也?

凡人之愛其子, 有甚於愛其己, 故己雖不賢, 而欲其子之賢焉, 己雖不達, 而欲其子之達焉. 此常人之通情, 而非達士之高識也, 彼二人者, 猶未免於是耶! 夫人之達與不達, 在天焉, 欲其子之達, 固妄也, 而從而笑之, 又妄也. 余故曰, 無咎無譽, 斯可矣.

坯窩老叔, 有彌月之期, 書此以寄意, 仲秋下浣, 芝山病侄, 再拜.

---

472 척숙~하므로: 심익운이 아들 심낙우를 낳은 때가 1763년(?) 7월 27일인데 김상숙 또한 2개월 뒤에 아들을 낳았다. 두 사람은 아 아이들의 출생을 기려 시로써 축원했을 뿐만 아니라 몇 년 후에는 『이아첩(爾我帖)』을 만들기노 했나. 백닐분십의 〈이아첩의 뒤에 쓰대書爾我帖後)라는 글이 실려 있다.

해인사로 가던 중에 요교(蓼橋)[473]를 지나는데

해인사 승려가 미처 가마를 가지고 오지 못해 우리를 맞이하는 데 두려운 기색이 있었다. 이에 절구 한 편을 장난삼아 쓴다

將向海印寺, 行過蓼橋, 寺僧以不及持輿, 待有懼色, 戲爲一絶.

명산과 맑은 인연은 맺지를 마소
가마 지느라 두 어깨가 빠질 지경이니.
타고 온 조랑말로도 길을 갈 만하니
까까머리 스님이여, 마음 좀 놓으시구려.

莫向名山結淨緣　　籃輿擔得兩肩穿
騎來劣馬堪前去　　傳語髡徒且少便

---

473 요교(蓼橋): 가야산 홍류동 계곡 초입에 있던 다리. 이 다리를 지나 武陵橋, 紅流洞을 거쳐 해인사 경내와 장경각(藏經閣)을 구경할 수 있다. 1765년 가을 무렵에 심익운도 이 경로를 거쳐 장경각을 관람하였다.

아이 전동근(田東根)에 대한 만시
挽田兒東根

이씨 아이 시 잘 쓰고 김씨 아이 그림 잘 그리지만
순박하고 부지런하기로 동근이만 한 아이가 있던가.
요즈음 마을 안에 준수한 아이가 많다 해도
다른 아이들이야 우리 집에 오지 말게 하여라.

李兒詩筆金兒畵　　　行止醇勤孰似根
閭巷卽今多秀俊　　　莫敎餘子及吾門 (제1수)

논어부터 시작하여 반을 넘게 읽었고
중간에 당시(唐詩)를 몇 권이나 배웠네.
오가는 길에 비바람으로 다리가 끊겼는데
누군가 책 끼고 오면 네가 아닐까 했더랬지.

始於魯論終過半　　　間學唐詩數卷餘
風雨斷橋來往地　　　誰其挾笑或疑渠 (제2수)

나를 떠나 집으로 간 지 겨우 며칠 후
네가 병들어 누워 열흘이 넘어간다지.
빗자루로 청소하던 그 아이는 어디에 있나!
아침에 아이 종더러 자리 먼지를 털게 하네.

自我行歸纔數日　　聞渠臥病已經旬
箕頭加帚人何在　　朝起童奴掃席塵 (제3수)

6월 12일 새벽 꿈에서 죽은 아내를 보고, 아침에 일어나 슬피 울며 이를 적는다
六月十二日 曉夢見亡室 朝起 感涕書此

새벽녘 꿈에서 그대 병든 얼굴 보았는데
깨고 나니 아침 햇살이 창문에 비추고 있네.
이내 삶이 오래오래 이 같을 수 있다면
잠 없이 밤 기다림도 원망하지 않으리다.

曉夢看君病裡顔　　覺來朝日照窓間
此生苟得長如此　　不恨無眠夜似矜

아버님께서 지으신
도곡팔경(道谷八景) 시에 삼가 차운하여
敬次家君道谷八景韻

부엉이 바위[鵂巖]에 비치는 낙조 : 봄
鵂巖返照 : 春

해 지는 장씨 동산[474]에 부엉 바위 보이는데
서너 그루 복사꽃과 여덟아홉 삼나무 있네.
봉황 소리 들리지 않고[475] 악조(惡鳥) 울음 들리지만
어떤 새는 영물이고 어떤 새는 평범타 하리오?

張園落日見鵂巖　　三四桃花八九杉
鳴鳥不聞聞惡鳥　　孰爲靈物孰爲凡

---

474 장씨 동산: 원문의 장원(張園)은 〈지산잡영(芝山雜詠)〉의 설명 부분에 등장하는 장(張)
장군(將軍)의 동산을 가리키는 듯하다.

475 들리지 않고: 『서경(書經)』에서 나온 표현을 점화한 듯하다. 주공(周公)이 소공(召公)에
게, 태평성대를 이루자면 소공과 같은 현인이 필요하다면서 '그대와 같은 큰 덕을 하늘이
내려주지 않았다면, 우리는 봉황의 소리를 듣지 못했을 것[耉造德不降, 我則鳴鳥不聞]'이라
한 대목이 보인다.

화전(花田)⁴⁷⁶에 내리는 봄비 : 봄

花田春雨 : 春

누런 송아지 밭을 갈고 자색 비둘기 나는 봄
화전 마을의 십리 벌에 풀빛이 막 싱그럽구나.
아침 내내 봄비가 언덕 비탈을 적셔 주니
비옥한 땅 촉촉하여 개간하기 딱 좋아라.[477]

黃犢耕時紫鴿春　　花田十里綠初新
高原下隰崇朝雨　　周膴纏沾又禹畇

---

476 화전(花田): 꽃밭이라는 뜻으로 풀이되는데, 고양(高陽)의 덕양(德陽) 지역에 화전이라는 마을이 있다. 여기서는 이 마을을 가리키는 듯하다.

477 비옥한~좋아라: 원문의 주무(周膴)는 『시경(詩經)』, 「대아(大雅)」, 〈면(緜)〉에서 나오는 구절, "주나라 들판이 기름지고 비옥하니, 씀바귀나물이 엿과 같이 달도다. [周原膴膴, 堇荼如飴]"라는 구절에서 점화한 것이다. 여기서 주원(周原)은 기산(岐山) 남쪽에 있는 지명이다. 또한 원문의 우균(禹畇) 역시 『시경』, 「소아(小雅)」, 〈신남산(信南山)〉의 "첩첩 쌓인 저 남산을, 예전에 우임금이 다스렸네. 언덕과 습지를 개간하시, 증손들이 그 땅에서 농사 짓네 [信彼南山, 維禹甸之. 畇畇原隰, 曾孫田之]"라는 구절에서 뽑은 것이다.

오릉(五陵)의 안개 낀 숲 : 여름
五陵烟樹 : 夏

뭉게뭉게 아침 안개가 오릉(五陵)에 깔렸는데
온 솔숲을 드러내며 아침 해가 떠오르네.
성장하기 좋은 시절, 화창한 기운 넉넉하여
쑤욱쑤욱 새 가지가 한 자쯤은 자랐겠네.

漠漠朝烟接五陵　　萬松初露旭輪昇
節當長養滋和氣　　戢戢新枝尺許增

긴 둑[長堤]의 백양과 버들 : 여름
長堤楊柳 : 夏

힘 모아 저수지 파고 긴 제방을 두었는데
백양과 버들을 심으니 높이가 들쭉날쭉.
남쪽 맡 몇 그루는 가지와 잎이 얽혀
꾀꼬리가 날아와서 매일매일 노래하네.

百井分工護一堤　　種楊植柳有高低
南頭數樹連枝葉　　黃鳥飛來日日啼

428

해포(醢浦) [478] 나루의 기러기 떼 : 가을
醢浦陣鴻 : 秋

구름 속 기러기와 서리 속 고니가 몇 마리,
아침 하늘을 날아올랐다 저녁 바람에 내려오네.
해포에 물이 들어 행주 뜰로 흘러드는데
벼 수확 농부들이 서로 부르며 흥이 겹네.

幾多雲雁與霜鴻　　飛上朝空下夕風
醢浦水來連涬野　　相呼相喚稻田中

---

478 해포(醢浦): 경기도 고양 앞을 흐르는 한강 기에 있던 포구. 빈역하면 젓갈 포구로서
젓갈 거래가 잦았던 포구인 듯하다.

마호(馬湖)의 고깃배 : 가을
馬湖漁艇 : 秋

마호(馬湖)의 밤 풍경이 부호(鳧湖)와 닮아
반은 안개 낀 물결에 반은 갈대밭일레.
고깃배 등불 한 점이 물결 따라 내려가니
분명, 싱싱한 농어를 배에 가득 실었으리.

馬湖夜色似鳧湖   半是烟波半荻蘆
一點漁燈隨水下   定知舡載細鱗鱸

지산(芝山)의 해질녘 구름 : 겨울
芝山暮雲 : 冬

원공(園公)[479] 떠났어도 이 산은 남아 있어
산 위에는 흰 구름만이 때때로 오고 가네.
두 짝 사립문에 삼일 동안 눈이 쌓여
영지가[480]를 부르며 저물도록 문 걸어두네.

---

479 원공(園公): 앞의 제1수에서 나온 장장군을 지시한 듯하다.
480 영지가: 상산사호가 지초를 캐 먹으며 은거하는 중에 불렀다는 〈자지가(紫芝歌)〉에,
"영롱한 영지버섯이여, 배고픔을 없앨 수 있지. 요순시대가 가버렸으니, 우리가 어디로 돌아
가리[曄曄紫芝, 可以療飢. 唐虞往矣, 吾當安歸]"라는 구절이 있다.

園公去後有玆山　　山上白雲時往還
兩板柴門三日雪　　高歌曄曄暝常關

도곡(道谷)의 소나무 숲 : 겨울
道谷松林 : 冬

묘도(墓道) 곁 소나무는 예나 이제나 울울창창
서쪽엔 호랑이 동쪽엔 용이 깊이 숨어 있는 듯.
서리 맞고 이슬 내리면 뭉클한 마음이 생기는데
더군다나 오늘 아침에는 눈이 푹푹 쌓였구나.

墓道蒼蒼今古松　　深藏西虎與東龍
被霜帶露非無感　　況是今朝雪沒蹤

유모가 아이를 잃다
乳母喪子

한 글자라도 무슨 말인들 네가 알아듣겠냐만
내 너를 보낼 길 없어 이리 시를 짓는다.
허연 머리 네 어미는 길가에서 울부짖으며
내 아이 젖 먹이려 차마 너를 떼 놓는구나.

一字何言知不知　　吾無送爾可爲詩
白頭婆母啼臨道　　忍斷生兒爲乳兒

어쩌다 생긴 일에 스스로를 비웃다
卽事自嘲

그대 집에 매번 가서 배부르게 밥 얻어먹고
해 떠오르면 새끼 데리고 문전을 들락거렸네.[481]
괴롭게 밤잠 설치다[482] 뱃병까지 덧났으니
오늘 밤의 처량한 신세 누구와 이야기 하리.

君家每往費盤飧　　朝日將雛過塞門
辛苦鰥魚添腹疾　　孤懷一夕與誰言　(제1수)

---

481 해~들락거렸네: 아들[심낙위]을 데리고 밥을 얻어먹으려 이 집에 자주 들렀다는 뜻으로
이해된다. 새끼를 데리고 다닌다는 뜻의 장추(將雛)는 원래 봉황이 새끼를 데리고 있는 모습을
읊은 악부(樂府) 상화가사(相和歌辭)의 〈봉장추(鳳將雛)〉를 희화적으로 점화한 것이다. 원문의
색문(塞門)은 대문 앞이나 뒤에 보조적으로 설치하는 간이 문으로 이해하였는데 확단하기는
어렵다.
482 밤잠 설치다: 원문의 환어(鰥魚)는 근심 때문에 맘에 자지 못 한다는 전설상의 물고기이며,
환환(鰥鰥)은 눈이 말똥말똥하여 잠이 안 오는 모양을 가리킨다.

삶은 계란에 털[483]이 있을 줄 어찌 알았으랴
시원한 참외에 맛난 게, 진한 막걸리까지 마셨네.
게다가 국수까지 먹었는데 끝내 설사를 했으니
공연히 주린 창자가 한 번 호강한 꼴일세.

白瀹焉知卵有毛　　瓜寒蟹早配紅醪
雜幷麵食歸融液　　虛倚枯腸一飽饕 (제2수)

처음엔 꾸르륵꾸르륵 도르래 도는가 싶더니
나중에는 철퍼덕철퍼덕 진흙탕 뛰는가 싶네.
담 너머 이웃집 시인이 혹 들을까 걱정되어
한 손으로 입 틀어막고 신음 소리도 못 내겠구나.

『애자잡설(艾子雜說)』에 보이는 이야기[484]이다. 說見艾子雜說

始覺輪囷憂轆轤　　終疑汨沒走泥塗
隔隣恐被騷翁聽　　一手呻吟莫浪呼 (제3수)

---

483 삶은~털: 중국의 의학서인 『의설(醫說)』의 한 대목을 희화적으로 점화한 것이다. 저징(楮澄)이 이도념(李道念)을 진찰해주자 이도념이 '냉병을 앓은 지 5년쯤 되었다'고 답했다. 그러자 저징이 '자네의 병은 냉병도 열병도 아니고 삶은 달걀白瀹鷄子]을 많이 먹어서 생긴 것'이라고 하면서 마늘을 복용시키니 됫박만 한 병아리를 토해냈다고 한다.

484 『애자잡설(艾子雜說)』: 송나라 소식(蘇軾)이 지었다고 전해지는 소담(笑談) 잡록이다. 제34편에 관련 이야기가 실려 있다. 애자(艾子)라는 인물이 여행을 하던 중에 어느 날 밤은 옆방에서 어떤 사람이 밤새도록 끙끙대며 '1수(首), 2수 …' 하는 소리를 들었다. 이 소리는 6~7수쯤에 이르러 끝났다고 한다. 다음날 애자가 이 손님에게 밤새 지은 시를 구경하고 싶다고 하자, 이 손님은 '저는 시인이 아니라 상인으로서 시 따위는 알지도 못한다'며, 다만 '지난밤에 설사가 심했는데 종이가 모자라 손[手]을 여러 차례 더럽혔다'고 답했다는 이야기다.

근래에 차 파는 배가 동쪽으로 표류해 와
집집마다 보글보글 중국 땅[胡中]과 같아졌네.
따뜻한 성질에 맛은 쓰나 오장을 편케 해주니
염제(炎帝)의 의서[485] 상관없이 시험 삼아 마셔보네.

自頃茶舡漂到東　　家家煎啜似胡[486]中
性溫味苦安臟氣　　不待炎書試可通 (제4수)

복통이 어찌 가슴속의 슬픔만 하리오.
슬픔이 치료되어 기뻐질 날은 업으리.
하물며 잠조차 오지 않는 이 가을밤
닭 우는 새벽까지 시에 골몰하고 있으니.

腹痛安能抵腹悲　　更無歡日有瘝時
況逢秋夜難爲睡　　直到鷄鳴索着詩 (제5수)

성주 사또가 차운하여 보내주신 시에
공손히 답하며
奉答星山使君次韻寄示之作

남강(南江)의 강변 다락⁴⁸⁷이 제일 좋아라
푸른 물결 한 굽이에 비단 병풍이 펼쳐졌었지.
내 마음은 바위 같고 형님 마음은 강물 같은데
수면에 모습 비추며 왔던, 그날이 부끄럽구나.

最愛南江江上臺　　淸流一曲錦屛開
我心似石渠如水　　慚愧當時倒影來

---

487 남강(南江)~다락: 합천의 함벽루(涵碧樓)가 아닐까 짐작된다. 누대 앞으로 남강이 돌아
흐른다. 형님 심상운이 1765년 전후로 약 4년간 합천 군수를 지냈는데, 심익운과 더불어 합천의
함벽루에서 노닐며 연회를 가진 적이 있다.

■색인

ㄱ

가릉(嘉陵) 61, 318

감호정(鑑湖亭) 105, 416

개화사(開花寺) 189

건지(建之) 257

검중(黔中) 260

경옥⫼김성윤(金成胤) 157

계지(季贄)⫼이명옥(李命玉) 285

계피(溪陂) 403

계피(鷄陂) 398

과지(果支) 152, 190

광한루(廣寒樓) 262, 263

구천동(九千洞) 261, 264, 266, 399

국지(國之)⫼이구영(李耉永) 259, 334,
    390

국철(國喆) 291

귀래정(歸來亭) 92

귀소원(歸巢院) 367

금성(錦城) 274

금협(錦峽) 266

김광태(金光泰) 16, 85, 86, 108, 131

김상숙(金相肅) 26, 27, 91, 105,
    130, 149, 161, 172, 257, 334, 371,

375, 390, 416, 421

김상열(金相說) 130, 133, 136, 172

김성순(金聖循) 318

김성윤(金成胤) 175

김이곤(金履坤) 26, 27, 87, 100, 152,
    175, 252, 253, 256, 257, 285, 330,
    346, 349

김이복(金履復) 26, 152, 248, 257

김일원(金一元) 345

김재순(金在淳) 152, 248

김종수(金鍾秀) 147

김종수(金鍾秀) 257

김종후(金鍾厚) 257

김창협(金昌協) 86

김창흡(金昌翕) 86

ㄴ

낙화담(落花潭) 117

ㄷ

단구(丹丘)⫼이윤영(李胤永) 43, 89,
    257

단구자(丹丘子) 81, 89, 92, 108, 145

『단릉유고(丹陵遺稿)』 43

단릉처사(丹陵處士)☞이윤영(李胤永)
44

담한(澹寒)☞김상열(金相說) 16, 130,
135, 136, 137, 172, 173

대악(岱嶽) 43, 83

대옹(岱翁) 260, 344, 345, 351, 360,
393

대옹(岱翁)☞민창후(閔昌厚) 152, 255,
335, 342, 381

도곡(道谷) 431

도곡팔경(道谷八景) 426

도연명 16, 106, 111, 130, 133, 134,
135, 136, 137, 172, 173, 285, 287,
370

동산(東山) 397, 398, 401

▼ ㅁ

마이령(馬伊嶺) 320

마호(馬湖) 429

만포당(晚圃堂) 294

무릉교(武陵橋) 111, 115

묵성자(默成子) 335, 337, 343, 344,
346, 381

묵성재(默成齋) 346

묵재(默齋)☞이언묵(李彦默) 381

물염정(勿染亭) 390, 391

민창후(閔昌厚) 43, 83, 152, 254,
255, 257, 260, 335, 342, 351, 360

▼ ㅂ

배와(坯窩)☞김상숙(金相肅) 27, 161,
257, 375, 421

백고(伯高)☞김종후(金鍾厚) 257

백연(百淵)☞김창흡(金昌翕) 86

번중(蕃仲) 163

봉록(鳳麓)☞김이곤(金履坤) 27, 87,
100, 175, 252, 253, 256, 345, 346,
349

봉여(鳳汝)☞심상운(沈翔雲) 140

북산자(北山子)☞김이곤(金履坤)
87

빈양(濱陽) 105, 416

▼ ㅅ

사인암(舍人巖) 43, 147, 175, 335

삼강(三江) 96, 287

삼수강(三秀岡) 270, 397, 398, 402

삼주(三洲)☞김창협(金昌協) 86

『서루잡록(西樓雜錄)』 92

438

서봉사(瑞峯寺) 391

〈서전첩(西田帖)〉 130, 131, 136, 172

서지(西池) 26, 43, 89, 90, 147, 257, 354

서호(西湖) 91, 92, 96, 106, 186, 187, 285, 287, 412, 415

석계(石溪) 397, 398, 402

선호(仙壺) 43, 44

설대(雪岱) 27, 254

성산(城山) 159

세검정(洗劍亭) 372

세아시(洗兒詩) 418, 419

세한정(歲寒亭) 377

소동파 16, 130, 134, 419

소식(蘇軾) 134, 294, 419, 420, 434

송광사(松廣寺) 261, 393

송이정(宋頤鼎) 98, 270, 284, 289, 359, 396, 411

송치양(宋稚養)☞송이정(宋頤鼎) 98, 270

수송대(愁送臺) 121

수종산(水鐘山) 110

숙어(叔語)☞이언묵(李彦默) 175

심공유(沈公猷) 348

심기(沈𰇿) 294

심낙우(沈樂愚) 161, 417, 420

심상운(沈翔雲) 26, 27, 29, 30, 31, 87, 111, 140, 141, 152, 166, 190, 246, 257, 271, 287, 295, 322, 324, 330, 333, 357, 367, 421, 433, 436

심염조(沈念祖) 349

심익창(沈益昌) 24, 25, 29, 30, 37

심일진(沈一鎭) 25, 27, 47, 152, 246, 271

쌍계사(雙溪寺) 120, 122

ㅇ

『애자잡설(艾子雜說)』 434

여성(汝成)☞유한준(兪漢雋) 26, 287, 330

영가자(永嘉子)☞김이곤(金履坤) 100

오릉(五陵) 269, 270, 397, 402, 428

옥과(玉果) 152, 190, 246, 261, 271, 390, 391

요교(蓼橋) 422

요유합(窅有閤) 296

용문(龍門) 91, 105, 416

운암(雲巖) 175, 176, 177, 335

운호(雲湖) 356

운화(雲華) 360

원계손(元繼孫) 349

위이곡(逶迤谷) 397, 398, 401

육이(六以) 381

율구(栗丘) 398, 403

이구영(李耈永) 259, 390

이구영(李耈永) 334

『이아첩(爾我帖)』 161, 421

이언묵(李彦默) 175, 335, 346, 381

이연(李渷) 167, 318

이연서원(伊淵書院) 323

이윤영(李胤永) 16, 26, 43, 44, 83, 89, 90, 108, 147, 148, 257, 334

일원(一元) 381

임피(臨陂) 152, 190, 271

ㅈ

자연(自然)☞김상복(金相福) 26, 29, 149, 257, 362, 374

자연합(自然閤) 174, 362

작덕(芍德) 28, 414

장경각(藏經閣) 169, 171, 422

전겸익(錢謙益) 418, 419, 420

전동근(田東根) 423

정부(定夫)☞김종수(金鍾秀) 257

정선(鄭歚) 130, 135

정천(井泉) 274

조종림(趙宗林) 16, 82, 83

죽죽비(竹竹碑) 164

준수(蠢叟)☞김이복(金履復) 152

준옹(蠢翁)☞김이복(金履復) 152, 153, 248

준재(蠢齋)☞김이복(金履復) 27, 152, 248, 257

중관(仲寬)☞김재순(金在淳) 248

지산(芝山) 28, 47, 181, 186, 187, 269, 270, 283, 285, 287, 289, 290, 294, 354, 355, 359, 365, 369, 386, 397, 398, 421, 430

직지사(直指寺) 122, 201

진성(珍城) 260

〈진주잡시(秦州雜詩)〉 296

ㅊ

천자암(天子菴) 261

『철경록(輟耕錄)』 418

청담(清潭) 43, 147

청서(青墅)☞김광태(金光泰) 81, 85, 131

청풍계(青楓溪) 248, 253, 256

『초학집(初學集)』　418, 420

추풍령(秋風嶺)　124

취성당(聚星堂)　73

치양(稚養)☞송이정(宋頤鼎)　98, 270, 396

치재(耻齋)☞김상직(金相直)　27, 371

치존(稚存)☞송양정(宋養鼎)　330

치채(耻齋)☞김상직(金相直)　26

칠림(漆林)　398, 404

칠산(七山)☞조종림(趙宗林)　81, 82, 83

칠성대(七星臺)　113

행호(杏湖)　186, 359, 360, 386

호야가(呼邪歌)　208, 210

홍류동(紅流洞)　111, 113, 115, 116, 117, 311, 422

화전(花田)　427

황우협(黃牛峽)　110

후검기행(後劍器行)　166

희랑대(希朗臺)　119

희영문(喜迎門)　121

ㅌ

통주(通州)　181, 182

ㅎ

학사대(學士臺)　118

한풍루(寒風樓)　263

함벽루(涵碧樓)　166, 368, 436

합경(盍耕)　131, 137, 211

해인사(海印寺)　111, 113, 115, 119, 120, 122, 169, 200, 296, 303, 306, 311, 422

해포(醢浦)　429

지은이 심익운 沈翊雲(1734~1783?)
자는 붕여(鵬如), 호는 지산(芝山)·합경당(蓋耕堂), 본관은 청송이다. 도성
안 사직 곁의 저택에서 성장하여 보기 드문 시적 재능을 쌓았다. 가문의 비극
사에 휘말려 초라하게 소멸된 시인이 되었다. 하지만 다행히 『백일집(百一
集)』과 일부 저작이 남아 미처 지워지지 않은 울림을 전하고 있다.

엮은이 김동준 金東俊
1968년 전남 담양 출생. 서울대 국문학과와 대학원을 졸업하고, 현재 이화여
자대학교 국어국문학과 교수로 재직 중이다. 『민족문학사강좌』, 『한국학 그
림과 만나다』, 『한국학 그림을 그리다』 등의 공저가 있다. 한국한문학, 특히
한국 한시에 대한 논문을 주로 써 왔다. 계간지 『문헌과해석』의 대표를 맡고
있다.

지산(芝山) 심익운(沈翊雲)의 『백일시집(百一詩集)』
겨울을 향하는 풀벌레의 울음처럼

초판 1쇄 인쇄 | 2017년 10월 23일
초판 1쇄 발행 | 2017년 10월 30일

지은이 | 심익운
엮은이 | 김동준
펴낸이 | 지현구
펴낸곳 | 태학사
등 록 | 제406-2006-00008호
주 소 | 경기도 파주시 광인사길 223
전 화 | 마케팅부 (031) 955-7580~82 편집부 (031) 955-7585~89
전 송 | (031) 955-0910
전자우편 | thaehak4@chol.com
홈페이지 | www.thaehaksa.com

값은 뒤표지에 있습니다.

ISBN 978-89-5966-889-2 93810